文學概論

Introduction to Literature

周慶華 著

序

　　很少有一種概念像文學這樣高度的歧義，它既可以指採用譬喻或象徵手法寫出的作品，又可以指環繞著前述作品相關的寫作、接受和傳播等課題的論述。前者為對象性的作品概念，後者為後設性的學科概念，都集中在一個「文學」上，使得一門學科或稱「文學」或稱「文學學」而游移不定。

　　由於文學的對象義常隱而不顯，以至坊間所見的一些題為「文學原理」、「文學理論」和「文學概論」的書，都自我不證自明的轉成學科義。也就是說，它們的「文學」其實都是「文學學」，題意應該是「文學學的原理」、「文學學的理論」和「文學學的概論」。如果不是這樣，它們內裏的論述就會缺乏正當性，而難以順利的鋪展。

　　然而，情況又不能如此「僵化」看待，文學終究要被「兩可」式的使用著；當它在上下脈絡中不負有學科任務時，就是指採用譬喻或象徵手法寫出的作品；而當它要冒起上下脈絡而總提時，它就代表跟哲學或科學並列的學科。換句話說，文學在被題稱時，只要有上述兩種概念的經驗，大致上都可以判斷它的意義類型。

　　順著這一點來看，文學已經不是一種先驗存在，它是緣於現實的需要而被後驗設定的。因此，有許多談論文學的書都在追問一個客觀存在的文學，就顯然是嚴重的誤判。文學從有相關的作品出現，一直到現今瀰漫在社會的每一個角落，始終都還在被規模限定中。這是說要認定一件作品是否歸屬於文學範疇，背後是有理論在支持著；而該理論就是人為的創設，它無從自我矯說成具有絕對性或普遍性。

在這個前提下，凡是有所不滿有關論述的浮誇或不能提點前路的，就可以重立一套理論以為「掃除迷霧」和「提供照明」。這也就是我這本《文學概論》撰寫的旨趣所在。而所謂的概論，其實就是全論或通論；它如果一定要被堅稱為「概論」，那只有「缺乏自信」一種情況可解釋，倒不如不論，以免真的實踐後愈來愈發現「捉襟見肘」！現在我既然開題而暢論了，那麼我的自信就得顯現在每一個論述的環節上。

首先，我把從「文學是什麼」到「文學可以成為什麼」的必要的理路轉換，作了詳細的交代，然後才據為考量「文學成為什麼後的開展」方向。這裏有「新的文學限定」，也有「全面性的理論建構」和「預期文學未來學」。其次，我就一一的展開論述「文學的類型與審美」、「作者與讀者的辯證」、「寫作與接受的機制及其流變」、「文學傳播的生態概念」和「文學與其他學科的整合建制」等，企圖重構一套別他且高效率的文學理論。最後，則沿著前面預期的未來文學而再發展出「文學究竟還能成為什麼」的預估，以為首尾相互呼應而更增加這套理論的可信賴度。

基本上，每個人都有權力意志要滿足和文化理想要實現，而選擇自己感興趣或有能耐談論的文學來構成一套說詞，就算是找到了特佳的憑藉。這種權力意志不是Friedrich W. Nietzsche 超人式的，而僅僅是一種影響或支配別人的欲求；而文化理想也不定是要仿西式去媲美造物主，它只要能參與人類文化的創新就算數。因此，我在本書所作的有形無形的「示範」，也就有開闢新論述版圖的作用，無妨同好取以為自證高華和尊貴。

末了要感謝揚智文化公司發行人葉忠賢先生的接納、顧問孟樊兄的邀稿和總編輯閻富萍小姐及編輯吳韻如小姐的辛勤編務。因為有他們對文學的一股熱情，願意投資需要拚搏的理論市場，所以才有我這本與眾不同的文學概論的問世，希望我們想要的東西都可以得償。

周慶華

目 次

圖　次

文學概論

第一章
文學是什麼

第一節　誰在限定文學

　　翻開每一本談文學的書，首先映入眼簾的幾乎都是在論斷「文學是什麼」，而很少有人會懷疑該論斷究竟是如何可能的。這並不是說不可以說「文學是什麼」，而是說大家總得先自我說服那一「是什麼」的「是」有什麼憑據，然後才有機會邀得他人的信從。好比下面這個例子：

　　　　攀爬中的蕁麻捲起了灰色的斑駁。

　　　　　（Gaston Bachelard, 2003: 254引Jacques Audiberti詩）

這在字面上只是寫一株蕁麻從石牆翻捲上去，但它卻用了譬喻技巧：一方面在隱喻蕁麻和石牆的戰爭，弱小的蕁麻憑著堅韌的毅力得到了勝利；一方面則在隱喻現實中人以渺小的身軀對抗社會巨大網羅的夢想，勝負已定卻又不甘屈居！而這「譬喻」技巧，是寄身於被認為是「詩」的句子中，而詩又是「文學」的一個類型，因此該句是文學作品。

　　類似上述這種判定，彷彿已經是不證自明，應該沒有人會反對。但話說回來，為什麼詩／譬喻一類東西就是文學？而所謂的不證自明，又是由什麼來保障的？這樣一路追究下去，恐怕最後連有沒有文學都要令人起疑。而這也就是一般在論斷「文學是什麼」的人，所會不自覺而過度樂觀的地方。換句話說，「文學是什麼」是虛擬，背後還有一個在管控這種論斷的主體。

　　通常所謂的主體，是指「人」這一物質兼精神存有；但馬克思

主義、精神分析學和形構主義等卻另有意指。如古典馬克思主義以「社會環境」為主體；精神分析學以「潛在性欲」為主體；新馬克思主義以「意識形態」為主體；結構主義和解構主義等以「語言」為主體（當中解構主義更進一步認為該「語言」是分裂的）。（譚國根，2000：1-9；周慶華，2003：178）這些都可能在論斷「文學是什麼」中起作用，而使得相關文學的限定在形式上看不出有什麼道理。

其實，所有碎散的主體都可以收攝在一個最牢固的「權力」主體上。（周慶華，2005：37-38）這權力，不論是Max Weber所說的「一種所有物」，還是Barry　Barnes所說的是「人們互動模式的結果」，或是Michel Foucault所說的是「一種被統治者和統治者間的網絡」（Tim Jordan, 2001: 13-23），它都顯現出一種影響力或支配力的「強為作用」（Neil J. Smelser, 1991: 550-551），且運用範圍遍及各個領域。（Theodore Caplow, 1986; Max Weber, 1991; Dennis H. Wrong, 1994; Bertrand Russell, 1995; Tim Jordan, 2001; Steven Lukes, 2006）由於權力主體都會預設所要影響或所要支配的對象，所以從論斷的起點到終點就會一再出現「事實就是如此」的假象，它的真正目的是「你只要相信這個論斷，它就是真的」。而如果大家所論斷的「文學為一」而「質性卻彼此有出入」，那麼它除了蘊含有第一層次的權力主體（企圖影響或支配一般的接受者），還蘊含有第二層次的權力主體（企圖影響同領域的行家）。

正因為有權力主體的存在，所以我們才能看清上述那一「文學是什麼」的論斷的必要性。也就是說，倘若一個人沒有權力欲求，那麼他就不太可能去論斷「文學是什麼」（正如一個人沒有權力欲求而不會去從事任何有關的「公共事務」一樣）；而就因著權力主體的存在，以至想論斷「文學是什麼」的人，也就可以理所當然或不得不爾的去推出該一論斷，而造成該一論斷「必要性」的事實。

　　這種情況，很可以從一個「詮釋如何可能」的架構來獲得類比。
這個架構是說，詮釋一個對象得在意識形態、道德信念和審美能力等
先備經驗以及類推、差異消弭和他者啓示等方法意識的制約中存在。
當中先備經驗屬於前結構，而方法意識則屬於後結構。它們分別可以
再製經驗和發現新知，且彼此構成一種辯證關係（也就是有先備經驗
墊底，才能發展出方法意識；反過來，方法意識的發展成功，又會回
過頭促進先備經驗的累增積厚），而爲權力意志和文化理想所「終極
管控」（當中文化理想又爲權力意志所左右，只有權力意志是唯一的
終極管控者）。（周慶華，2009a：49-56）凡是宣稱「文學是什麼」
的人，他也是在詮釋／建構文學，而一樣不出上述的範圍。圖示就
是：

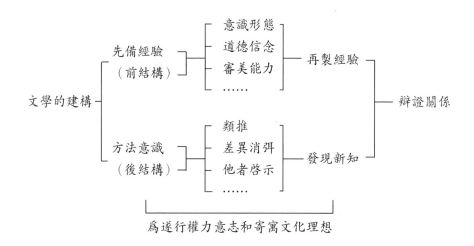

圖1-1-1　文學的建構圖

　　好比形構主義中的一支「形式主義」，信守者的文學主張就約略
是意識形態／審美能力和差異消弭等合而推出來的。他們認爲文學的
目的在於使自己獨樹一幟而爲讀者所注目，因此它必須以反熟悉化來

取得凸出的地位。（Jan M. Broekman, 1987: 1-25）他們還認為意象的運用（連帶譬喻、象徵一類技巧）並不是文學的專利，它在實用語言裏也常見到；只有反熟悉化手法的使用，才是文學能自別於非文學的地方。（高辛勇，1987：17-19）而這種反熟悉化的作法，就是把實用語言加以高度的扭曲變形。如「無色的綠思想喧鬧地睡覺」、「她拳頭般的臉緊握在圓形的痛苦上死去」等（Raymond Chapman, 1989: 1-2）就常被引證；而「時間的熾熱一直持續到睡眠為止」（Peter A. Angeles, 2001: 59）被哲學家排斥的例子，也很可以一併用來證成。（周慶華，2007a：122）這就有意自鑄一種文學觀；而它所蘊含的「文學自我指涉」（自我指涉反熟悉化那一特性）這種意識形態和對反熟悉化的獨門賞鑑，以及從眾多作品中找出跟其他作品的不同而消弭相關差異的未知性等，也都印證了前述的架構。換句話說，它是在發現新知和再製經驗的辯證關係中，由權力意志／文化理想所統轄而形塑的，從此文學就進入了另一個階段的演變。

　　由此可見，論斷「文學是什麼」如果不是由前述架構所保障，那麼就無法解釋得通為什麼大家都可以自提一種文學主張（且當這些文學主張互有衝突時，又可以各自堅持而互不退讓）。因此，確立誰在限定文學，自然就成了新一波論述文學的「必要」開端（也就是後面會有的新的文學主張，也是基於我個人的權力意志／文化理想而可能的）；它既是在掀揭指陳事實，又是在自我宣稱立場，期望能以高度合理且深具啟發性的面貌示人。

第二節　限定文學的形上因緣

　　給文學下論斷，已經證明是一個權力主體的發用過程；而該發用的心理特徵也自成一種形上因緣。我們知道，形上因緣在第一級序上有所謂的第一原理和因果原理。當中第一原理，指的是矛盾律（「有」不能同時及同一觀點下看是「非有」；「是」不能是「非是」）、同一律（「有」就是「有」；「是」就是「是」）和排中律（一個東西只能是實有或虛無，沒有第三者的可能）等所有論述所不能違反的理則（只有文學語言會刻意違反，但那是有另一種審美的理則在支持著；否則違反了第一原理，就沒有說什麼）；而因果原理，指的是事物有果必有因。（曾仰如，1987）如果有關文學的論斷都沒有違反第一原理，那麼剩下來比較可觀的是它又遵守了什麼因果原理。

　　權力意志／文化理想自然是論斷文學中最優位的因，但這種因是「動力」上的，此外當還有「形式」或「材質」上的。這形式或材質上的因，就是論斷「文學是什麼」的「什麼」的所從來。它雖然不及權力意志／文化理想具有絕對的主導性，但也「缺其不得」。換句話說，權力意志／文化理想只能管到「要發動那一次論斷」，而無法管到「要怎麼發動那一次論斷」；倘若想管到「要怎麼發動那一次論斷」，那麼它就得別尋因緣。而這大致上有兩種情況：

　　第一，「文學是什麼」的論斷既然是要「有所別他」，那麼「它得有創意」就會被寄予厚望；而所謂的創意，則來自命名或界定。也就是說，命名或界定事物而使事物存在，則可以看成是創新事物的途

徑；而有關「文學是什麼」的論斷，則形同是在為文學命名或界定，也等於創新了文學這種東西。因此，「文學是什麼」的論斷如果真的「有所別他」，那麼它所命名或界定成的文學就有足夠的新意。在這個前提下，我們就可以說命名或界定文學，就是論斷「文學是什麼」這件事在形式或材質上的一個形上因緣。

第二，論斷「文學是什麼」因為還有「是什麼」的質性，所以還會有第二層次的形式或材質上的形上因緣。也就是說，命名或界定文學本身的背後還有另一種理念的存在，它才能夠順利的予以文學命名或界定；而在不自覺的情況下，這種理念就會跟命名或界定混在一起，而造成兩個層次的形上因緣「一體成形」的事實（如果是在自覺的情況下，那麼論斷「文學是什麼」的人，一定會先察覺自己是在有該理念的前提下，才能接著去給文學命名或界定）。因此，連著前面的動力因，「文學是什麼」的論斷就隱含有這樣的歷程：權力意志／文化理想→相關理念→命名或界定。這是「成套」的形上因緣，也是我們要掌握文學的由來所不可或缺的「一條理路」。

在這裏，還有一個最表顯的「究竟是命名還是界定而使文學存在」的可爭議問題。從既有的文獻來看，中文「文學」一詞，在先秦時代就出現了；而外文如英文 "literature"，則還難以溯源而得知它的流變。但不論如何，文學（literature）都不是晚近才命名的；它是一個再界定的概念。既然它是再界定的概念，那麼它就不是命名也不是初次界定的產物，相關的創新只能由第二級序的再界定來「分攤」。然而，可見的較早命名或初次界定又如何？它可以不依上述的論斷歷程而存在嗎？恐怕也不能！就以中文為例，依時序羅列，則有下列數條：

> 子曰：「從我於陳蔡者，皆不及門也。德行：顏淵、閔子騫、冉伯牛、仲弓；言語：宰我、子貢；政事：冉有、季路；文

學：子游、子夏。」（邢昺，1982：96）

　　子墨子言曰：「凡出言談，由文學之爲道也，則不可不先立儀法：若言而無儀，譬猶立朝夕於圓鈞之上也，則雖有巧工，必不能得正焉。」（孫詒讓，1983：169）

　　人之於文學也，猶玉之於琢磨也……子貢、季路，故鄙人也，被文學，服禮義，爲天下烈士。（王先謙，1983a：324）

　　夫齊魯之間於文學，自古以來，其天性也，故漢興，然後諸儒始得修其經藝。（司馬遷，1979：3117）

　　是時，上方鄉文學，（張）湯決大獄，欲傅古義，乃請博士弟子治《尚書》、《春秋》，補廷尉史。（班固，1979：2639）

　　（魏）文帝爲五官將，及平原君植，皆好文學。（陳壽，1979：599）

這裏的文學，曾經被解爲「文章博學」（邢昺，1982：96）而等同於「學問」或「學術」，跟現今所被提及的文學觀念相去甚遠。但那種解釋本身很可懷疑，因爲古人所謂的「文」是跟「質」相對的，無不指「文飾」（不同於「質樸」），而不是泛指學問或學術。因此，文學就是「文飾之學」，也就是指詩詞歌賦那些高度修飾過的東西。但即使是這樣，我們也無法相信那些命名或界定者不是經過上述那一論斷歷程而可能的（否則就得有人舉出反證說他們所論斷的文學全出於無意）。由此可見，不論是命名或是初次界定還是再界定，都同屬一個心理機制（差別只在後出的再界定會有反影響的情結羼入而憑空增加它的「別苗頭」的張力）。而回到動力因這一形上因緣，則很可以跟行爲心理學的一個命題「如果做某件事得到鼓勵，那麼做這件事的次數就會增加」（張春興，1989：453-454；張華葆，1989：45-64）

相互印證，而得出下列這個論證：

> 一種鼓勵對個人的價值愈高，那他採取行動取得此一鼓勵的可能愈大。

> 在某一情況下，文學的論斷者認為文學的論斷有很大的價值。

> 所以他會採取行動來從事文學的論斷。

這是仿照George C. Homans 討論一個不掠奪他國土地案例的演繹形式。（George C. Homans, 1987: 34-35）而所謂「某一情況」，可以填入謀取利益、樹立權威和行使教化等。當中謀取利益，涉及利益的多沾或多得（相對的別人就少沾或少得），可以說是權力意志的「變相」發用；而樹立權威，則無異是該權力意志的遂行；而行使教化，更是該權力意志的「恆久」性效應。也就是說，權力意志可以統攝謀取利益、樹立權威和行使教化等想望，或者乾脆就說它是謀取利益、樹立權威和行使教化等想望中的想望。（周慶華，2004a：205）至於隨後的形式或材質上的形上因緣也會跟著成形，就不言可喻了。

明瞭這一點，我們也才能諒解論斷「文學是什麼」的人，個個都顯出一副「我是彼非」或「我強彼弱」的不可一世的姿態！畢竟沒有人能夠脫離該一心理機制而獨自宣稱他有不依形上因緣的本事。至於當中有理念的扞格和命名或界定方式的歧異等，則是彼此的先備經驗（兼及方法意識）不可共量的緣故，這就沒有什麼可再取「理論」以證的地方。

雖然如此，文學的「重新命名」已不能夠（除非不再叫文學；但那已經無關「文學」的課題），而「重新界定」卻可以展現另一番姿采；以至期待那一具新意的再界定文學模式的形成，也就有促使學科內部競爭出奇、活絡才情的深長意義。好比自然科學界興起的一個瀰

（meme）概念，它原是Richard Dawkins 從希臘字根的英文mimeme截取來的，為的是「希望讀起來有點像 "gene" 這個單音節的字」；並且「這字也可以聯想到跟英文的記憶（memory）有關，或是聯想到法文的『同樣』或是『自己』（même）」，而方便賦予「文化傳遞單位」的意涵。（Richard Dawkins, 1995: 293）因為它的科學基因的類比性，可以複製傳播，所以也被後人稱作活性的「思想傳染因子」。（Aaron Lynch, 1998: 14）前者，Richard Dawkins認為可舉的例子太多了：

> 旋律、觀念、宣傳語、服裝的流行，製罐或建房子的方式都是（而正如同在基因庫中繁衍的基因，藉著精子或卵，由一個身體跳到另一個身體以傳播，瀰庫中的瀰）；繁衍方式是經由所謂模仿的過程，將自己從一個頭腦傳到另一個頭腦。例如科學家如果聽到或讀到某個好的想法，他就將這想法傳給同事或學生，他會在文章裏或演講中提到它。如果這想法行得通，它就是在傳播自己，從一個頭腦傳到另一個頭腦。（Richard Dawkins, 1995: 293）

而後者，論者甚至把它比喻作流行病：「思想傳染因子就像電腦網路上的病毒軟體，或城市中的流行病毒，會透過高效率的『程式設計』，規畫自身的傳染途徑，蓬勃發展。信念在很多方面會影響傳播，甚至可以引發不同的觀念『流行病』，展開一場不在計畫中、卻多采多姿的成長競賽。」（Aaron Lynch, 1998: 14）可見媒因早已不再中性化，它的「新生」力量正在穿透理論的氛圍而被扭轉成一種可以開啟前衛論述的動能（周慶華，2010：77-78）；同時它的這般重新賦義，也使得瀰本身開始瀰化而廣被世人所沿用和探索不已。文學的重新界定倘若也能產生類似的效果，那麼它就是有價值且可大為稱道的

作法。

第三節　文學被限定後的實際樣態

　　文學被限定的形上因緣一旦明朗化後，相關的注意力就得轉移到被限定後的文學究竟成了什麼樣子。這是論述程序的必要展演，也是想開啟另一波新文學論述的「中繼點」。換句話說，只有一併了解既有文學被限定後的實際樣態，才方便進一步以「有所區別」的姿態來展現新的文學賦義活動；而它原先所不自覺的形上因緣，在前兩節的揭發中已經可以知曉且得諒解那一「未知」的存在，接下來就是自我要比那些限定者更清楚賦義行動的「前因後果」。

　　當我們說文學的創發早已不可考而相關的限定卻歷歷可數時，其實已經肯定了一個事實：就是文學源頭的尋找只是白費力氣，一切都在限定中存在（也就是今天可見的最早的文學命名，也是經限定而可能的）；以至所有後出的考鏡只不過是個「障眼法」，它真正的用意是要「區別論述」而不是對那一「源頭」感興趣。在這種情況下，所謂的「文學的創發早已不可考」，事實上是可考的；也就是大家要把文學觀念的產生推前到什麼時代，權在一個論述旨趣（而無關該文學觀念的起始），這樣我們所接著指出的歷歷可數的文學限定，也就可窺見它們內在上的「前後通貫」了。因此，把力氣留到一探被限定後的文學，也就有「必要過場」的意義。而這不妨也從一個例子談起：

　　　一個囚犯在自己囚室的牢牆上繪出一幅景象：畫中有一列迷你火車進入一條隧道。當獄卒們前來帶走他時，他客氣地要求他們「多等一會兒，讓我進去我畫的小火車裏面，檢查一些東西。

就像平常一樣，他們開始訕笑，因為他們認為我神智不清了。我
把自己縮小，然後進入我的畫裏，攀上開始啟動的火車，隨即
消失在隧道的幽暗裏。就這樣幾秒鐘後，一縷輕煙從這個圓孔裏
飄出。輕煙和畫一起消散，而畫和我這個人也一起消散……」
（Gaston Bachelard, 2003: 241-242引 Hermann Hesse小説）

這是Hermann Hesse發表於法國文學評論雜誌《泉》的一篇小説，它
被論者引來說明「對迷你世界的想像是自然的想像，它出現在天賦異
稟的夢者每個年紀所做的白日夢裏。更明確的說，當中的娛樂性質要
素，在我們發覺到裏面作用的心理根源後，就必須脫鉤……有多少
次，詩人畫家藉著一條隧道，在自己的囚室裏破壁而出！有多少次，
當他們繪出自己的夢，他們就穿過牆上的縫隙逃脫了！為了逃獄，所
有的方法都是好的。如果有必要，純然的荒謬就可以帶來自由」。
（Gaston Bachelard, 2003: 240-241）這一嚴肅性的限定，讓該一帶滑
稽風格的文學作品突然「悲壯」了起來。就是因著這樣的限定及其可
能的「游移性」（可任由人改變限定方式），文學開始披上繁複的外
衣；也從此註定它必須不斷地被賦義下去，以顯示大家在利用文學這
個概念的「趨利性」。

　　至於大家到底怎麼在利用文學這個概念而限定出了多少種文學，
這就難以一一考得，但基於「過場」論述的必要性，還是可以約略
的歸結幾類進路來談論，它包括反映論、表現論和自我指涉論等。所
謂反映論，所限定的是「文學反映現實生活」或「文學是現實生活的
反映」。當中「反映」，也稱作「再現」或「模擬」，大致有兩種情
況：

　　由於寫實派之不欲借題發揮或感情用事，所以其描寫常顯有
一個特徵，就是他們的作品雖然取材廣泛，但其描寫多是停止在

事物精神以外的物象上。因此，他們所謂再現，又可了解爲事物
表面的、物性表面上的再現……凡屬於抽象世界中的人物精神或
性格一類的東西，他們必須用整部作品所造成的印象表示，絕不
以空泛的形容詞作輕易的斷言。（王夢鷗，1976a：55-56）

　　所謂的模擬，不是把自己約束在一些生糙的資料上，不是複
演過去的經驗，更不是無選擇地模擬自然。藝術家（文學家）對
客觀世界的模擬的活動是在藝術家主觀的觀照下的活動；這就是
主觀的想像和客觀的具體事物之間的關連；這就是一個藝術家所
依存的世界和自我世界的不可分，在藝術中這兩個世界已渾然一
體。（姚一葦，1985a：96）

前者意指「反映」是不涉主觀好惡的直寫；後者意指「反映」是兼
涉主觀好惡（帶有「創造的想像」成分）的描述，此外大概沒有第
三種講法。（周慶華，1996a：27-28）而所反映的「現實生活」是
什麼，這就意見特別分歧：如有人引介Georg Lukacs說是「社會的整
體性」（階級關係）（呂正惠，1992：268-270）；有人提供Lucien
Goldmann說是「世界觀」（集體意識）（何金蘭，1989：91-115）；
有人採取Aristotle說是「眞實而具體的世界或人生」（包含人的性格、
行爲和遭受等）（姚一葦，1985a：94-96）；有人認爲通指「人類的
現實生活」和「人類期望的理想生活」以及「兼具理想和現實的生
活」（吳潛誠，1988：67-68）；有人斷定專指「人類對眞善美的追
求和執著」（比人生的現實狀態更高層次的眞實）（顏元叔，1976：
5-7）；有人更推及包括「時代背景、社會風氣和文化面貌」（朱榮
智，2004：64-66），紛紛紜紜，莫衷一是。縱是如此，我們還是可
以看出論者普遍假定所反映的實際內容，是一個可感知或可批判的外
在對象（包括主觀化的客體、客觀化的主體和主客體關係等）。由於

有該對象的「先驗存在」，所以才有「反映」的可能性。（周慶華，1996a：28）而這就在某種程度上能夠區別於其他的主張，自成一種可以判定為有效（沒有自我矛盾）的文學限定。

所謂表現論，所限定的是「文學表現思想情感」或「文學是思想情感的表現」。這在相當程度上，被視為對立或不同於「文學反映現實生活」或「文學是現實生活的反映」。後者所謂的反映，即使不是機械式地複製（如鏡子現物或攝影機照相），而是一種創造性的把握（含有審美特性的反映），但它的對象永遠不是主體自身（而是主觀化的客體或客觀化的主體或主客體關係）。而這在「文學表現思想情感」或「文學是思想情感的表現」中的「思想情感」，則為主體所有，於是文學就變成是「主體的自我表現」。正因為文學不是反映主觀化的客體或客觀化的主體或主客體關係（甚至客觀化的客體），而是主體的自我表現，所以「文學表現思想情感」或「文學是思想情感的表現」和「文學反映現實生活」或「文學是現實生活的反映」兩種限定就不可同日而語。（周慶華，1996a：32-33）至於當中的「表現」，則以「把在內的『現』出『表』面來」為通常用法（朱光潛，1981：91-100）。此外，表現還有「表達」（涂公遂，1988：41）、「傳達」（趙滋蕃，1987：14）、「呈現」（柯慶明，1986：14）和「顯露」（鄭樹森，1986：91）等不同用詞。而「思想情感」，也有「情志」（李正治主編，1988：42）、「意涵、意蘊、意味」（曾昭旭，1985：15）、「意識」（李辰冬，1975：12）、「生命意識」（柯慶明，1986：14）、「意識活動」（鄭樹森，1986：91）、「內在生命」或「主觀的內在世界」或「存在自覺」（蔡源煌，1988：10、32、99）、「存在的感受、衝動，情緒的真實以及精神的創傷」或「生命內在神祕莫測而無法名狀的感受、幻覺」或「內在意識和心靈感受」（鄭明娳等，1991：11、12、25）等相異稱名，同樣也取徑

紛繁，無所定見。雖然如此，這些都是在傳達或樹立文學受制於內在主體因素的信念或主張，只要該限定本身沒有什麼矛盾，理當也可以享有「合法」的待遇。（周慶華，1996a：37-38）換句話說，相對上「文學表現思想情感」或「文學是思想情感的表現」一樣是有效的文學限定。

　　所謂自我指涉論，所限定的是「文學自我指涉」。在二十世紀以前，反映論和表現論幾乎二分了文學本體論。前者有寫實主義者強力主張；後者則有浪漫主義者強力主張（後者從十九世紀末到二十世紀初，又有象徵主義者、未來主義者、表現主義者、存在主義者和超現實主義者「曲衍」爲主張）。這兩種說法，除了偶爾相互爲難或敵視，此外就很少會自我反省一切是否眞能「不再有疑義」。直到二十世紀一、二〇年代，由於許多錯綜複雜的因素，造成另一種面貌迥異的「形式論」興起（Terry Eagleton, 1987; Jan M. Broekman, 1987; Douwe Fokkema等, 1987; Terence Hawkes, 1988; Robert Scholes, 1992; Ralph Cohen主編, 1993），才對照出前兩種說法「頗有問題」：大致上，前兩種說法是建立在語言具有指涉「外在事實」（非語言本身）功能的基礎上，所以才有「反映」、「表現」等用詞的出現。然而，它們卻無法繼續說明憑什麼可以認知構成文學的語言所指涉的對象，以及「文學」爲什麼就得要指涉那些對象（或說指涉那些對象的東西爲什麼要稱作「文學」）？這些問題在新理論（總稱爲形構主義）興起後，似乎就要獲得了解決：首先，新理論曾嘗試從語言組構方式的特殊與否來區別文學和非文學，凡是能逸離尋常規範的語言組構就是文學（否則就是非文學）。因此，逸離尋常規範的語言組構，也就成了文學所以爲文學的必要「性質」。而它正是新理論家較感興趣的部分，理由約如一位論者所說的這類理論：

　　　　在敘事分析上以「文學屬性」或文學內在特性爲研究對象。

文學概論

　　詮釋性批評往往以文學爲人類其他經驗（如心理、社會、經濟和
意識形態等）的投射……形式派和結構主義的文學觀，對此提出
矯正，將文學術轉化成內在的研究，以「文學屬性」或「文學
性」爲研究重點……「文學術」的研究所以有別於心理學、社會
學等等的研究，正因它強調以此「特徵」爲研究的重心。（高辛
勇，1987：4）

「文學」以非尋常的語言組構作爲它的特徵，在沒有更好的說詞前也
的確教人難以反駁或訾議，而這就凸顯了文學所以稱作「文學」的必
要性（雖然前兩種說法最終也會兼顧文學語言的特殊性，但在指涉對
象的先驗存在的情況下，儘管再如何的爲語言組構使上技巧，都不過
成了該對象非本質性的「附麗」，這就不免讓「文學」的限定在論說
上出現倒果爲因的現象）。（周慶華，1996a：47-48）其次，新理論
在「演化」的過程中，又逐漸排除前兩種說法所假定語言有指涉「外
在事實」的可能性。依實情來衡量，不論「現實生活」或「思想情
感」（原被認爲語言所指涉的「外在事實」），如果不是被外在化、
標準化、社會化、具體化和客體化的語言所編排，我們根本無從發現
和認識（周華山，1993：180-189），更何況那「文學性」又要如何界
說？因此，結構主義者認爲：

　　文學不是冒牌宗教、心理學或社會學，跟「模仿」無關；文
學是一種特殊的語言組織，有它自身特殊的規律、結構和方法。
同樣的，文學作品既不是傳達思想的工具、社會現實的反映，也
不是某種先驗眞理的化身；它跟「表現」無涉，它僅僅是一種物
質性的事實。文學作品是由語言而不是由客觀事物或感情所組
成。語言在作品中起決定性的作用，它是使表層言語具有意義的
深層結構。（王岳川，1994：29）

這樣就避免了前兩種說法所無法解決的語言指涉「外在事實」如何可能的問題。而由此可見，新理論反對前兩種說法後，文學所能「攀援」的就只剩構成文學的語言本身。而根據新理論所說，這類語言又不斷地顯現它的「非尋常性」，以及暗示它的意義只能透過語言體系才得以界定。這樣一來，我們還要問「文學是什麼」時，就不能再答以「文學反映現實生活」或「文學是現實生活的反映」和「文學表現思想情感」或「文學是思想情感的表現」，而只得說「文學自我指涉」（指構成文學的語言指向自身；它相對的是構成文學的語言指向外物）。（周慶華，1996a：49-50）而這又有「文學是一自給自足的有機體」、「文學是一種反熟悉化的語言結構」、「文學是一抽象的結構系統」（而一篇文學作品是這一抽象的結構系統的表達）、「文學是一個互文結構」和「文學是一無限的延異結構」等差別稱謂（鄭明娳等，1991：54；顏元叔，1977：23；吳潛誠，1988：97；古添洪，1984：5；張漢良，1986：119；廖炳惠，1985：8），而分別為新批評、形式主義、結構主義、後結構主義和解構主義等依便演出。縱然如此，「文學自我指涉」說也沒有任何保證它可以成為絕對真理（雖然它用來反駁前兩種說法頗見力道），因為那也是對文學的一種規範，並不具有什麼必然性。因此，我們仍然可以「比照」著說它是一種有效的文學限定。

　　上述三種文學限定，除了自我指涉論始終在形構上著眼而多力主文學的「搬演」能動性，其餘都會再為文學披上「語言藝術」的外衣，變成一種靜態的展演。（Theodore W. Hunt, 1971; René Wellek等, 1979; Jonathan Culler, 1998; B. E. Халнзев, 2006；本間久雄，1986；王夢鷗，1976b；趙滋蕃，1988；洪炎秋，1991；裴斐，1992；吳中杰，1998；畢桂發主編，2000；高小康主編，2001；童慶炳主編，2002；沈謙，2002；張雙英，2002；王一川，2003；朱國能，2003；

傅道彬等，2003；劉安海等主編，2006；魯樞元等編，2006；邢建昌，2006；徐志平等，2009）但這些所信誓旦旦的爲「文學是什麼」提供解答的主張本身，表面上看似「理直氣壯」，實際上卻都忽略了那並不是文學「是什麼」的問題（而是「我想使它成爲什麼」的問題）；大家有意無意「互槓」而各別苗頭的結果，不是前出已經未密，就是後出仍然難見轉精，徒讓一個有趣的課題還沒開展就劃下了休止符。

第二章
文學可以成為什麼

🌀 第一節　文學終究要轉成可以成為什麼

　　倘若不讓文學這一很可以別他的有趣課題劃下休止符，那麼要重啟討論的方向就得轉成追問「文學可以成為什麼」。也就是說，「文學是什麼」的假性斷言（其實都是要使文學成為什麼），已經使得大家無心去了解該斷言的前因後果，以及不跟人家同調究竟有什麼前景等問題，以至在論說中把它當成肯定句後就不再「思及其他」了。這樣不但「文學是什麼」的假性斷言未受到應有的重視，連「文學可以成為什麼」的可能的基進性預期都付諸闕如！

　　談論文學，當然不能那麼缺乏開展性。它應該要有「企圖心」和「見識力」從邊邊重燃起希望的火炬，一方面藉為照亮前路；一方面自我樹立標竿。而這唯一可能的，就是從「文學終究要轉成可以成為什麼」著眼。所謂「文學終究要轉成可以成為什麼」，它不只是籲請，也是實情。換句話說，「文學是什麼」既然是一個假性斷言，那麼「文學可以成為什麼」就是為了脫離假性斷言而起義的；因此「終究要轉成」就是實情的指陳，它本來就應該要這樣自我定位才不會有疑問。

　　因為「文學可以成為什麼」的觀念轉折還在進行中，所以它自然就不會像「文學是什麼」的追問那樣急於找到定位，也不可能像「文學是什麼」的理論鋪陳那樣格局高度受限。好比有人給文學作這樣的界定：

　　　　文學是人生的表現和批評，從最好的思想裏寫下來的，有想像、有感情、有體裁，有合於藝術的組織；集此眾長，能使

人類普遍心理都覺得它是極明瞭、極有趣的東西。（梁實秋等，2002：171）

這以「是什麼」來定義文學，很明顯它必須再面對「這是什麼的依據是什麼」和「而該依據的依據又是什麼」等一連串的詰問，最後勢必無從再掌握所作界定的「確切意義」或「所指為何」。反觀「文學可以成為什麼」就不是這樣，它很清楚界定文學的權宜性（為權力意志服務）；別人如果有不信服的，只會質疑限定者的「動機可議」，而不致質疑該限定的「出處無據」！

　　此外，有人喜歡說些文學有「共通性」的話。這不僅昧於「少有人會苟同」的實情，而且還跟主張「文學是什麼」的人一樣高估了自己的識見能力。如：

　　文學是沒有國界的：阿拉伯人的故事，可以同樣的使斯坎德那維亞人怡悅；英國人的最精純的創作，可以同樣的使日本人感受到它們的美好；中國的晶瑩如朝露的詞，波斯的歌著「人生如寄」的詩，俄國的發掘「黑土」祕密的小說，也都可以同樣的使世界上別一部分的人感受到跟他們本土的人所感受的一模一樣的情緒。文學是沒有古今界的：希臘的戲曲，至今還為我們所稱賞；二千餘年前的《詩經》，至今還為我們所誦讀……同樣的能感動了後來的各時代的無量數的人。（鄭振鐸，1998：敘言I）

這沒有提出什麼理據，形同信口開河，本來可以不必理會；但為了相對他所撰《文學大綱》囊括古今中外文學而西方人卻未必同等對待中國文學一點，還是引它作例子。換句話說，我們自己含混認知文學，最終仍然改變不了別人並不信賴我們的事實。後者是說，西方人自有他們一套限定文學和表現喜好的方法，我們如果不試著去理解，那麼恐怕也沒有能力回過頭來省察自己相關的觀念和好惡情緒。

好比Malcolm Bradbury撰寫的《文學地圖》一書，廣為介紹世界各地文學（包括印度、日本、以色列、阿拉伯和南非在內）（Malcolm Bradbury, 2007），卻不見片言隻字提及臺灣和中國大陸文學；還有人居然不諱言「西方人很少有欣賞東方文學的，中國和日本詩人在西方的讀者也為數不多」。（L. James Hammond, 2001: 43）這種情況，我們可以譴責西方人沙文主義作祟，但卻無助於了解「事情為什麼變得這麼不堪」！事實上，這仍是一種限定文學的結果；而該限定後的文學，則是跟他們的認知、倫理態度和審美觀等相呼應，別人難以強行置喙！相對的，我們又是如何的在估量自己所信守的文學觀，豈能沒有一套可靠的標準？

似乎也只有在觀念上從「文學是什麼」轉成「文學可以成為什麼」，我們才能看清先前大家在爭論「文學到底是什麼」的無謂（包括引進西方文學觀派別「分歧」而「仲裁」嫌多餘在內）。換句話說，「文學到底是什麼」永遠不可能顯現出「權宜」的答案（除非有一天大家原互不相侔的先備經驗和方法意識等都齊一了），最後只剩下「文學希望它成為什麼」的備份，等著我們各人重新收納來發揮論述和創作的「依據」功效。而這一旦可以成為前提性的觀念，相關的文學論述自然就能跟著有新的開展（也就是今後大家不必再拘謹的偽裝成是在探索什麼「必然性」的文學，而可以放心大膽的去談自己所想塑造的「另類」文學）。

上面的辨析已經「理到意足」。如果還有未盡愜意的地方，那麼它就是「文學終究要轉成可以成為什麼」後的價值選擇問題。這是從文學要被限定為什麼而可以踐行的那一刻開始，就得一併思考的課題；它所意謂的是「文學可以成為什麼」的權宜論斷，並非只是純然的「率性為之」，背後仍有某些準則在支持，才能解決「你不一定要使文學成為什麼而你卻要使文學成為什麼」的連帶問題。

第二節　文學可以成爲什麼本身的價值選擇

　　前章在將文學論述的可能性依權力意志／文化理想的架構予以定位時，就等於預告了任何一種後起的文學限定都不可能是「隨意而發」，因爲那樣限定者的權力意志未必可以遂行而文化理想也不定能夠實現。換句話說，隨意提一種文學主張，固然都是依便行事而應獲得必要的保障，但如果那種主張「了無新意」而難以博得別人的認同，那麼它就是在枉費心力，徒然多一種泛泛的文學觀。因此，本章第一節末所說的「背後仍有某些準則在支持」，就是針對這一點而期許限定者都知所選擇價值的方向。

　　一般所說的價值，它的存在方式，約有三種情況：㈠是依附在具體的事物上（如食物、風景、藝術品和科學論文等）；㈡是依附在抽象的關係上（如倫理道德和禮法制度等）；㈢是依附在主觀的創意和想像上（如和平、民主、巫術和宗教等）。第一種價值是由人的認定而來，屬於事物價值；第二種價值是由人的賦予產生，屬於倫理價值；第三種是由人的創意和想像所致，屬於精神價值。（陳秉璋等，1990：321-322）至於價值的性質，根據一些價值論述所示，價值不是價值對象本身（如一自然事件或一種理念或一個命題或一曲音樂或一項事業等），也不是價值對象的構成元素，而是價值對象所擁有的獨特屬性（跟價值的存在方式爲一體的兩面）。換句話說，價值只是一種「寄生式」的存有。而除了這種非實在性，價值還具有兩極性（如眞／僞、善／惡、美／醜和聖／俗等分別）和層級性（從好到壞排列）。（Risieri Frondizi, 1988: 6-10；徐道鄰，1980：180-181；唐君

毅，1989：438-439）只要是價值判斷，在別無其他設定的前提下，都
會涉及這些性質。

　　使文學成為什麼的限定考量，所要選擇的「價值」，也是依上述
的價值性質及其存在方式而可能的。它要權衡該文學限定的「限定有
效性」而可以作為他人思考文學的依憑，以及將它置於先前各種文學
限定裏而足夠顯出「限定的優越性」。也就是說，新的文學限定只要
具備高度有效的價值性和比較其他的限定而可以特顯非常的價值，就
值得優先選擇，讓它獨立為一種新的文學主張。而這不妨先舉後者的
例子來窺見一斑：

　　春　　安西各衛
一隻蝴蝶向著韃靼海峽飛去了。

（岩上，2007：29引）

　　算命師　　Sandy Stosic
「我看到很大的災禍。」吉普賽女人凝視著水晶球說。
「你知不知道……會發生什麼事？」男人緊張地小聲問。
「我看到一把槍，還有你認識的人偷你的錢包。」
「可是你怎麼能這麼確定？怎麼能？」
吉普賽女人舉起槍，微笑。

（Steve Moss等編，2001: 186）

　　深淵　　瘂弦
孩子們常在你髮茨間迷失
春天最初的激流，藏在你荒蕪的瞳孔背後
一部分歲月呼喊著。肉體展開黑夜的節慶。
在有毒的月光中，在血的三角洲，
所有的靈魂蛇立起來，撲向一個垂在十字架上的

憔悴的額頭。

（瘂弦，1981：239）

第一個例子以「蝴蝶飄飛過海峽」的意象隱喻「春天又不經意的歸來而讓人驚喜」的意義，很可能會被表現論所收編；第二個例子以「吉普賽女人設局誆騙」的事件象徵「現實人心險惡」的主題，很可能會被反映論所羅致；第三個例子以層層反熟悉化的語言（包括孩子在你髮茨間迷失、春天的激流藏在你荒蕪的瞳孔背後、歲月呼喊、肉體展開節慶、有毒的月光、血的三角洲和靈魂蛇立等）自我暗示奇絕，很可能會被自我指涉論所採納。這麼一來，上述三種文學限定似乎就可以各自高奏凱歌而繼續往前去指稱它們所能圈劃的對象了。但又不然！我們會發現可能被收編的〈春〉詩裏，也在「反映」一個有關遊客在轄輯海峽邊玩賞的場景；而可能被羅致的〈算命師〉極短篇小說中，也在「表現」作者對騙子深惡痛絕的感覺；而可能被採納的〈深淵〉詩內，也在「反映」現實人生一些普遍深藏的無可奈何的情懷和「表現」作者勇於探向自我或他人潛意識的雅興，這又如何能孤立的看待？可見上述三種文學限定，除非從此棄守，不然各自堅持下去，引證必定觸處罅隙！而根據這一點，又可以推及原先三種文學限定中，反映論不見容於表現論，而自我指涉論又棄反映論和表現論於不顧，彼此對立的結果雖然使文學內部顯現出「多音交響」的現象，但整體上卻是「莫知所向」！換句話說，上述三種文學限定本身，都無從保障文學的前景（好像只是「提出該主張」就算數了），這恐怕是最大的問題。至於前者所準的「限定有限性」，則得依實際限定再去衡量（詳見第三章），現在因體例關係，就暫時略過不談。

顯然一種文學的限定倘若既能自我高度有效，又能比其他的限定優越，那麼它就是我們所該優先期待的。而這所需要的「識見」，則來自曠觀古今中外文學生態的演變。我們知道，一種特殊文學觀念的

產生，或多或少都會有相應的文學環境的變化或新塑。如南梁時期蕭統編纂《文選》所明列的選文旨趣：

> 若夫姬公之籍，孔父之書，與日月俱懸，鬼神爭奧，孝敬之准式，人倫之師友，豈可重以芟夷，加以翦截？《老》、《莊》之作，《管》、《孟》之流，蓋以立意為宗，不以能文為本，今之所撰，又以略諸⋯⋯至於記事之史，繫年之書，所以褒貶是非，紀別異同，方之篇翰，亦已不同；若其讚論之綜緝辭采，序述之錯比文華，事出於沈思，義歸乎翰藻，故與夫篇什，雜而集之。（李善等，1979：序3）

這就以一個「事出於沈思，義歸乎翰藻」的文質彬彬的文學觀念，承繼魏晉以來逐漸興起的「緣情而綺靡」的新主張和開啓後世文質不能偏廢的風氣（周慶華，1996b：235-256）；而也因為它的觀念新穎顯眼，所以連帶研究它所選文章而形成了一股「文選學」的風潮（駱鴻凱，1980；林聰明，1986；游志誠，1996），歷久不衰。這無異在告訴世人：只要你所限定的文學夠出眾，就有可能風行而一改時代的文學視野。又如近代西方資本主義所促動的文學產業的興起，相關的反映論就更得著發展的空間，以至像Robert Escarpit《文學社會學》一書所指出的現象就越發接近世人所想熟悉的狀況：

> 所有文學活動都是以作家、書籍及讀者三方面的參與為前提。總括來說，就是作者、作品及大眾藉著一套兼有藝術、商業、工技各項特質而又極其繁複的傳播操作，將一些身分明確（至少總是掛了筆名、擁有知名度）的個人和一些通常無從得知身分的特定集羣串連起來⋯⋯在環環相銜的交流圈中，創作者透過所探討的問題，現身說法提出個人心理上、道德意識和哲學觀的詮釋；作品則是表現美感、風格、語言和技巧的媒介物；至於

大眾集羣則以歷史淵源、政治因素、社會情勢，甚至經濟狀況所
涵蓋的範疇來置身其中。（Robert Escarpit, 1990: 3-4）

這將文學視作一種由作者生產／作品配銷／讀者消費等產業鏈的社會
活動，就比新舊馬克思主義所指出的社會環境／意識形態及其流亞
Lucien Goldmann所指出的世界觀（集體意識）（Göran Therborn, 1990;
New L. Review編, 1994; Mary Evans, 1990）等更貼近「現實所需」。
而它的被檢證程度，可以David Throsby《文化經濟學》所舉一個文
學產業化的「旁證」來以見一斑：「他（大仲馬）身後有一批固定的
捉刀人，隨時備好稿子，只待大仲馬簽名發表。當時坊間就流傳這樣
的笑話，大仲馬問同為小說家的兒子：『你看過我最近的大作嗎？』
小仲馬回答：『沒有，爸爸你？』」（David Throsby, 2003: 139）因
此，被「充實」後的反映論，在相當程度上也算找到了它的市場。而
這也不啻在告訴世人：只要你限定的文學有別樣的應時性，就有可能
管領時代的風騷而進駐人心。

　　雖然上述各種文學主張都已經過時或不再能引發迴響，但它們
在歷史上發光的典範意義還是會被考索玩味或接續實踐。而我們所要
培養的識見，也就來自這一類「文學觀念變動及其被迎拒情況」的啓
發或激勵。這彷彿有違取徑宜多廣涵（不僅文學單一領域）的無形制
約，而忽略了文學跟其他領域還在「相靡相盪」的事實（詳見第八
章）。情況當然是這樣，但也不盡然如此！文學縱使再怎麼離不開整
體環境的「牢籠」，只要它想自成一個王國（否則就隨便稱呼而不堅
持稱它為文學），還是得在「關鍵」處將它獨立出來談論（詳見第三
章）。因此，我們要新限定文學，自然得從已經存在的文學觀中去發
掘它們「不夠有效」的教訓；而接著相關的前景，才能藉這個機會規
模完成。

第三節　相關選擇的強與時俱進性

　　文學可以成為什麼本身的價值選擇，除了要將所限定的文學自我定位在高度有效且比其他的限定可觀，此外還得「要知所向」以為預告前景。而這依我個人「審時度勢」的結果，認為沒有比「強與時俱進性」來得迫切。先前某些文學主張（如自我指涉論中的各個流派）已經展現了某種程度的「與時俱進性」，也多少都呼應了時代新的文學需求以及反過來改造了時代的文學風氣；但那種「與時俱進性」卻還缺一個「超前指引」的強力道，致使時過境遷後（或說實踐一段時間疲乏了）就被遺忘。現在要重新限定文學，顯然不能再重蹈覆轍；否則憑空多了一個文學限定，不是看著礙眼，就是後悔「生」出了它。

　　至於這種「強與時俱進性」又要如何評估它的可能性？這就得從幾方面來談：第一，先要肯定新的文學限定是要給今人或後人參考取用的（而不是要服務早就不在場的古人）；而要給今人或後人參考取用，最方便的莫過於讓該限定既能趨時又可以超時（而不是盡在古文字堆裏窮纏繞，希冀「古人也能認同」）。為了印證這一點，不妨取一段論述為例：

　　　在英語中，文學（literature）一詞最早出現在十四世紀，但是它最初的含義是泛指一切文本材料而非文學……西方學術機構中的成員著書立說，第一步就是作出一個本課題的研究綜述，盡收前人的研究成果，這被稱為literature review，而literature的準確翻譯就是「文獻」。在歐洲，直到十八世紀末，文學一詞都還

是「文獻」之意；隨後逐漸過渡到專指有關古典文獻的特別知識和研究，最終於1900年前後才形成了現代的文學觀念，就是專門指涉具有審美性的那一類特殊文本。（趙一凡等主編，2006：595）

前面曾經說過「外文如英文 "literature"，則還難以溯源而得知它的流變」（詳見第一章第二節），這相較上述論者對 "literature" 的指陳歷歷，很明顯少了「必要的考證」。但有誰敢說多了這一段資訊，我們就能更加了解文學？難道那不也是在進行一種系譜學式的考掘？背後仍然預設著權力主體（Michel Foucault, 1993），無從回過頭來強要我們認同。倒是它所追究出來的 "literature" 義被「依需」代變的情況，無意中成了我們限定文學必要「強與時俱進」的佐證。

第二，所限定的文學要給今人或後人參考取用，以具「強與時俱進性」為要件固然有了賣點，但在邏輯上最好還要有向來有見識的人就是「這麼過來」的連貫性，才能有助於「砥礪志氣」！而這以中國傳統的文學論述為例，可取則的並不少。如：

> 夫設文之體有常，變文之數無方，何以明其然耶？凡詩賦書記，名理相因，此有常之體也；文詞氣力，通變則久，此無方之數也。名理有常，體必資於故實；通變無方，數必酌於新聲。故能騁無窮之路，飲不竭之源。然綆短者銜渴，足疲者輟途，非文理之數盡，乃通變之術疏耳。（范文瀾，1971：519）

> 作者須知復變之道：反古曰復，不滯曰變。若惟復不變，則陷於相似之格：其壯如驚驥同廄，非造父不能變，能知復變之手，亦詩人之造父也。以此相似一類置於古集之中，能使弱手視之，眩目何異？（郭紹虞，1982：211引）

夫文學不能立古人之前，猶之人類不能出社會之外。然而，改革社會，豪傑之所能為；則變化古人，亦文家之有事乎？變化如何？曰：仍其義，變其例；仍其例，變其義。（郭紹虞等主編，1982：514）

蓋文體通行既久，染指遂多，自成習套。豪傑之士亦難於其中自出新意，故遁而作他體以自解脫。一切文體，所以始盛終衰者，皆由於此。（王國維，1981：25）

這些都是一副非要我們「向前看」不可的模樣，以至「強與時俱進性」早已在後浪的簇擁下，必要由前浪予以接力完成，形同是「勢所必趨」。

第三，「強與時俱進性」是理論要求，實際還得有些配件，以便讓它的可能性不染上過多情感色彩（也就是不因一心要力主「與時俱進」而少了理性容受的彈性空間）。而這得借助物理學史內較新的混沌理論、經濟學史上較後出的複雜理論和科普書中的小世界理論等來權為「裝置」那些配件。所謂混沌理論，是非線性系統理論的一種。它指出整個世界並不像過去科學家所說的那麼井然有序，而是處於變動不定的混沌狀態。這透過對流動的大氣、蕩漾的海洋、裊繞上升的炊煙、浴缸內冷熱水的對流、野生動物的突兀增減以及人體心臟的跳動和腦部的變化等現象的觀察，就可以得到證實。因此，不論以什麼作為介質，所有的行為幾乎都遵循著混沌這條新發現的法則。而這種體會也逐漸在改變企業家對保險的決策、天文學家觀測太陽系和政治學者討論武裝衝突壓力的方式；晚近相關的研究更涉及數學、物理、力學、天文、氣象、生態、生理、社會、經濟和政治等多個學科領域，使得混沌一時間成了各種系統的宏觀共相。（James Gleick, 1991; John Briggs等, 1994；顏澤賢，1993；劉華傑，1996）混沌這一本是泛

指無序和雜亂狀態的語彙，在學理上的定義已因相關的研究而有了嶄新的意義。日本早稻田大學理工學院教授相澤洋二簡釋混沌為「凡是在數學、物理學方面已經確知它的原理而仍無法進行預測的現象」；混沌獲得這一新義而被視為包含大量的資訊、耗散能量的重新組合和科學中的深層結構等正面意義。（邱錦榮，1993）換句話說，混沌不再指無序和雜亂，而是更高層級的秩序（相對於一般線性系統來說）。它會自我組織成秩序，又會從秩序回復為混沌狀態；它不但是秩序的先行者，也跟秩序構成互補的關係（反過來說，任何一個紊亂現象的背後，也當有某種秩序的存在）。這有兩個現成的例子：

> 印地安社區的議事廳需要一個新屋頂，它東漏漏、西漏漏了好一陣子，狀況愈來愈糟……直到某天早上，有個男人站在屋頂上，拆下老舊的木瓦，地上有幾捆新的、手劈的木瓦……然後過了一會兒，另一個傢伙經過，看到在屋頂上的男人，並走上前來……不一會兒，他拿著一把榔頭或短斧，或許一些釘子和一、兩卷防水紙回來。到了下午，已經有一羣人在屋頂上忙碌工作……兩、三天後，整個工作完成了。最後，大家在「新」的議事廳裏，舉行了一場盛大的慶祝會。（John Briggs等, 2000: 81-82）

> 當一名庫格族獵人帶著特別豐盛的戰利品回家而跟家人分享時，他的鄰居不但不會為此感謝，反而會加以貶抑。他們的解釋是：「當年輕人獵得很多的肉，他會開始自認為是個領導者或大人物，覺得其他人是他的奴隸或屬下。我們無法接受這種想法。拒絕讓他自我膨脹，是為了有一天驕傲之心會讓他殺了別人；所以我們總是把他獵來的肉說得一文不值。藉著這種方式讓他的心冷靜下來，變得溫和。」（同上，51-52）

前者就是一種由混沌到秩序的現象（由屋漏沒有人管到一名男子「帶

文學概論

頭」而將屋漏修好，展現了「自我組織」成秩序的狀況）；而後者就是一種由秩序到混沌的現象（由年輕獵人的捕獲獵物邀譽到由村人的紛紛冷漠對待而使該榮譽頓時消散，展現了「自我紊亂」為混沌的狀況），充分顯現混沌和秩序相互依存的關係。而這種關係，也無異在預告著秩序的「不確定性」以及混沌的「非恆常性」，彼此都可能在一些變數的介入下而產生互轉或互換的「調節」機能。（周慶華，2007b：200-202）就因為有這個緣故，所以要限定文學所預設的秩序性，只要為它輸入一個變數（如對前兩點的強力否定之類），很可能就會出現難以逆料的混沌現象（這種現象，可以用相關論者所提及的「如美國麻薩諸塞州的一隻蝴蝶撲搧一下翅膀，可能引起遠在印度次大陸的一次氣象大變化」〔James Gleick, 1991: 12-13〕這一蝴蝶效應來作比喻）。這時我們就得有重回未限定文學前的「元文學」時代的心理準備，而不必定它可以真正的限定「成功」。而所謂複雜理論，是在混沌理論的基礎上或超越混沌理論而發展出來的新思潮，它所彰顯的特點是「走在秩序和混沌邊緣」。論者認為所有的複雜系統都有一種能力，能使秩序和混亂達到這種特別的平衡：

> 在這個我們稱為「混沌邊緣」的平衡點上，系統的組成分子從來不會真正鎖定在一個位置上，但也從來不會分解開來而融入混亂之中……在混沌邊緣，嶄新的想法和創新的遺傳形態永遠在攻擊現狀，儘管是最警衛森嚴的舊勢力都終將瓦解。在混沌邊緣，美國長達數世紀的奴隸制度和種族隔離，突然就在1960和1970年代向民權運動豎起白旗；1970年代紅透半邊天的蘇聯共產政權，一夕之間在政治騷動中崩潰。也在混沌邊緣，在無數世代中循序漸進的物種演化，也突然出現大規模的物換星移。（M. Mitchell Waldrop, 1995: 7）

這一新思潮，打破了從Isaac Newton以來的科學觀念，也吸引了包括諾貝爾物理大師、離經叛道的經濟學家和紮馬尾的電腦天才等在內的許多人才「盡瘁於斯」的窮爲鑽研；他們的革命性作爲，多少已經改變了經濟、生物、數學、認知科學和人類學等多種學門的面貌（相對的，混沌理論就顯得有點不足；它被認爲不夠深入：「混沌理論告訴你簡單的行爲規則能產生極爲複雜的變化；但儘管碎形的圖案美麗非凡，混沌理論事實上對生命體系或演化的基本原則談得不多，也沒有解釋從散亂的初始狀態如何自我組織成複雜的整體。更重要的是，混沌理論沒有回答它念念不忘的老問題：宇宙中爲什麼不斷形成結構和秩序」。〔M. Mitchell Waldrop, 1995: 389〕）特別有啓發性的是，複雜理論應用在經濟學上，改變了舊經濟理論一貫主張的「負回饋」或「報酬遞減」觀念，而提出「正回饋」或「報酬遞增」的新說法。以往所見的負回饋或報酬遞減的經濟學教條，無異暗示著「第二塊糖的味道一定沒有第一塊好，兩倍的肥料不見得會得到兩倍收成；無論任何事情，只要你做的愈多，就會愈來愈沒有效，愈來愈無利可圖，或愈來愈不好玩」；而最後的結果都是一樣的，「負回饋使小的混亂不至於失控而瓦解物理系統，報酬遞減也確保沒有一家公司或一個產品會大到霸佔整個市場。當人們厭倦了吃糖，他們就改吃蘋果或其他東西。當所有最好的水力發電的地點都已經充分利用，電力公司就開始建造火力發電廠」。（同上，39）但正回饋或報酬遞增就是這樣，它能把一些微不足道的偶發意外，擴大成不可扭轉的歷史命運：

　　年輕的女演員純粹因爲天分而成爲超級巨星嗎？很少如此。那往往只是因爲演了一部熱門的片子，使她知名度暴漲，事業扶搖直上；而其他才藝相當的女演員卻仍在原地踏步。英國殖民者羣集於寒冷、多風暴且多岩石的麻薩諸塞灣沿岸，是因爲新英格蘭的農地最肥沃嗎？不！只不過是因爲麻薩諸塞灣是清教徒當初

下船的地方，而清教徒選擇在這裏下船是因為五月花號迷路了，找不到維吉尼亞作為落腳處。結果就是如此。而他們一旦建立起殖民地，就不會再走回頭路了；沒有人打算把波士頓再搬到其他地方去。（M. Mitchell Waldrop, 1995: 42）

而這顯現在經濟領域的，就是充滿了演化、動亂和意外的市場不穩定狀態。（M. Mitchell Waldrop, 1995: 11-62）這樣重視「偶發性」變數的結果，就是混沌和秩序的交替轉換再也不是原先所訂的「規律」所能決定，它毋寧還得把「機遇」問題納入考慮（周慶華，2007b：205-206），而給文學限定再配備一個「可能意外成功或失敗」的條件。而經過混沌和複雜這般的「攪和」後，我們可以重新思考另取混沌和複雜的「變合體」來因應變局。理由是混沌理論的不足處固然是它只提到在開頭輸入小差異就會造成「蝴蝶效應」般的大變化，而無法進一步說明那一變化過程是怎麼可能的（而這在複雜理論中以「偶發」或「意外」的因素來解釋，特別有使人警醒的作用）；但反過來看，複雜理論所示的一切都充滿著偶發或意外的不穩定狀態是否「就是如此」？也未必！這依然無從得著有效的保證（也就是有些事件的發生表面上看似毫無章法，實際上卻都有一定的理則；我們不能因為找不出該理則，就斷然否定該理則的存在）。這樣一來，複雜理論和混沌理論就得「聯合」為用，才能比較有效的解釋事物存在的規律。而這種狀況，可以統稱為混沌和複雜的變合體。而這一變合體的應用，是把原不定變數的混沌理論納進複雜理論而專門選擇最有利的途徑來自我調適，然後冀望它「一舉成名」。這中間仍舊會有無法掌控的成分（也就是複雜理論所說的偶發或意外的因素介入而造成他人不定認同的混亂現象）；但因為有萬全的準備和效應的預期，所以它還是可以自成一個王國而隨時能夠新人耳目。（周慶華，2007b：206-207）至於具體的作法，則有小世界理論可以讓我們參酌推衍。這

種理論，試圖標榜「在無秩序的複雜中找出有意義的簡單性」，並且以一個鏈結經驗來開啟新聲：

> 在1960年代，美國心理學家米爾格蘭曾經想要描繪一個鏈結人和社區的人際聯繫網。他在內布斯加州及堪薩斯州隨機選出一些人，寄信給他們。在信中麻煩他們把信轉寄給他在波士頓的一位股票經紀人朋友，但並沒有給他們他那位朋友的地址。為了轉寄這封信，他請他們只能把信寄給他們認識的某個朋友，而這個收件人是他們認為在人脈上可能比較「接近」那位股票交易員的人。大多數的信最後都到了他朋友的手中，而且遠遠出人意料的是，這些信並沒有經過上百次的轉寄，而是只轉寄了約莫六次。
>
> （Mark Buchanan, 2004: 19）

所謂重新限定文學，大體上就是取這類精義改為「主動」的去勉作鏈結，並且不刻意冀求效應和容許小世界化。後者是因為所限定文學的推廣很難是一廂情願的，以至不刻意冀求迎合者也就成了所限定文學自我安頓的不二法門；而小世界化則是為了自我寬待而擇定的（也就是任何的「影響力」都有可能被高估，畢竟相關的鏈結通常都範圍狹小；因此所限定文學有施展不開來的情況，大家就得寬懷以對而給予高度的包容）。

可見要從事新的文學限定，並不是僅僅一個「強與時俱進性」的形式上認知就能夠交代得了，它還得有訴求對象的設定、前人經驗的援例支持和但求精采而不強迫他人接受等條件備列，然後實踐才可望有成。換句話說，「強與時俱進性」是核心識見，而它要有所「完美演出」，上述的諸多條件缺一不可，基本上都得一併列入該有的識見範圍。

第三章
文學成為什麼後的開展

 文學概論

第一節 新的文學限定

從「文學是什麼」到「文學可以成為什麼」的觀念轉變，所要給新的文學限定提供保證的條件都儘量羅列了，接著得試為提出該一具體的限定「以為印證」。雖然如此，這種限定也不過是「文學可以成為什麼」的一種情況，它容許其他限定的對諍且持續變化搬演而拓展文學的多元向度或動態伸展的力度（有別於既有的文學限定一定案就不再有所伸縮的靜態展演性）；本身的裝備可以是特好的，但不包括它是「唯一」的自詡。

前面說過，一種文學限定必須是高度有效且能比其他限定優越（詳見第二章第二節），才有新意而被廣為接受的可能性。而這點我已經嘗試做過了，以「針對某些對象進行敘事或抒情，而將所要表達的思想情感曲為表達或間接表達」為獨家的文學界定（周慶華，2004a：96）；現在我稱它為「科別論」，以相異於先前所見的反映論、表現論和自我指涉論等一類的主張。這是從學科的區別立場來界定的，它的有效性顯現在把文學當作一個大類而可以區別於其他的大類（如哲學、科學等）；否則這種界定就沒有意義（也就是如果不能在界定上將文學和哲學、科學等區別開來，那麼整個分類系統就只能「混亂」的被我們所感知而不再有學科區別的作用）。換句話說，文學這個大類既然要成為知識可能賴以形成的最終概念形式之一，那麼它也得使自己在下列意義上是唯一的：㈠它可能跟其他類結合，但不能用其他類來描述或歸結為那些類，因為它跟任何其他類沒有共同的地方；㈡它不可能被視為其他較高層次類的成員（除了無所不包的終

極存在或實體的成員）；㈢它提供人類知識內容的形式，但本身並不提供內容；㈣它在主賓語言是一切有意義的傳播的基礎。（Peter A. Angeles, 2001: 58-59）這是在重新限定文學時所得遵守的原則，而我所做的上述那一界定也不例外。

　　在那一界定中，所謂某些對象，是指人事物等；而曲為表達或間接表達，是指以譬喻、象徵等手法來造成有如藝術品那樣將素材予以額外加工美化的效果；至於思想情感，則指以語言形式存在的知覺和感覺。當中「針對某些對象進行敘事或抒情」和「將所要表達的思想情感曲為表達或間接表達」，在語意上是相互蘊含的（也就是敘事或抒情已經表明了是在曲為表達或間接表達思想情感；而曲為表達或間接表達思想情感也就等於是在敘事或抒情），為了更能夠「達意」才把它們分列連說。這樣我們就可以高度有效的將文學區別於直接表達思想情感的哲學或科學（當中哲學可以把它界定為是人直接在表達對事物的後設性看法；而科學也可以把它界定為是人直接在表達對事物的對象性看法，它們所見的思想情感的流露都是不加修飾的），而使它在相對上獨立為一大類。（周慶華，2004a：96）

　　如同樣在表達一個「無力抗拒強權凌駕的悲哀」這樣的感懷，我們可以構設「懦弱的人在面對別人的欺壓時，不是沒有能耐反彈而甘願受辱，就是別為尋求補償以便得到心理的平衡」這類在相當程度直接表露「看法」的哲學語言，也可以構設像魯迅《阿Q正傳》裏的主角阿Q「在形式上打敗了，被人揪住黃辮子，在壁上碰了四五個響頭，閒人這才心滿意足的得勝的走了。阿Q站了一刻，心裏想：『我總算被兒子打了，現在的世界真不像樣……』於是也心滿意足的得勝的走了」（楊澤編，1996：80）那樣蘊含「在精神上求取勝利」的敘事性的文學語言，或者構設像夏宇〈甜蜜的復仇〉「把你的影子加點鹽／醃起來／風乾／／老的時候／下酒」（張默等編，1995：1112）

那樣蘊含「在精神上完成報仇」的抒情性的文學語言（二者都是人間的悲劇）。依此類推，我們可以在每一個情境中有效的區別文學和其他學科的不同（雖然它們都是人所設定的）。（周慶華，2004a：96-97）

　　這跟既有的文學限定不同處且可以比它們優越的地方，主要有兩點：第一，先前所見的文學限定，依所分主從順次（如反映論和表現論就以「現實生活」和「思想情感」為主而「藝術加工」為從；而自我指涉論中的新批評和形式主義則以「藝術加工」為主而其他為從）或純取則形式結構（如自我指涉論中的結構主義、後結構主義和解構主義等）來看，它們都可以說是偏提的單一存有式的（如心理存有式的、社會存有式的和語言存有式的等等）；而我的文學限定，則統攝文學作為一個語言結構體所應顧及的多重存有性（也就是「思想情感」是心理存有；所敘事或抒情的對象「人事物」是社會存有；而以譬喻、象徵等手法來表達該思想情感是藝術存有，合而構成一個可以後設經驗的存在體）。

　　第二，先前所見的文學限定，都未能有效的定位組構為文學的這種語言（也就是不是像單一心理存有式的限定或社會存有式的限定那樣「含混籠統」，而導致引發其他論者「文學只是思想意識，沒有屬於它的特殊本質」一類的譏誚〔Terry Eagleton, 1987: 11, 18, 188〕，就是像語言存有式的限定將文學和其他學科視為同類，而又無法避免高舉文學的類型來標榜所見的反諷，或僅承認形式結構的存在而又難以不去談及它的譬喻、象徵義所見的罅隙）；現在我這個限定直接把語言「還原」為各學科所共享，而僅以語言的性質及其呈現方式作為區別學科的依據。當中所增加的藝術存有成分（也就是譬喻、象徵等表達手法），就是文學語言的專擅，其他學科語言則不合特許它們也有這種特徵，以免攪亂類別次序；否則就得停止一切限定（這時文學

也不需要讓它存在了）。

此外，在我的限定中，所敘寫的對象（人事物），也都是以語言形式存在或創發爲語言形式才能據以爲敘寫；而抒情和敘事的差別是，一個著重在以「意象」來譬喻、象徵思想情感，一個著重在以「事件」來象徵思想情感。它們是人所可以運用的兩種寫作的手段，也是人所能藉以區別其他學科「直接說理」的最大徵象。（周慶華，2004a：97-98）而這一「細爲析辨構設」的情況，同樣爲先前所見的個別文學限定所不曾有過。倒是有一本非文學論著無意中道出了相接近的見解：

> 文學的目的和科學一樣，同樣是要說出眞相，不同處在於文學還能怡情娛性……文學以虛構想像眞實，科學則是要直接說出眞相……文學需要詮釋，但詮釋因人而異，這種情況爲科學所不許，於文學卻是歡迎的。文學是開放的，容許從小孩到哲學家的不同程度理解；科學則是定於一言，所要的聽眾是同樣水準的其他科學家，因爲唯有如此，它的結果才能加以驗證。（Harvey C. Mansfield, 2010: 89）

所謂「文學還能怡情娛性」、「文學以虛構想像眞實」、「文學需要詮釋」和「文學是開放的」等等，說的就是文學運用意象／事件來譬喻或象徵思想情感，可以讓人玩味理解不盡，從而顯現出一種其他學科所沒有的自由開放性。雖然它語多含糊，但已經有準備要把文學和其他學科區別開來看待了。

縱是如此，這裏也還有一個「表面看似矛盾」的問題需要解決。也就是說，既然一切（包括所敘寫的對象、所要表達的思想情感等）都以語言形式存在或得創發爲語言形式，那麼又哪來的「心理」存有、「社會」存有？其實這並沒有什麼矛盾的地方；它還是一個自我

規範的問題：當我們能夠把一些語言對象依它們的性質差異而分別開來，並稱爲心理存有、社會存有時，那麼文學和其他學科自然就可以擁有這些成分。這不妨藉Karl R. Popper對世界的區分來作說明：Karl R. Popper認爲世界有三類：第一類是物質和能量的世界，包括有機物和無機物的世界，如機械和一切生命形式，甚至人類的軀體和大腦；第二類是意識經驗的世界，不僅指人類直接的感覺經驗，還指記憶、想像、思想和計畫的行動等；第三類是客觀知識的世界，包括客觀的思想內容，尤其是基於科學、藝術而表達的思想。Karl R. Popper認爲第三世界一旦形成，而變成人類生存環境的一部分時，人類常要適應它、受它塑造；當然，人類也可以研究、批評、擴充、修正，甚至廢棄它。（Karl R. Popper, 1989）在理論上固然可以這樣分，但在實際上卻有困難。因爲物質和能量必須爲人所意識才有「存在」的意義（價值），而人的意識一旦發生，立刻形成客觀知識（特指相互主觀下的客觀），這樣三類世界就無從分起了。換句話說，客觀知識的世界，就是意識經驗的世界，就是物質和能量的世界。（周慶華，2000a：147）而從這一點推衍，整個世界要以語言形式存在或創發爲語言形式，才可被後續的意識和討論，而各種學科的分立也不過是從這些語言形式中再依某些準則而加以區別罷了。因此，上述我的文學限定是不難訴諸「經驗」而可以期待大家普遍來肯認的。（周慶華，2004a：98-99）它在相對上「符合邏輯」的高度有效性和比其他限定更能「自圓其說」的優越性等特徵，自料可以穩當的藉它來發展一套新的文學論述。

第二節　全面性的理論建構

新的文學限定以「科別論」定調，它固然也會遭遇其他學科的限定「不也是要這樣處理嗎」的詰問，而可能難以回應，但這裏所宣稱的既是「文學的科別論」，所以非文學的科別論自然就不合攬進來攪擾。這樣不論是學科內還是學科外，都會因為本文學的科別論一貫的有效性而可以「通行久遠」。而這隨後的理論鋪展才要開始，它攸關著新的文學限定的可寄望性。

我們知道，建構一套理論，除了可以鞏固所限定對象的說服力，還可以顯示以充足配備來取得「通行證」的強烈企圖心。而在我所做的新的文學限定方面，既然已經自我評估過了它是「新」的限定，所以理所當然就得拿出一份相關的組件部勒，以便呈現可以新人耳目且能廣受檢證的整套說詞。而這所該包括的有文學的類型／審美、作者／讀者、寫作／接受的機制及其流變、文學的傳播、文學和其他學科的關係以及文學未來學等環繞新限定的諸多面向，依「理論建構，講究創新。大致上從概念的設定開始，經由命題的建立到命題的演繹及相關條件的配置等程序而完成一套具體系且有創意的論說」（周慶華，2004b：329）的準則，則可以先圖示如下：

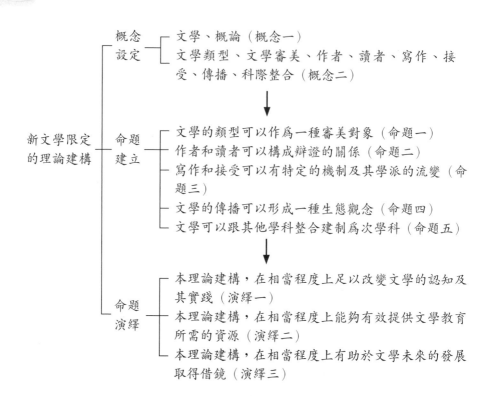

圖3-2-1　新文學限定的理論建構圖

　　當中所設定的概念,全爲論述「奠基」的所需;而所建立的命題,則爲論述細項的「準則」或「前提」;而所演繹的命題,則爲論述完成後所能發揮的「功用」說明,三者合而展現出形式和內涵幾乎是「面面俱到」的論述規模。至於它的具體開展,則可以依文學/非文學、抒情/敘事、作者/讀者、寫作/接受、傳播生態和整合建制等層面來「先行發微」。

　　在文學/非文學部分:經過限定後,文學已經成了一個含括心理存有、社會存有和藝術存有的綜合體,而非文學就在藝術存有前止步,它所跨不過去而文學體備的,就是彼此的分界線所在。這本來已見著於界定文學時所作的說明,現在重提主要是要給這套理論的邊界

再劃確鑿一點。換句話說，如果界域不盡明朗，那麼所要說的道理恐怕也會隨時得「防變」而甚不順暢。這指的當然是有關介於文學和非文學之間的「模糊地帶」問題，它不先予以解決，也許很快就會「危及」理論的建構。姑且以光譜儀來作說明：

非文學	模糊地帶	文學

圖3-2-2　文學和非文學的光譜儀

在光譜的兩端，很明顯為文學和非文學所佔據，但中間總有分不清是文學還是非文學的「兩可」現象。如Friedrich W. Nietzsche的自傳《瞧！這個人》，理應屬於我的文學限定裏的敘事性文體，但它從頭到尾卻都在後設論說「為什麼我這樣智慧」、「為什麼我這樣聰明」和「為什麼我會寫出如此優越的書」等一類自吹自擂的課題（Friedrich W. Nietzsche, 2001），而讓文學味無由產生。又如《論語》這樣一部說理性的語錄，卻嵌著底下這些趣味盎然的敘事性文字：「『點，爾何如？』鼓瑟希，鏗爾，舍瑟而作，對曰：『異乎三子者之撰。』子曰：『何傷乎？亦各言其志也。』曰：『莫春者，春服既成，冠者五六人，童子六七人，浴乎沂，風乎舞雩，詠而歸。』夫子喟然嘆曰：『吾與點也！』」「子之武城，聞絃歌之聲，夫子莞爾而笑曰：『割雞焉用牛刀？』子游對曰：『昔者，偃也聞諸夫子曰：君子學道則愛人，小人學道則易使也。』子曰：『二三子！偃之言是也，前言戲之耳。』」（邢昺，1982：100、154）試問這兩部書到底要如何歸屬？對於這種情況，為「勢所難免」（也就是任何限定都無從迴避這類困境），但基於能夠順利論說的考慮，可以將該無

法分清的部分「存而不論」。這不是有意逃避難題，而是理論本身原就只能說「所能說」的部分；至於「所不能說」的部分，只好權留空白，必要時再另行安置。

在抒情／敘事部分：這已經在文學的範疇內，所以要再區分它們，是因為文學的表出可以有這兩種方式：一藉意象以譬喻或象徵思想情感；一藉事件以象徵思想情感。二者的美感可以不同，而彼此的衍展也有所異趨，以至一樣可以從文學拉出來的光譜儀的兩端安置它們：

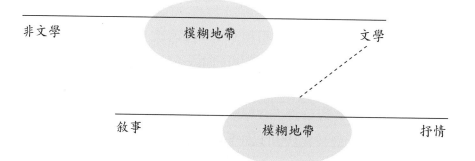

圖3-2-3　抒情和敘事的光譜儀

雖然如此，在抒情和敘事之間仍然會有難以強分的模糊地帶（如上圖所示）。通常會把介於抒情和敘事之間的作品歸結為一種中間型文類：倘若我們以詩作為抒情性文體的代表而以小說作為敘事性文體的代表，那麼介於詩和小說之間的文類就非「散文」莫屬了。這散文可以向詩靠近，但終究不同於詩；而它也可以向小說靠近，但也畢竟有別於小說。正因為它的兩可性，所以使得散文的定位經常「不明不白」。好比余光中的散文：「聽聽，那冷雨。看看，那冷雨。嗅嗅聞聞，那冷雨，舐舐吧那冷雨。雨在他的傘上這城市百萬人的傘上雨衣

上屋上天線上雨下在基隆港在防波堤在海峽的船上……雨是潮潮潤潤的音樂下在渴望的唇上舐舐那冷雨」（余光中，1984：33-37），這就以「冷雨」的意象在隱喻冬季基隆這個雨港給人的冷峻和多潮的不適感，它看來要變成詩了，卻又嫌缺乏想像力且質地不夠稠密。又好比張曉風的散文：「二十六年以後，孩子頭上的血口早已縮為一個不顯眼的小疤。『你那時候為什麼要跟五年級的打？』『忘了，好像是為了爭躲避球吧！』『你不知道他個子比你大嗎？』『曉得，但沒辦法。』他說，『我不喜歡比我小的對手，我喜歡跟高手較量——我這輩子就喜歡和高手較量。』當年那個孩子，後來成了一個導演，叫黃以功……望著他頭上那個不明顯的小疤，你不由得要相信，他的確會找到一個強大的對手，並且打它一場漂亮的硬仗」（張曉風，1996：89-108），這就以「黃以功成長」的事件在象徵不服輸的心理，手法接近小說卻又少了虛構的距離感和技巧的多變化。這些的「可左可右」特性，也許會混淆抒情和敘事的「極致性」表現，但只要歸屬（次界定）得當，它們還是可以被「權宜」的指稱且予以論述完形。

在作者／讀者部分：向來作者所負責的工作是寫作，而讀者所負責的工作是接受，這被視為是天經地義的事，但自從形構主義流行以來，作者和讀者的二元對立結構就不斷遭受挑戰，彼此無法再截然劃分的言論四處可見。（Frank Lentricchia等編，1994: 142-157; Peter Brooker, 2003: 23-25; Chris Barker, 2007: 23-24）正如下列兩段後現代小說文字（黃凡〈如何測量水溝的寬度〉，蔡源煌〈錯誤〉）所體現的：「當你閱讀這篇小說時，你也『涉入』了這個故事，只是你跟兩位小姐涉入的方式有著明顯的不同。這個不同是：『你』不是一個清楚的特定對象，但如果你在某一天的早報上讀到這篇文章，在文章還沒有結束之前，及時與我取得聯繫，你便有可能在我的作品中真正插上一腳。」（瘂弦主編，1987：17）「親愛的讀者，這篇小說到此已

結束了。不管是不是合你的意，我實在是被挫折感所困折了。一篇小說的結局難定，其實你們也有責任啊！要不是看在你們的期待，我才不會搞了這麼個飛機哩！儘管我不希望鴛鴦成雙，可是光寫到臺中仔去戶政事務所查詢玉綢的地址，我就沒轍了。我承認我是失敗了。」（同上，160-161）這些都在暗示讀者其實也是作者的觀念（讀者「左右」作者寫作或作者預料讀者所需而寫作），二者的「主從」關係因而破裂。然而，現況又不盡然如此，它還是一個理論限定的問題：也就是我們要讓它們分開，依然沒有人能夠阻擋。只不過這裏面有「分猶未分」的情況，仍得加以重視而准予保留一個模糊地帶：

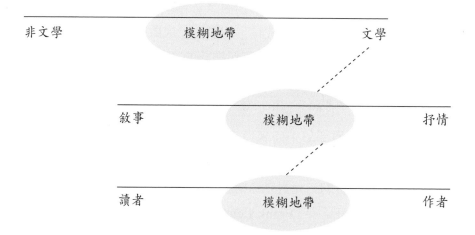

圖3-2-4　作者和讀者的光譜儀

這個模糊地帶，是特許給作者和讀者「不得已」要交涉的時刻（如作者在考慮讀者的接受意願而調整寫作策略和讀者在揣摩作者留下的空白而參與想像填補之類）；它會讓作者和讀者各自的「自主性」降低許多，從而顯現出彼此難分難捨的「重疊」現象。

在寫作／接受部分：順著前面的論述來說，寫作和接受兩種行為除了可以分居光譜的兩端，對於它們不能不交集的部分自然就得列入模糊地帶。這不只是作者和讀者的角色可以互換「一貫而下」使然，還有寫作時作者已經在自我領受而接受時讀者也在重新構作的緣故，幾乎兩種行為「從頭到尾」彼此都離不開對方。可以圖示如下：

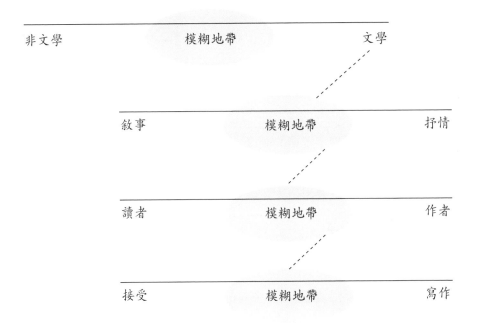

圖3-2-5　寫作和接受的光譜儀

至於寫作和接受「幾乎彼此都離不開對方而為什麼還可以分居光譜兩端」的問題，這就得「分疏」著說：在起點上，寫作的構思會比接受精密；而同樣在起點上，接受固然也可以將所寫作的作品予以繁複的詮解（而體現再寫作的本事），但文體已經不同。以至彼此到終點時一定是「各展精采」或「各有建樹」；而把整個過程「時有交

會」的情況，就權爲歸屬在模糊地帶而別爲看待。

在傳播生態部分：文學從生產到被解讀評論或再生產，是在特定的社會情境裏發生的，而這社會情境本身就少不了要提供可傳播的管道：它也許是口頭，也許是報章雜誌，也許是出版社，也許是影視，也許是廣播，也許是網路，也許是其他途徑。總括來說，文學只有進入傳播環境，它的生命才開始躍動，而作者和讀者也才開始面對實質「人際化」的考驗。後者是說，媒體的威力除了顯現它自身的信息，而且還是「人的延伸」（Marshall McLuhan, 2006），更是「文化的延伸」和「權力的延伸」（周慶華，2004a：348）；它把人帶進文學的世界，也把人帶進錯綜複雜的關係網絡裏，而沒有任何一個作者和讀者能夠離開它而單獨思考文學的寫作和接受的問題。這在西方社會，還有經紀人和類似文字工廠的制度（Anne Lamott, 2009: 34-48; David Throsby, 2003: 138-139），使得文學的傳播更添一份變數。因此，它的必須一併計慮，已經毋庸太多理由來支持：

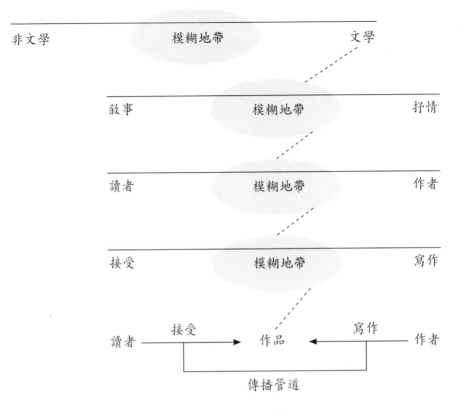

圖3-2-6　文學傳播圖

上圖可以顯示文學傳播勢必要跟其他課題「連成一氣」；它本身是個生態（活的機制），也是促使文學可以被操作的來由所在。當中傳播管道為作者和讀者所共享，原本應該再增加讀者的反饋迴路，但因為它們的重疊性高（也就是讀者的解讀評論，也可以運用同樣的傳播管道回饋給作者以及跟其他讀者分享），所以就暫且省略了。

　　在整合建制部分：文學中的人事物，「分布」廣闊；而文學中的思想情感，也事涉「多端」，可以整合的學科不勝枚舉，在收尾前也得為它們講出「一番道理」。如文學政治學涉及意識形態和權力意志；文學經濟學涉及工具化和產業化；文學宗教學涉及神祕性和崇高

性;文學酷異學涉及性別和族羣;文學哲學涉及後設性和基進性;文學文化學涉及詩性思維和情志思維等等,都有待詳為發皇。底下是它們整合中的關係圖:

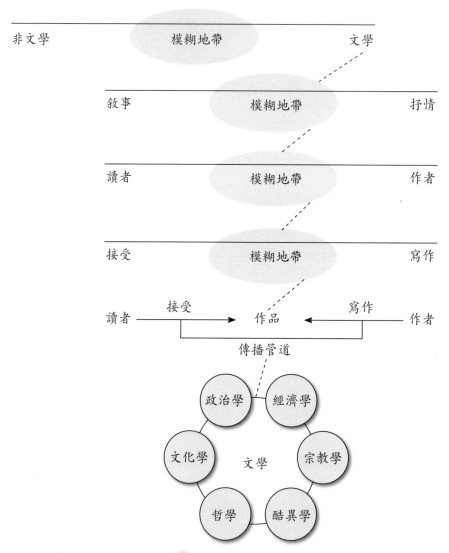

圖3-2-7 文學和其他學科的關係圖

圖中的學科，在理論上和實際上都可以無窮的連結，但基於論述「必要設限」的原則，只能舉比較重要的來討論，其餘可以依此類推。換句話說，文學和其他學科的整合建制，只要有可能的都可以列入；但就論述的體例來說，無法作這種無止境的鋪展，它必須「適可而止」。

以上所「初為發凡」的，後面各章會繼續深論；而有必要時，某些「模糊地帶」也會略微帶出討論，以見它們不一定都要強為「存而不論」的道理。還有最後一部分，是總攝文學的心理存有、社會存有和藝術存有而說的；它們雖然不會在文學和其他學科的整合建制中再細談，但只要知道那些次學科多少都會分沾這些存有就可以了。

🔖 第三節　預期文學未來學

重新限定文學，在某種程度上也是為了方便展望文學的未來，而構成一套可預期的文學未來學。這種預期，當然不像一般預期股市或災難那樣「困難重重」（Matteo Motterlini, 2010: 124-129）；它是以「可能性」的規畫來寄望文學朝前發展，而少掉「任其流變」的風險。而這在本脈絡，可以肯定過去所見的反映論、表現論和自我指涉論等，除了理論的罅隙難彌，還有連如何可以藉為「發展文學」也都說不上來；它們似乎只把各自要說的話說完就算數了，根本不知道這對「文學」又有什麼好處？因此，新的文學限定如果不能在這個環節有所「反轉」，那麼多這一種限定也就一樣存有「匱缺」！

這不妨從當前的文學環境談起。當前已經進入一個「數位文學」的時代，後現代的解構餘威仍然在發揮「引導」或「激勵」的作用。

（周慶華，2004c；2007c；2008a；2009a；2010）而對文學來說，先前有兩股力量在迫使文學「走入墳墓」：一股是這裏所說的解構風潮，它是繼Friedrich　W.　Nietzsche和Roland Barthes分別所宣告的「上帝已死」和「作者已死」後，所力主的「文學已死」而聳動視聽的。（吳錫德，2010：84）只是Friedrich W. Nietzsche宣告上帝已死是爲了僭越「自己扮演上帝」（Friedrich W. Nietzsche, 1999）；而Roland Barthes宣告作者已死是爲了催促「讀者誕生」（朱耀偉編譯，1992：15-22）；而解構風潮力主文學已死是爲了「延異文學」或「創造多元文學」（楊容，2002），基本上都撼動不了舊體制（也就是被瓦解的對象都還隱隱然被重建或被延續著）。即使是數位文學的「多向性」和「互動性」儼然要把解構動力徹底展現出來（林淇瀁，2001；須文蔚，2003；羅鳳珠主編，2004），也依然無從擺脫「意象」和「事件」或「譬喻」和「象徵」一類的表意方式。

　　另一股是因爲資訊發達轉移了衆人的注意力，以及文化評論帶起通俗文化的研究風氣而淡薄壓縮了文學的發展空間。（鄭樹森，1994：213-222）此外，電影、電視和廣播等新媒體的劫掠改造而異化了文學所有的豐富意象的傳達，也深深影響到文學的感性領受的貧乏化。（周慶華，2008a：209）尤其是後者，讓有心人一直憂心忡忡：

　　　　我們傳統意義上的文學，也依賴於一種新的作者觀和作者權的觀念……而且文學所有的重要形式和技巧，都利用了新的自我觀念……讓現代文學成爲可能的這些特徵，如今大多數都在經歷迅速的轉型，或在遭受質疑……此外，技術變革以及隨著而來的新媒體的發展，正使現代意義上的文學逐漸死亡……也許看過最近根據奧斯丁、狄更斯、特羅洛普、詹姆斯小說改編的電影的人，要遠遠多過眞正讀過那些小說的人……印刷的書還會在長時間內維持它的文化力量，但它統治的時代顯然正在結束，新媒體

正在日益取代它。（J. Hillis Miller, 2007: 14-17）

　　然而，這很可能是過慮了。新媒體發達是事實，但問題是文學什麼時候「普及」過？它不就一向都是「小眾」傳播嗎？這樣又何必擔憂文學無法廣化人心？像這種情況，本脈絡已經有了預防（也就是體認「小世界理論」而不敢奢望空前的風行）；它可以促成文學繼續有限度的昌明，但不必因可能的「時運不濟」而懷憂喪志。以這種信心為出發點來展望文學的未來，也就不必再理會文學已死一類的「危言惑眾」，它完全可以憑「精期」能力而寄望實情的發生。

　　至於有關它的具體方向，則可以先略微開端。以往同類型的預期，不知是智窮還是有所保留，常常是耽戀「舊帝國反撲」式的（也就是被逼到角落退流行的文學流派會重新登上舞臺）。如：

　　　　後現代之「後」會是什麼呢……令人欣慰的是，現在已經普遍出現了另一種新的歷史文化思潮，那就是倡導返回歷史的新歷史主義。這是一種走出價值「平面」，重獲精神「深度」的努力，一種告別解構走向歷史意識的新的復歸。（王岳川，1993：249）

　　　　我們能夠想像得到後現代主義可能會怎樣結束呢……傅柯去世（1984年）前不久，籲求重新思考「啟蒙時代」。似乎已出局的那些「壯觀大敘事」哲學家，忽然又都回來了……另一個「幽靈」正等著再度出場：浪漫主義。也許此一幽靈將帶來我們正在尋求的治療法。後現代主義的唯一治療法，就是無法治癒的浪漫主義病。（Richard Appignanesi, 1996: 174-175）

　　這多少都跟文學有關聯的「預言」，說應驗是應驗了些，但沒多久又像「船過水無痕」，沒什麼人對它感興趣。而這在本脈絡，是要朝

著前方規模新路徑的；它是「向前」展望，而不是「以復古代替創新」，彼此在立足點上就互不相侔。換句話說，本脈絡所預期的未來文學，一定是以「超越」的姿態領航的。而它將在最後一章以「資訊文學化」來提點未來文學的新內涵和以「熔鑄古今中外文學出新體」來模擬未來文學的新體裁，合而顯現所限定文學在遠景上的「可長可久」性。

第四章
文學的類型與審美

第一節　類型作爲一種審美對象

　　文學的存在，限定它以藝術存有來區別其他學科，這就表明了它有審美優先性。審美未必是像Immanuel Kant所說的是一種「無所關心」或「非利害關係」的快悅體驗（Immanuel Kant, 1986: 37-40），但它會讓人耽玩和沈浸卻是不爭的事實。而這在文學上，自然就是那意象和事件的創造而引發人不盡的喜愛和嚮往。如「四十個冬天將圍攻你的額角」（Shakespeare, 2000a: 216）、「我按你的目睭聽出你的哀怨」（鄭良偉編，1988：65）和「樹享受著天空的巨大穹窿」（Gaston Bachelard, 2003: 348引）這類的詩句，當中所用的「四十個冬天圍攻額角」（隱喻滄桑感）、「聽出眼裏的哀怨」（隱喻哀怨深深）和「樹享受巨大的天空」（象徵自由或幸福的樣態）等意象，就新穎到令人愛不釋手；而《與狼共舞》、《綠寶石》、《星際大戰》、《第一滴血》、《大白鯊》、《比佛利山超級警探》、《魔鬼終結者》、《白鯨記》、《第六感生死戀》、《麻雀變鳳凰》和《黑色追緝令》等影片（部分由小說改編），有多能滿足曲折「英雄旅程」的事件，也魅力十足的發人深想！後者是Christopher Vogler取Joseph Campbell《千面英雄》的對照來的：

《作家之路》	《千面英雄》
第一幕	**啓程，隔離**
平凡世界	平凡世界
歷險的召喚	歷險的召喚
拒絕召喚	拒絕召喚
遇上師傅	超自然的助力
跨越第一道門檻	跨越第一道門檻
	鯨魚之腹
第二幕	**下凡，啓蒙，深化**
試煉，盟友，敵人	試煉之路
進逼洞穴最深處	與女神相會
苦難折磨	狐狸精女人
	向父親贖罪
	神化
獎賞	終極的恩賜
第三幕	**回歸**
回歸之路	拒絕回歸
	魔幻脫逃
	外來的救援
	跨越回歸的門檻
	歸返
復甦	兩個世界的主人
帶著仙丹妙藥歸返	自在的生活

（Christopher Vogler, 2010: 29）

這以十二段旅程來爲理想中的英雄「鑄像」，可以符應現實中有感應

者的想望而獲得一種「替代性滿足」。然而，這一切的焦點化（才能深入討論），都要在「類型」上著眼。也就是說，「英雄旅程」本身要被類型化，才有可能進入接受的情境去得著崇拜模仿或孳乳衍化的機會。就像上述所引《作家之路》中的「英雄旅程」模式的創造，被它們「定型」後，已經可以作為審美對象。而這在順著本脈絡所限定以意象／事件表意的文學範疇，自然也要從類型開始連結它的審美感興。

依一般的用法，類型（genre）是一個學科的概念。它的創設，基本上是為了統攝秩序化的經驗世界。（王星拱，1988：169-185；早川，1987：152-162）也就是說，我們必須為經驗世界分類而使它秩序化，才有辦法加以掌控，而類型就是這個分類系統中所要運用的概念。在文學上，類型除了可以用來指文學本身這個大範疇（使它有別於哲學、科學那些大範疇），還可以用來指文學項下的次級範疇（如詩、小說、散文和戲劇等）。有人從運用的角度來看，認為類型「不是一種解釋性的概念，而是一種批評性區分的標準」（Ralph Cohen主編, 1993: 414）。這在提出「一種主張」上並沒有什麼不可以；只是從類型概念出現以來，已經纏繞了許多問題，還有待細細的清理（而無法僅當它是一種批評性區分的標準）。（周慶華，2004a：127）

大致上，類型的觀念是可以像René Wellek等人所說的「制度」那樣來賦予意涵：說類型是一種制度（機構），情形就像教會、大學或國家是一種制度一樣，而「制度的存在，不像動物的存在，不像建築物、教堂、圖書館或神廟的存在，它只是像『制度』的存在一樣而存在的」；於是「我們可以藉現有的制度來工作以表現自己，也可以創造新的制度，或儘量不相干涉而各行其是；再者，我們還可以參與這制度而加以改造」（René Wellek等, 1979: 378）。但這卻很難隨同強調直覺反應的美學家那樣絕決的否定類型存在的必要性：

有人懷疑文類理論對於文學史研究的有效性……英國學者凱姆斯指出「文學類型互相包容，就像顏色一樣，往往你中有我，我中有你，有時很難區別彼此」。如果說凱姆斯的話還比較委婉，那麼克羅齊這位表現論者兼直覺主義者的調侃和嘲諷就老實不客氣了：「……每一個真正的藝術作品都破壞了某一種已成的種類……由於新的藝術作品出現，不免又有新的推翻和新的擴充跟著來。」（陶東風，1994：52-53）

　　克羅齊的文學「表現」論，大爲史賓根所喝采……史氏於極其贊同之下，主張取消一切古老的規律，取消文學的各種類別，取消文體論和修辭學的種種名稱，取消偏重創作技巧等等（王夢鷗，1976a：109）。

強調直覺反應的美學家這種不分類的觀念，其實是在一個更大的範圍內（不分類本身也是一種類型）；這就不妨礙我們爲了秩序化文學世界而去詳加區分類型。（周慶華，2004a：128-129）換句話說，分類和不分類的限定，彼此可以找到的理據，後者總是不及前者充足；而在據爲論說上，有分類也比較能繁複化和細緻化，對於建構「文學知識」會便利許多。

　　此外，文學次類型的區分，則在嚴守同一範疇採用一致標準的有效原則下，可以權宜設定敘事性文體和抒情性文體等兩大體式，以及神話、傳說、敘事詩（史詩）、傳記、敘事散文、小說、戲劇和歌謠、抒情詩、抒情散文等數小類型（並分別附著網路小說／網路戲劇和網路詩）；它們都是以語言的性質及其呈現方式爲依據才部次完成的。如敘事性文體的「敘事」和抒情性文體的「抒情」等（都有別於非文學的說理性文體的「說理」），就是依語言的性質及其呈現方式而區分的（分別以「事」和「情」爲性質並相互區隔，以及以「敘」

和「抒」爲呈現方式並彼此分疆；雖然它們在本脈絡的文學界定中已經被限定了）；又如敘事性文體中的神話、傳說、敘事詩（史詩）、傳記、敘事散文、小說、戲劇，和抒情性文體中的歌謠、抒情詩、抒情散文等，也是承接依語言的性質及其呈現方式而再作細緻的區分的。圖示如下：

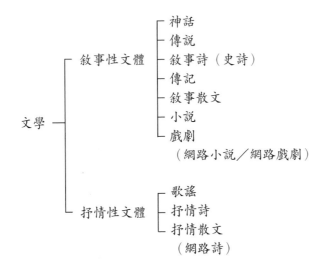

圖4-1-1　文學次類型圖

當中神話是以散體敘寫神的故事；傳說是以散體敘寫古代英雄的故事；敘事詩是以韻體或半韻體敘寫英雄或不凡的故事；傳記是以散體敘寫現實中人的故事；敘事散文是以散體敘寫自歷或聽聞的故事；小說是以散體敘寫未發生或可能發生的故事；戲劇是以散體或韻體敘寫可在舞臺演出的故事；歌謠是以韻體抒發人的情思；抒情詩是以韻體或半韻體抒發人的情思；抒情散文是以散體抒發人的情思。（周慶華，2004a：161-162）而所附著的網路小說／網路戲劇和網路詩，則是以網路超鏈結的多向性和互動性爲劃分標誌，將在第六章第五節中

詳論。而因爲給文學作了次類型的區別，所以有關文學的審美也就可以更具體的予以指實（否則文學的美感只能「模模糊糊」的存在）。

　　至於審美，則是以快悅和耽玩的心理反應爲核心，而旁及對相關對象的技巧／風格特徵的審定。（Immanuel Kant, 1986; Lunachaersljlzhu, 1998；劉昌元，1987；劉克峰，1996；張法，2004）這在文學方面，它所體現的如藝術般的額外加工（也可以說藝術在仿效文學的表達方式），就是爲了給人帶來審美的機趣。而大體上，審美的機趣對人來說應該是永遠不會斷絕需求的，它所要滿足人的情緒的安撫、紓解、甚或激勵等，已經沒有別的更好的途徑可藉以達成。（周慶華，2007a：249）雖然如此，有關審美的內涵，卻會因爲古來大家所規模的不盡一致，使得後續的討論必須重作限定才好部署論列。

　　關於這一點，基於論說的方便，姑且以到網路時代爲止所被模塑出來的「優美」、「崇高」、「悲壯」、「滑稽」、「怪誕」、「諧擬」、「拼貼」、「多向」和「互動」等九大美感類型作爲審美的範圍。當中「優美」、「崇高」和「悲壯」，或者再加上「滑稽」和「怪誕」等，曾被統稱爲「境界」或「風格」或「美的範疇」（王國維，1981；王夢鷗，1976a；徐復觀，1980；詹鍈，1984；姚一葦，1985b）；雖然命名不同，但它們同爲美感內容卻是一致的。而這不妨圖示如下：

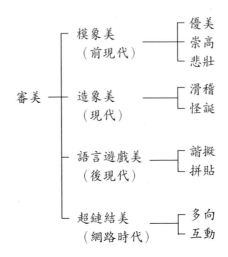

圖4-1-2　審美類型圖

　　優美，指形式的結構和諧、圓滿，可以使人產生純淨的快感；崇高，指形式的結構龐大、變化劇烈，可以使人的情緒振奮高揚；悲壯，指形式的結構包含有正面或英雄性格的人物遭到不應有卻又無法擺脫的失敗、死亡或痛苦，可以激起人的憐憫和恐懼等情緒；滑稽，指形式的結構含有違背常理或矛盾衝突的事物，可以引起人的喜悅和發笑；怪誕，指形式的結構盡是異質性事物的並置，可以使人產生荒誕不經、光怪陸離的感覺；諧擬，指形式的結構顯現出諧趣模擬的特色，讓人感覺到顛倒錯亂；拼貼，指形式的結構在於表露高度拼湊異質材料的本事，讓人有如置身在「歧路花園」裏；多向，指形式的結構鏈結著文字、圖形、聲音、影像和動畫等多種媒體，可以引發人無盡的延異情思；互動，指形式的結構留有接受者呼應、省思和批判的空間，可以引發人參與創作的樂趣。這不論彼此之間是否有衝突（按：在模象美中偶爾也可以見到滑稽和怪誕，但總不及在造象美中所體驗到的那麼強烈和凸出；同樣的，在造象美中偶爾也可以見到

諧擬和拼貼，但也總不及在語言遊戲美中所感受到的那麼鮮明和另類），都可以讓我們得到一個架構來權衡去取。（周慶華，2007a：252-253）而由於美感特徵多樣化，不能一概含混論列，從而使得文學的審美也要有類型系聯上的差別。

　　這種差別，就文學以意象表意和事件表意分列的情況來看，意象表意可以探譬喻或象徵的方式；而事件表意則只能探象徵的方式（事件不是指涉人或物的詞語，無法用來譬喻），因此在美感形態上就會不盡相同。換句話說，意象進入抒情性文體和進入敘事性文體既然有體類的差異，那麼它們的美感訴求也應該會有某種程度的不同。如下圖所示：

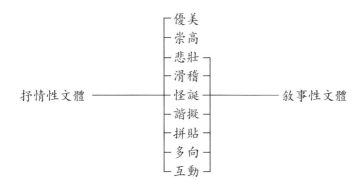

圖4-1-3　抒情性文體和敘事性文體的美感訴求圖

在抒情性文體方面，它的意象譬喻或象徵無不出入自適，既可以優美化、崇高化和悲壯化，還可以滑稽化、怪誕化、諧擬化和拼貼化，更可以多向化和互動化。而在敘事性文體方面，他的事件象徵因受限於寫實觀念（包括模象寫實、造象寫實、語言遊戲寫實和超鏈結寫實等）及其在意人物／情節的衝突以凸顯美感張力的要求，不致會強調優美化和崇高化，以至它僅能從悲壯以下才跟抒情性文體有美感上的

交集。這是類型作爲一種審美對象的「演出」模擬；而文學的各種次類型，從此也就可以依便或依需而各自取得美感的通行證。

第二節　可以有的詩類型及其美感形態

在一切都「可以成爲什麼」而爲人所設定的前提下，使得「針對某些對象進行敘事或抒情，而將所要表達的思想情感曲爲表達或間接表達」這一新的文學限定（詳見第三章第一節）也可以成立；這樣在本脈絡中有關文學的次類型自然就得順著這一限定再延續限定下去，前後才有一貫性而可以藉爲思考文學的寫作、傳播和接受等課題。因爲文學次類型的規模及其可能的美感特徵等，都已經布列於前節中，所以接著就是要爲它們再作具體一點的設定和說明。

這無妨從抒情性文體的代表「詩」談起。設定詩這個次類型，是因爲以意象表意最直接可以看出「成效」的就是它；而以它開端則是考慮它的創造性高且最貼近人的簡易表意需求。縱是如此，還有例近的歌謠和隸屬敘事性文體的敘事詩（史詩）等，卻沒有爲它們設專節予以討論，也得一併略作交代，才能確保這裏所取詩僅爲「抒情詩」代稱的合理性。

我們知道，歌謠和敘事詩作爲兩種次類型，它們一樣要被限定出具有區別作用的特徵，才有據爲分類的意義和價值。而這可以將歌謠當作是爲合樂而作（也就是前節所說的「以韻體抒發人的情思」），而將敘事詩當作是爲敘寫特殊事件而作（也就是前節所說的「以韻體或半韻體敘寫英雄或不凡的故事」），它們也都有別爲規模致勝的開展前景（邱燮友，1993；羅青，1994；郭美女，2000；周慶華，

2001a）；但要論到既存事實的「優先取則」性，它們在技藝的複雜度和運用的普及性上，畢竟還是不如抒情詩，以至專取抒情詩來重爲設定特色也就有它「無可取代」的地位。

　　從必要區別的角度來說，獨立出抒情詩就是爲了不再混淆於歌謠和敘事詩；它的不爲歌唱而作以及無意涉及敘事等別他的特性，雖然會遇到中間型的模糊地帶問題難以因應，但只要在必要時存疑而予以擱置，還是不會妨礙到相關論述進行的正當性。這樣抒情詩就可以再順勢一躍，進到西方自由詩和我們此地仿效西方自由詩寫就的新詩所見近身性和趨時性的討論範圍。這是說西方還有的格律詩和我們傳統所有的古典抒情詩（林靜怡，2010），也理當要涵蓋，但迫於體例和篇幅，在取證上只得加以割捨。

　　這樣抒情詩的「以韻律或半韻律抒發人的情思」這一新限定的特性（詳見前節），也就要佔據本節的核心。當中韻體或半韻體的定位，是爲了容許該自由體中總會有「規律」或「半規律」化的現象（也就是它在節奏和韻律上近於音樂的調節〔偶爾還會雜有刻意或非刻意的新潮押韻〕以及在分行排列組合上近於畫境的效果等，已經遠離散體的表達方式，看似「自由」，實則「拘束」，形同新式的韻體或半韻體）。這種現象，爲西方的抒情詩所獨具；而在此地來說，仿效取徑早已帶著「新」意。因此，隨順當今大家的稱呼，要再繼續叫它爲「新詩」，也未嘗不可。

　　新詩作爲一種文學的次類型，它的類型義得從「意象化」來限定。也就是說，我們平常所認可的詩，得排除敘事和說理等成分而僅以意象來譬喻或象徵，將所要表達的思想情感高度的凝鍊濃縮。這樣敘事性作品裏縱使也會有意象，但它所重在事件的安排鋪陳，意象只是旁襯，而不如在詩中爲主調；至於說理性作品既以說理行文，偶爾可能藉點意象，但也同樣無緣晉身爲詩（更何況它根本不藉意象時，

連「嘗試過渡」的影子都沒有）。（周慶華等，2009：5）而這意象，在總體上則有心畫營構的效果（王萬象，2009：391-399），且論者特愛逞舌（陳植鍔，1990；吳曉，1995；汪裕雄，1996；胡雪岡，2002；嚴雲受，2003）；但論及它所能見名顯義的，卻又不離以「外在之象」（人／物）來表達「內在之意」（思想情感），或將「內在之意」藉由「外在之象」來表達這一最基本的形式。而爲了整體的審美考量，在實踐的過程中，詩人理當還會將它作一有效的組織而使它同時具備音樂性；倘若還有需求（如爲著繪畫效果或基進創新），那麼就會再額外附加或變形伸展詞語和組構的新表方式，致使一個專屬於新詩的思維模式就這樣足夠「排他自得」了：

整體呈現

退而求其次　·奇情／深情（含意象的安置、韻律／節奏的經營）·反義語／矛盾語·形式變化　向上提升

圖4-2-1　新詩的思維架構圖

　　凡是新詩，所要據爲發抒的「情感」（「思想」則隱藏在背後），是要加以提煉而後透過譬喻／象徵等藝術手法來表達的；而該情感在經過一番「萃取」和「包裝」後，就可以有所區別於「普泛之流」。這樣大致上就有「意象的安置」和「韻律／節奏的經營」能夠作爲基本律，然後再將情感本身特別限定在「奇情」或「深情」層次，以及必要時以「反義語／矛盾語」和「形式變化」來強化藝術的

張力（方便「耐人尋味」或「啓人創思」）。如：

訃文　Václav Havel

我們完全冷淡地宣布

我們大家都恨的父親　丈夫　弟弟　祖父　叔叔

因爲一輩子太腐化

死了

他一輩子很自私　很愛自己

所有的親戚朋友都恨他

因爲他一輩子都恐嚇他們

欺負他人　偷他們的東西

請你們不要來

參加他的安葬儀式

請大家跟我們一樣地盡快忘掉他

（Václav Havel, 2002: 95）

讓　周夢蝶

讓軟香輕紅嫁與春水，

讓蝴蝶死吻夏日最後一瓣玫瑰，

讓秋菊之冷艷與清愁

酌滿詩人呐呐之空杯；

讓風雪歸我，孤寂歸我

如果我必須冥滅，或發光——

我寧願爲聖壇一蕊燭花

或遙夜盈盈一閃星淚。

（周夢蝶，2009：27）

它們除了安置一些恰當的意象（如腐化、安葬儀式、香紅、春水、蝴蝶、玫瑰、秋菊、詩人空杯、風雪、孤寂、聖壇燭花和遙夜星淚等）以及經營頗為悠緩諧美的韻律和節奏，還有那相當可感的奇情和深情。前者（指奇情），是指〈訃文〉詩的「激將」點子（故意戲謔死者而勸人不要來參加他的葬禮，不啻是在藉玩笑話淡化大家可能的悲傷情緒，以及更鼓勵他人一定得來看看以免後悔）；它以「逆向操作」式的奇情，試圖贏得他人的矚目。（周慶華，2007a：121）後者（指深情），是指〈讓〉詩含有雙重關懷：一重是怕別人無法忍受悲苦，而以寬待啟沃別人（寬待別人是為了啟發他能自省向上）；一重是刻薄自己，可能至於冥滅，但卻想發光（願意再將自己僅剩的一點光熱給出而持續溫暖別人）。它的帶「層次」的深刻化表現方式，見證了深情動感的一面。

此外，「形式變化」可見於一些圖像詩或現代詩／後現代詩（焦桐，1998；丁旭輝，2000；孟樊，2003；曾琮琇，2009），而「反義語／矛盾語」則有Ezya Pound〈在地鐵車站〉「人羣中這些臉的幢影／溼黑的枝上的花瓣」（葉維廉，1983：65-66引）和楊喚〈垂滅的星〉「用一把銀色的裁紙刀／割斷那像藍色的河流的靜脈」（歸人編，2006：43）等一類的表現可以相互印證（前詩表面上是以「枝上的花瓣」來隱喻美化「臉的幢影」，實際上則是在透露地鐵車站那些臉孔「溼黑」而恐怖至極，喻意有反義的效果；後詩既然是在寫「垂滅的星」，那麼它就不當銳利到像裁紙刀去割斷如藍色河流般的靜脈，明顯有相矛盾的現象）。它們是在「不得已」的情況下，才要「退而求其次」；不然都得「向上提升」直到能「整體呈現」為最理想狀態。

可見以意象表意和搭配其他條件而撐起新詩的「一片天」後，它的心理審美（可供人玩味或仿效創新而獲得樂趣和滿足）已經不在話

下（詳後），但接著會有一個相關生命解脫的連帶效果發生。換句話說，深一層來看，新詩的全面意象化特性一旦成就後，就不止為產生心理審美一項功能而已；它的藉以克服「言不盡意」的困擾和可逃離惱人問題的糾纏等生命解脫的效應，則又看似隱藏而實則隨時都會浮現出來。（周慶華等，2009：6）前者（指克服「言不盡意」的困擾）是起於語言多有「不盡達意」而又必須表出時的一種策略運作：

> 語言屬於抽象的符號，難以表達具體的情意，這就是它的局限所在⋯⋯面對這種困境，作者不是像劉勰所說「至於思表纖旨，文外曲致，言所不追，筆固知止」那樣自動擱筆，就是像《易‧繫辭傳》所說「聖人立象以盡意，設卦以盡情偽，繫辭焉以盡其言」那樣勉為設言。而比興的運用，就是基於後者而藉以「解決」言不盡意的難題。因此，當直敘繁說仍不能盡意時，使用比興就能「掩飾」困窘，並且可以繼續保有想要盡意的「企圖」。（周慶華，2000a：174）

這在詩中因為全部意象化而更容易「混合」或「強為寄存」。而所謂可逃避惱人問題的糾纏，則是另有不逮或有所規避時，借助意象來「應付了事」以為脫困而著成典範的。好比宗教中人偶爾也要藉意象來自我逃避一樣，彼此可以「局部」相互輝映：「宗教人採用意象，因為無法『直接』說出他想要說的，而意象容許他逃避『既成的』實在界。但他討厭把某種明確的實在界劃歸意象本身。事實上，宗教心靈創造了意象，同時又對這些意象保持一種『打破偶像的』態度。它今日斥為偶像者，正是它昨日奉為聖像者。黑格爾雖然把一切宗教符號貶抑到表象的層次，但卻清楚覺察當中有一種否定的驅力，使宗教反對它自己的意象。」（Louis Dupré, 1996: 160）宗教的意象性語言弔詭的自我「宣示」所謂實在界或終極真理的不在場；同樣的，詩的

意象性語言也等於不敢保證相關旨意的表達可以成功。因此,「自我逃避」也就成了一種戲玩意象的修飾詞,它終究要跟生命解脫的課題連結在一起。此外,明知可以達意,卻刻意避開(而丟下意象走人)以為逃脫他人的追問或逼仄,這就更加深戲玩意象而可以併陳為生命解脫的形式。(周慶華等,2009:6-8)例證是據朋友所傳鄭愁予在一場演講後,有人詢及他的〈情婦〉詩(鄭愁予,1977:141)在表達什麼。他思索了一會,說:「孔子的心情!」然後他就揚長而去。這類「信口開河」(迫於無奈),不就像極了他人在必要時丟個意象給一些詰問者,而後自己從對方的迷惑中「逃離」那種情況嗎?顯然所謂的生命解脫,是可以找到經驗基礎的。

　　至於實際的審美,新詩因為所用意象可以無所不提供審美所需資源(詳見前節),所以它的美感形態就從前現代所具有的優美、崇高和悲壯等,跨到現代所具有的滑稽和怪誕以及後現代所具有的諧擬和拼貼,甚至網路時代所具有的多向和互動等。而這中間,又分別有一些次流派(包括前現代的寫實主義和浪漫主義,現代的象徵主義、表現主義、未來主義、存在主義、超現實主義和魔幻寫實主義,後現代的解構主義和後解構主義,以及網路時代的網路主義和後網路主義等)作為「中介項」。如圖所示:

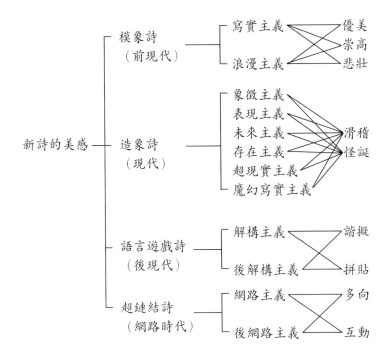

圖4-2-2　新詩的美感形態圖

當中除了後解構主義（強調它的徹底解構性）、網路主義（強調它的多向性和互動性）和後網路主義（強調它的無限多向和全面且持續的互動）等，為我個人所權為「立法」，其餘都已有某種程度的規模限定（Malcolm Bradbury, 2007；朱立元等主編，2002；張錯，2005），分別找作品來互證應該不是問題（孟樊，1995；文訊雜誌社編，1996；焦桐，1998；林于弘，2004；陳義芝，2006）；而基於「非空口說白話」理由，姑且舉到後現代詩為止（網路詩的超鏈結性只能存於網路上，無從在紙面上複製，所以就暫且不舉例）的三首詩為例：

月光曲 紀弦

升起於鍵盤上的
月亮，做了暗室裏的
燈。

（白靈主編，2003：25）

鼓聲 碧果

• • • • • • • ● ● ●

它
咬著什麼
走了。

（碧果，1988：163）

沈默 林羣盛

```
1Ø  CLS
2Ø  GOTO  1Ø
3Ø  END
RUN
```

（張漢良編，1988：88）

當中〈月光曲〉詩以燈這個意象隱喻月光，寫實性十足，可以歸在前
現代寫實主義的範圍，且具優美感興；而〈鼓聲〉詩以圓黑點象徵人
無妨對鼓聲的幾何新美感（鼓聲原為「爆裂」狀，現在改以幾何中最
美的「圓形」列序，則無異在誘引讀者重蘊審美品味），則新寫實性
味濃（周慶華，2008b：157），可以歸在現代表現主義的範圍，且具
滑稽感興；而〈沈默〉詩則以語碼程式（從CLS螢幕消除，走向1Ø的
螢幕消除，然後再重新啓動），象徵在人機介面中無法言語的新關係
（林燿德主編，1993：500），則語言遊戲性特顯，可以歸在後現代解

構主義的範圍，且具拼貼感興。其他作品，可以依此類推而得知它們整體的美感特徵。

第三節　可以有的小說類型及其美感形態

抒情性文體以詩為代表，而敘事性文體則以小說為代表，它們分居文學光譜的兩端，主要是以意象表意和事件表意的不同為劃分依據（詳見第三章第二節）。有關詩的部分，已經取新詩為討論核心且設定過它的美感形態，接著就該輪到小說了。

同樣的，這裏的小說仍然以仿自西方的新白話小說為主。它在表意上，所見的敘述觀點、敘述方式和敘述結構等，已經跟中國傳統小說「大異其趣」（包括中國傳統小說大多採取全知觀點及順敘／插敘手法來安排小說情節，而西方小說則已擴及限制觀點／旁知觀點及倒敘／預敘／意識流手法；中國傳統小說向來以情節為結構中心，而西方小說則能兼顧人物性格的刻畫和背景氛圍的描寫等）（陳平原，1990：33-136；周慶華，1996b：59-62），相關的複雜度及其可慮度性等，都有據為再設定以供「新認知」採用的價值。

這種白話小說（以下還是會簡稱為小說），相對古典白話小說和文言小說來說，除了上述在敘事技巧上頗有差別，還有它全面一改古典白話小說和文言小說不入流的命運。先前小說一向被輕詆為「小道」（出於稗官野史，等同今天所說的「小道消息」或「八卦新聞」；而跟可以進入歷史的「大事件」迥異）（孫遜等編，1991：20），同時它的通俗性跟詩詞歌賦等雅文學相比也低一層級，且多出於不得志的文人筆端（Andrew H. Plaks, 1996: 22-25；周慶華，

2007c：129-130）；而現在小說卻躋身到可以領導風尚以及變成文化產業的一環，所受重視的程度已遠非古人所能想像。在這種情況下，談論小說這一類型，也就有相當程度的入時性和可再開新期待。

　　既然小說已經反轉了它的命運，那麼將它同置於其他文類地位而許以一個「標準類型」，自然就不會有什麼價值匱缺上的疑慮。而說實在的，文學的光譜如果少了小說這一端，那麼我們就不知道文學以事件表意究竟可以是什麼樣子。換句話說，以事件表意是為更貼近人的「現實生活」，而小說的可供盡情構設的特性（其他一樣帶有敘事性質的文類，多少都得受制於親歷性或傳聞性或演出性），正好可以從多方的角度來成就，從而顯現它的出入現實生活的「無礙性」。而就因著這無礙性，所以它被藉事件表意的可望「極大化」的能事，也就「只此一家，別無分號」了。

　　這點可以從小說的成分一一來談。小說在被構設時，必然要有個敘述主體來實施敘述活動；而這個敘述主體則為署名的作者所化身（作者在寫小說時，只能「挪出」部分經驗來處理題材和安排故事情節等），也叫「隱含作者」。隱含作者所實施敘述活動的對象（小說事件所在的生活背景或現實世界），就是敘述客體。敘述客體被敘述主體敘述後所成就的，就成了敘述文體。而在敘述文體中，又可以細分出敘述者、敘述話語和敘述接受者等三部分。當中敘述者，是指敘述主體所虛構來執行實際敘述活動的角色；它可以是類似無所不知的上帝，也可以是事件中的人物，還可以是旁觀者。而敘述話語，是指敘述者所發出的話語（包括敘述者自己發出的敘述語和敘述者轉述其他人物發出的轉述語等）。而敘述接受者，是指敘述者跟他對話的人，這個人可以稱為「隱含讀者」；他不等於讀者，因為讀者存在於現實生活中，而敘述接受者只存在於作品中。至於敘述話語究竟是怎麼成就的，這就有敘述觀點、敘述方式和敘述結構等形式／技巧可

說。當中敘述觀點，是指敘述者敘述時所採取的觀察點（包括全知觀
點、限制觀點和旁知觀點等）。而敘述方式，是指敘述者敘述時所採
取的方式（包括講述和展示等語態以及順敘、倒敘、預敘和意識流等
時序）。而敘述結構，是指敘述者的敘述過程（包括情節結構、性格
結構和背景結構等語言結構，以及語言面意義和非語言面意義等意義
結構）。（周慶華，2002a：99-208）以上這些可以合成一個以小說為
模本的敘事性文體的架構（同上，210）：

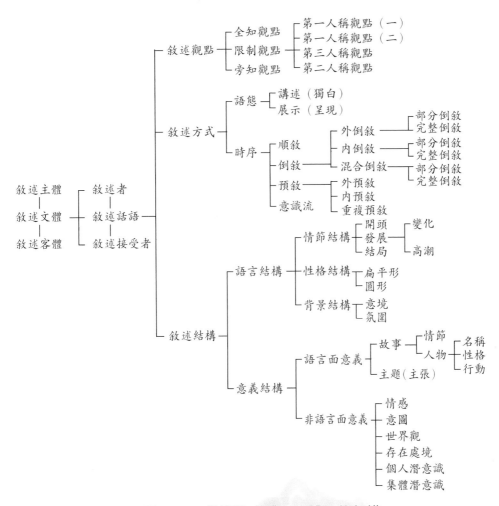

圖4-3-1　敘事性文體（小說）的架構

由於小說不必受制於親歷性（如散文、傳記等）或傳聞性（如神話、傳說等）或演出性（如戲劇），所以它可以高度的逞能和複雜化而導至敘事性文體要以它為極致性表現的典範。因此，上述的架構所為已經存在的小說「抽繹矩式」和為即將存在的小說「量身打造」的用心，正是要讓小說這種類型在範限上展現出儘可能的寬容性。

此外，還有一些關係小說寫作的理念，也得一併進入小說設定的範疇；它是技巧中的技巧，也是小說最終要呈現什麼面貌的決定者。而這也可以分項來說：首先是小說性質的定調，它通常在一開始就得作決定。如底下幾本小說的開頭：

> 四月間，天氣寒冷晴朗，鐘敲了十三下。溫斯頓‧史密斯為了要躲寒風，緊縮著脖子，很快地溜進了勝利大廈的玻璃門；不過他動作不夠迅速，沒有能防止一陣沙土跟著他颼進了門。
> （George Orwell, 1996: 14）

> 早上，戈勒各爾‧薩摩札從朦朧的夢中醒來，發現自己躺在床上，變成了大毒蟲。堅硬得像鐵甲般的背朝下，仰臥在那裏。擡起頭來一看，褐色的肚皮，被分作好幾段弓形的肌肉，硬繃繃地鼓著。棉被拖在那鼓著的肚皮上，快要滑下去了。比起偌大的身軀來，細小得可憐分分的許多腳，顯得特別脆弱無力。（Franz Kafka, 2006: 19）

> 我姓沙蒙，唸起來就像英文的「鮭魚」，名叫蘇西。我在1973年12月6日被殺了，當時我才十四歲。七〇年代報上刊登的失蹤女孩照片中，大部分看起來都和我一個模樣：白種女孩、一頭灰褐色頭髮。在那個年代，各種種族及不同性別的小孩照片，還沒有出現在牛奶盒或是每天的廣告郵件上；在那個年代，大家還不認為會發生小孩遭到謀殺之類的事情。（Alice Sebold,

2006: 7）

這分別出現於George Orwell的《一九八四》、Franz Kafka的《蛻變》和Alice Sebold的《蘇西的世界》等書，各自預告著即將發生惡性政治的恐怖景象（屬新寫實主義）、從此得從自己已經是一條蟲的處境來思考怎樣過活（屬存在主義）和顯靈後所要完成的釋放某種警意的使命（屬魔幻寫實主義）等，都在起始點上定性而後再去貫串全書。其次是小說要素的安排，它為了吸引讀者，勢必涵蓋情節、人物、衝突和意外結局等重要成分。當中情節和人物，是小說魅力的必要條件；而衝突和意外結局，則為小說魅力的充分條件，合而構成小說「完形」性的骨肉（情節和人物，本為小說的形式所有；而衝突和意外結局，則為小說技巧的深化）。提領它們，是為了顯示小說設定的可能的基進性方向，如Marcel Aymé的〈穿牆人〉，敘寫男主角杜提勒藉著他的穿牆術，幹了許多壞事（包括竊盜和跟有夫之婦偷情等），即使被捕，也都能逃脫而憑空消失，整個過程衝突不斷；但最後他卻在一次幽會要離開女子的閨房時，誤陷一片正在凝固的水泥牆而動彈不得：

> 這一晚，他們巫山雲雨直至凌晨三點。離開之際，杜提勒在穿越牆壁時，覺得髖部和肩膀出現不尋常的摩擦感，不過他不以為意。在穿越隔板的時候，他才明顯感受到阻力。他彷彿在液態的物質裏移動，接著這個物質變成糊狀，他每一用力，這個物質就變得更為濃稠。當他整個人進到密實的牆中，發現自己動彈不得……杜提勒彷彿被凍結在牆的內部。到現在他還在那裏，與石牆合而為一……（Marcel Aymé, 2006: 18-19）

這個意外結局，宛如「青天霹靂」般的警醒著讀者「妄想」類似穿牆這種特異功能的可能的不堪後果。又如Patrick Süskind的《香水》，敘

寫男主角葛奴乙謀殺二十六個年輕女子以取得她們身上的香氣，遭到
逮捕後因「兇相」不似而被釋放；但他的僥倖卻讓一羣流浪漢給奪去
了：

> 人人都奮不顧身地衝向那個天使，撲向他，把他按倒在地
> 上……接著一陣刀砍劍削，斧劈錘打，只見他的關節被敲碎了，
> 骨頭被打斷了。不到一會工夫，天使已經被大卸三十塊了，這夥
> 人每個都抓住一塊，趕緊退到一旁，貪婪地啃食著。過了半小時
> 之後，葛奴乙就徹底從地面上消失了，連一根毛髮都不留下……
> （Patrick Süskind, 2006: 276-277）

全程高潮迭起的衝突情節一再發生，讀者原以爲他會被判無數個死
刑，不料竟然是死在一羣食人族的嘴裏，這一意外結局顯然也是驚悚
到令人要「屛息聽訓」，以便從中吸取教訓（歹路走多了，最後可能
連怎麼死的都不知道），彼此都極爲吸引人。再次是小說學派的形
塑，它從前現代派的極短篇小說開始具備情節，人物、衝突和意外結
局等要素；而篇幅增長以後，則要再增加故事性（曲折／離奇／感人
等）、寫實性（對人性眞實／對人生事件眞實／對人生經驗眞實等）
和藝術性（形式反熟悉化／意義多重深刻等），俾使「體制」可以
得到充實。等過渡到現代派時，則因爲要創新觀念或形象（新寫實
性），已經無暇經營故事，只得在藝術性上增強（如多重變化敘述者
以見「作者巧心」之類）。至於到了後現代派，所見的小說一切布局
都遭到遊戲化（諧擬／拼貼／直接解構等），那就顯現一部小說史的
發展到這裏快要「無以復加」了（網路小說的超鏈結化的「大業」，
到目前爲止還停在「小說接龍」一類小規模的互動中，可說是乏善可
陳）。（周慶華，2008b：193）這以極短篇和短篇小說爲例，分別
可見於Cabinson Borges的〈雨夜〉（陸正鋒等，1979：133-134）、

F. Scott Fitzgerald的〈班傑明的奇幻旅程〉（F. Scott Fitzgerald, 2009: 193-226）、芥川龍之介的〈竹藪中〉（芥川龍之介，1995: 155-167）和蔡源煌的〈錯誤〉（瘂弦主編：1987：147-162）等，它們或多或少都可以各自相應上述學派的部分特徵。而這些條理形同新設定，則無異可以形成一道有關小說寫作規律的光譜（周慶華，2008b：192）：

圖4-3-2　小說寫作規律的光譜

這道光譜可以說是從前面所陳列敘事性文體（小說）的架構「綜合」衍生出來的，也可以說是在小說寫作前要一起考慮的「指導」式理念；表面上一為形式一為內質，實際上則一為現實一為潛能，彼此構成一種辯證關係。

　　小說寫作的光譜式演出，在審美訴求上，約略跟詩的情況有些許不同。雖然彼此所要表達的思想情感都有相應的對象要評價，但所使用的語言卻是一個為「評判語言」而一個為「指示語言」。（徐道鄰，1980：183-184、171-172）使用評判語言，可以立即獲得回饋且能藉為解脫生命所遇到的困境（詳見前節）；而使用指示語言，則須等到讀者「輾轉會意」了才知道它的效應。也因為這樣，所以小說在以事件表意的過程中，自然就會將所要批判的對象隱藏好，以便讀者可以「玩味」領悟而生出美感來。

　　至於實際的審美，則因小說的製造「衝突」要求，而整體的美感形態只能從悲壯以下才跟詩的美感形態有所交集（詳見本章第一

節）。因此，依它所見存於次流派（包括寫實主義、後寫實主義、存在主義、超現實主義、魔幻寫實主義、解構主義、後解構主義、網路主義和後網路主義等）的中介，可以設定出這樣的美感形態圖：

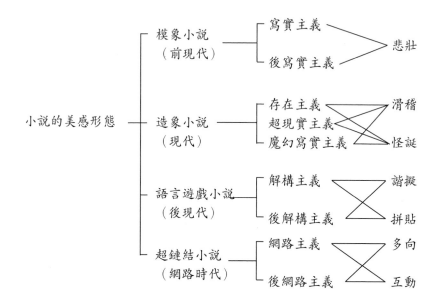

圖4-3-3　小說的美感形態圖

當中除了後寫實主義（強調對獨裁政治或男權中心或新殖民「赤裸裸」的批判，這是過去所禁忌的），為此地新增的名目，其餘都比照前節所列新詩的美感形態圖說明，分別找作品來相互印證，應該也不是問題。（Patricia Waugh, 1995; Umberto Eco, 2000; Lawrence Block, 2008；柳鳴九主編，1990；張容，1992；顧燕翎等主編，1999；須文蔚，2003；鄭樹森，2003；宋國誠，2004）而這除去網路小說還不成氣候不便舉證，例子如Aldous L. Huxley的《美麗新世界》，所見極力於批判科技的宰制和極權統治的壓迫等（Aldous L. Huxley, 1997），

可以歸在後寫實主義的範圍，且具悲壯感興；又如James Joyce的《尤利西斯》，所見一百多萬字敘寫幾個小人物在都柏林一天的生活，而以意識流的手法創新底層「光怪陸離」的現象（James Joyce, 2003），則可以歸在超現實主義的範圍，且具怪誕感興；又如Vladimir Nabokov的《幽冥的火》，所見併集詩、小說、評論／註解、戲劇和索引等文體來闡發許多分散的主題（包括人生、孤獨、性、死亡、愛情、友誼、權力、政治、語言、宗教、道德、罪惡、心理分析、文學批評、翻譯、學術和藝術創作等），頗現支解傳統小說統一敘事體的能事（Vladimir Nabokov, 2006），則可以歸在解構主義的範圍，且具拼貼感興。其他作品，也可以循此模式而獲知它們整體的美感特徵。

第四節　可以有的散文類型及其美感形態

　　文學光譜的兩端已經為詩和小說所分佔，剩下來的中間模糊地帶就非散文莫屬了。也就是說，可以帶有詩的成分，也可以帶有小說的成分，那種類型在現有的實踐中就是散文的樣子。只是散文的「文學性」，不及詩和小說濃厚；詩能夠在鍛鑄創新意象上高度逞能，小說也能夠在巧為構設事件中力展稀奇，只有散文雙雙疏離（或說鍛鑄創新意象和巧為構設事件有所不逮的，就成了散文）。這種疏離，如果不是作者刻意造成，那麼它就是作者短少才情而無以裁奪致勝。

　　在中國傳統上，散文是指韻文和駢文以外的散行文體的總稱（薛鳳昌，1977；俞元桂主編，1984；鄭明娳，1987）；而在當今大家所屬意的卻是來自西方的散文觀念，專指介於詩和小說之間的「中間型文類」。只不過西方人對散文一向不甚重視（不像國人把散文視為

一大文類而創作傳習不輟）。所謂「他們（詩歌理論家）傾向於認爲散文遠比詩歌平庸、散漫，而且難以補救地平鋪直敘、缺乏精緻；他們還斷定詩歌具有不同凡響、高度凝鍊和意蘊含蓄而豐富等長處」（Roger Fowler, 1987: 213-214），就是在說散文不入流的因緣。甚至還有許多文論家把散文排除掉（René Wellek等, 1979: 380），而造成散文進不了文學大門的危機！雖然如此，在一切都能設定成形的情況下，散文還是可以成爲文學的一個類型而有我們議論的空間。

　　這是說散文藉由理論的限定而使它以「一類」行遍天下，不啻是「擴延」或「衍化」文學的必經途徑；而這種工作只要做得周密，就會有「革新」的功勞。可惜的是，談論散文的行家甚多，但卻鮮少「中的」有效！如「散文可以說是以現實生活感思爲基礎，以切身體驗或閱歷所得爲素材，重新組織而成的『創作』，並且可以揉融詩、小說、戲劇等寫作技巧的一種獨特文類」（鄭明娳主編，1995：134）、「散文的語言運作不必像詩歌那樣十分凝鍊並在凝鍊中求得句式的新穎和變異，而是自由活絡，在特定情感或思想意旨的導引下，既可對場景進行洋洋灑灑的渲染性描寫，又可對某些事物一筆帶過。因此，從總體角度上說，散文是一種抒情達意的語言藝術，也是一種文體的語言運作自由的藝術」（張毅，1993：238）等，所謂「揉融」、「自由」云云如果可以成立，那麼如何保證這種文體有它的「獨立性」？可見今人的定義幾乎等於沒有定義。（周慶華，2001a：145-146）

　　固然散文處在半詩半小說之間，不是很容易抽繹它的書寫模式，但一旦要設定它爲一種類型，就得儘量摒除雜音而重新許以散文一個有輪廓的面貌。而這個面貌的成形，約略得從下列三個方面來顯現它的效度：第一，由於散文的必要「散化」的性格（不然就得別爲稱名），所以我們無從再給散文一個什麼「精確」或「標準」的界定，

但可以暫時將它當作介於詩（抒情性的）和小說（敘事性的）之間的中間型文類，而把它在相當程度上嘗試「涉足」或「入侵」詩和小說領域的情況，當成是一種特例；第二，雖然把散文界定在介於詩和小說之間的文類，但要實際去找這樣的作品未必很容易，這時不妨將它視為一種「隱在」的形態（由想像而存在），而以坊間所出版被大多數人「公認」或「不證自明」的散文集中的作品為檢驗對象；第三，如果在這樣的設定以外，還有一些無法辨認或有爭議的對象，只好採取「存而不論」的策略去因應。（周慶華，1997a：146）因此，散文的暫且定型，就有近於詩的抒情性散文和近於小說的敘事性散文兩類。它在詩和小說分佔兩端的光譜中間游移：

小說　　　　　　　　　　　散文　　　　　　　　　　　詩

圖4-4-1　散文的光譜儀

但不論怎麼游移，它一旦多精鍊語句且強調意象的安置和韻律／節奏的經營，甚至用到反義語／矛盾語以及擴及形式變化等，就成了詩；而它一旦多曲折故事情節和變換運用各種敘事技巧，就成了小說，從此不便再以散文稱名。反過來說，凡是跨不過去成詩成小說的，就得留在散文的位置，毋須給予額外的名目（免得「捉襟見肘」的窮定義）。例子如：

二泉映月　　　馬力

　　憧憬。歌謠般的世界。皎潔的月光飛進他的湖。阿炳有一片粼粼的江南。惠山沈默。寄暢的微雨裏，盲藝人拖一串漣漪般的琶音……（湯俊峰主編，1992：80引）

航程　　靜銘

　　水手，此去茫茫，請接受北斗星的問候，而我們是熟練的保姆，駕起歌之輕航，搖睡了海上黃昏。與寂寞談天，與海浪調情。水手，菸斗是嬝娜的情婦，你們憑欄消磨了整個良宵（風來時，我是宇宙的過客）。（白靈，1998：180-181引）

這些被作者和論者冠上「散文詩」的名稱，其實跟「春天像你你像梨花梨花像杏花杏花像桃花桃花像你的臉臉像胭脂胭脂像大地大地像天空天空像你的眼……你像霧霧像煙煙像吾吾像你你像春天」（管管，1976：226）被作者稱呼為散文的，又有什麼差別？彼此還不是都在散化的範圍？換句話說，它們所見的一點點「出位」現象（鄭明娳，1987：297-300；何寄澎主編，1993：114-120），只是向詩靠近而已，終究不是詩。又如：

獸　　蘇紹連

　　我在暗綠的黑板上寫了一隻字「獸」，加上注音「ㄕㄡ、」，轉身面向全班的小學生，開始教這個字……他們仍然不懂，只是一直瞪著我，我苦惱極了。背後的黑板是暗綠色的叢林……我拿起板擦，欲將牠擦掉，牠卻奔入叢林裏，我追進去，四處奔尋……

　　我從黑板裏奔出來……我竟變成四隻腳而全身生毛的脊椎動物，我吼著：「這就是獸！這就是獸！」小學生們都嚇哭了。（陳義芝編，2000：124-125）

搖渡船的女人　　川梅

她和丈夫已經在這條河上四十年了。

這河上沒有橋。

有天晚上，她夢見丈夫變成一座橋橫搭兩岸，醒來時大雨滂

沱，這時丈夫正搖著渡船渡兩岸的人，自己卻落水了。

　　……

　　她給丈夫壘了座墳，便搖著渡船渡兩岸的焦急，流著淚對人
說不該夢見橋的。

　　……

　　那地方還沒有橋。

　　（湯俊峰主編，1992：83-84引）

這兩篇一樣被定位為散文詩，但它們是向小說趨近，理當離詩更遠
了。可見論者的「巧立名目」（白靈，1998：188），往往會弄巧成
拙，很難有足夠的理由說服人。因此，散文留置光譜的中間模糊地
帶，應該是詩和小說的「美感剩餘」，不必強迫它多攬詩質或小說性
以自豪。

　　此外，跟散文一樣混雜在光譜中間的，還有神話、傳說和傳記，
但它們是靠近小說這一端的（跟詩無緣）；且因為取材多來自傳聞和
高度侷限於親歷（不像散文的親歷性中還可以攙雜部分詩意象和小說
事件的創意表現），自主創新性低，除非別為連結其他課題作探討，
不然它們都不太有「強顯」的文學價值可以傳習。這也是本脈絡不計
入細論範圍的主要原因，雖然那裏面有世界觀（具優位性的思想）
（沈清松，1986：24-29）和存在處境（時代祕辛）（René Wellek
等，1979: 116）等可以探取。這樣保留下來的散文，也就因為它也有
某種程度的創造性而准許大家給點關愛的眼神（按：比較特別的是敘
事詩〔史詩〕，它以詩體敘事，尤其是西方的史詩，具有一定的規矩
〔Paul Merchant, 1986；羅青，1994〕，但卻又嫌敘事／抒情兩相不
似，難以從光譜上給它畫出區塊；況且它已退出歷史舞臺，很少再有
人仿效創作，所以本脈絡也不取來論述而單讓散文居中放光）。

　　由於散文不搶詩以意象蘊含奇情或深情和小說以事件寄寓對現實

的批判的風采，所以才保有它的獨立性，這樣它的可抒情或可敘事就只能限定在某種程度的親歷性上。這種親歷性，會以題材的可經驗為原則。因此，散文縱使也可以抒發奇情／深情或敘寫對現實的批判，但它的取材就受限於聯想翩翩或窮於構設的逾越上。好比寫一種畸戀的奇情，詩可以用花蟲侵入玫瑰的高想像性意象來隱喻而不必坐實於具體的事項：

病玫瑰　　William Blake

> 玫瑰，妳病啦！
> 那飛舞在黑夜裏
> 看也不見的小蟲子
> 在狂風暴雨中，
>
> 找到妳褐紅歡娛
> 的床第，
> 他的陰黯隱祕戀情
> 就把妳一生毀了
>
> （張錯，2005：284引）

但這在散文中就得交代「一點」自己不得已要畸戀的苦悶劇情，讓它有被窺伺的閱讀刺激感！又好比處理丈夫外遇的題材，散文可以安排自己或友朋告知的哭鬧（逼丈夫回心轉意或逼第三者退出）／離婚／自戕／視若無睹等「一般性」的情節，以取「信」於人；但進入小說後卻得另外想個「好點子」（如讓女主角寫一本《這樣的丈夫》，結局為第三者變心而去，丈夫想重返元配身邊而不被接納，藉此「間接」懲罰丈夫），使人可以超出經驗範圍而獲得啟蒙，這時它的費心經營情節和可以不採第一人稱觀點的手法等，就遠非散文所能相比。

　　即使是一個「片段的畫面」，也可以考驗散文和詩及小說的寫

手。如「走在路上，發現千元大鈔的反應」，散文家也許會直接想到「先撿起來再說吧」；而詩人則可能會先估算意象的距離「地上有一千塊／撿它怕別人說我貪心／不撿它怕我自己會傷心／撿它吧／我不要別人嘴上的貪心換我身上的傷心」；至於小說家則有可能部署類似「它是搶匪散落的吧（最好不要撿）、它是電視臺故意放置考驗人是否貪心吧（別上當）、難道是假鈔嗎（不然早就有人撿走了）或是我自己掉的吧（撿起來時要趁沒人看）」這些線索，而構設帶懸疑性的情節。這不是說散文家想的或寫的就比較素樸或不可觀，而是說「散文」得是這個樣子，以免太過突兀而令人無法分辨類型。

　　這樣的散文因為可以分沾詩和小說的部分特徵，所以它的審美也就一樣涵蓋了從前現代到網路時代的所有美感形態。只是到後現代以後，後設解構性的成分介入和必要延異情思的多向化開展，已經使得散文不成為散文（至今也沒有人會稱什麼「後現代散文」或「網路時代散文」），因此有關散文的美感形態就到現代所見的為止：

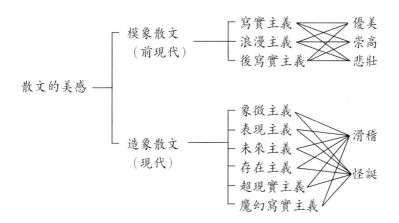

圖4-4-2　散文的美感形態圖

　　這在找作品來印證上自然也不成問題（俞元桂主編，1984；何寄澎主編，1993；鄭明娳，1994；范培松，2000）；而以較具特殊性的寫作為例（特指跨進現代派的部分），如：

男人之舟　　管管

　　自從那年夏天的頭顱被炸掉之後，那男子就天天去栽樹……某天，他就把自己也栽成一株樹，且一直栽了下去，據說竟把他栽成一座森林。（管管，1976：220）

保險櫃裏的人　　林彧

　　他們說，他躲在那只保險櫃中——是自己躲進去的；保險櫃的鑰匙和號碼只有他知道……沒有人看得見櫃子裏的一切，那裏面藏了些什麼？他真的在裏頭嗎？為什麼？沒有人知道，也沒有人能打開那只灰冷而且厚重的鐵皮保險櫃……

　　想著想著，突然我發現，四周的人都不見了，太陽消逝了，星星和月亮，所有的發光體全都不見了。我在黑黝黝的方盒裏，是我在冷冰冰的保險櫃中！（林燿德編，1990：149-150）

這兩篇，一在揭發潛意識或夢境（指〈男人之舟〉），可以歸在超現實主義的範圍，且具滑稽感興；一在製造如真似幻的魔幻效果，可以歸在魔幻寫實主義的範圍，且具怪誕感興，都頗見「造象」的效果（開發了人的潛在世界和跟神祕界互動的圖景），而跟模象性的散文不類。當中同樣是超現實主義式的散文，還有底下這兩種採意識流手法來敘事的次類型：

攸里西斯在大陸　　叢甦

惱人，一大早被鬧鐘吵醒。時間還早，撳住鬧鈴，蒙頭再睡，夢裏卡麗普娑正梳理她的髮。白長的手，梳理著。白長的胴體，垂著的髮像蛛網，金色的，長而密。蒙頭再夢。不成。翻身。可惡的汽車聲，像流水。嗚，菩薩，隔壁的淋浴聲，像倒垃圾。非起來不可了，竟聯合起來圍攻。（楊昌年，1988：24-25引）

意識流（第一節）　　王鼎鈞

那個少男不鍾情　那個少女不懷春　哥德名句傳萬口　那個看了不動心　那個不知道哥德　那個不知道哥德寫過一部《少年維特的煩惱》……這一輩孤獨悲苦的人忽然看見了哥德的名句哥德替他們伸張戀愛的權利　哥德來洗刷他們的罪惡感親愛的訓育主任你比哥德總要矮一截吧……當年洋牧師到中國來傳教你猜最大的阻礙是什麼　洋牧師說人類的祖先是亞當夏娃　中國人一聽怎麼連祖宗血統都改了　洋牧師領導男女信眾高唱耶穌愛我我愛耶穌　牧師說信耶穌的人彼此相愛　中國人一看這不有點兒傷風敗俗嗎？（王鼎鈞，2003：25-26）

前者無厘頭的流動意識，後者天馬行空的奔躍意識，都讓前現代的散文「望塵莫及」而寫下前衛散文的新頁。它們以併置異質素的思緒來取得「新人耳目」的效應（而稍微有別於〈男人之舟〉那種以「矛盾見奇」的超現實作風），雖然可以同歸在超現實主義的範圍，但卻是別具怪誕感興。其他作品，也可以類比推理而掌握它們整體的美感特徵。

第五節　可以有的戲劇類型及其美感形態

如果說詩、小說和散文合而構成了一道文學的光譜，那麼在這道光譜的一端又可以延伸出一類戲劇來。戲劇本來是綜合藝術（Virgil C. Aldrich, 1987；彭吉象，1994；陳瓊花，1995），並不一定要硬擠進文學的光譜中，但它的劇本形式還是因為近於小說而可以為文學所收編。而這一收編，戲劇就從小說這一端擴延出去，形成一道文學的次光譜：

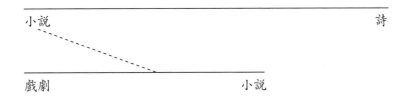

圖4-5-1　戲劇的光譜儀

這顯示小說和戲劇要在文學的次光譜分佔兩端，中間一樣會有一個模糊地帶；只是這個模糊地帶不再有次文類，它僅以「似小說似戲劇」的兩可性隨意被談論，或者乾脆也來個「存而不論」。像Alessandro Baricco的《海上鋼琴師》，它是個舞臺劇本，但寫法又酷似小說。如當中的片段：

（響起一段鋼琴錄製音樂，琴音簡單、緩慢，但非常動聽）
　　我不曉得他彈的是什麼音樂。雖然才一小段，但……很美。

真是他本人彈的，沒有作弊……當她看到身旁的船長，嚇了一大跳；這還不打緊，因為看到一旁的胖貴婦時，那才叫吃驚。胖太太指著鋼琴，氣吁吁地問道：

「叫什麼名字？」

「紐福千托。」

「我不是說曲名，是這孩子。」

「紐福千托。」

「就像一首樂曲名。」

這種對話對船長來說，要多搭理個四、五句是強人所難的……（Alessandro Baricoo, 2004: 32-34）

像這種情況，要當它是小說也沒什麼不可以。換句話說，小說／戲劇在語言形式上的相通性，使得「讀法」有時可以不必太過拘泥。倘若要說戲劇和小說及其他文類有什麼差異，那麼從語言表出本身的「透明」與否，也能分別予以隱喻出列：詩是舞蹈（不透明）；散文是散步（半透明）；小說是快步（透明）；戲劇是跑步（最透明）。這是以被理解的「明晰度」來區分的，依理可以很順當的重排成一道文學新光譜：

文學

| 戲劇 | 似小說似戲劇 | 小說 | 散文 | 詩 |

圖4-5-2　加入戲劇的文學新光譜

這跟上面那道文學的次光譜，其實是一樣的（只是沒排在一起而已）；現在為了更容易看出戲劇和其他文類的不同，以一道延長式的

光譜標示，正好可以跟上述的隱喻相對應。而這也透顯了戲劇在文學上的「遠距離相關」；它從以事件表意中「淡薄」了文學性而後成名。

　　因為戲劇是要在舞臺上演出的，所以劇本也得配合舞臺需求，而僅以對白供導演和演員代言參考（偶爾還會提示背景、道具、燈光、音效和人物的姿態表情等）。它除了在開頭交代時空背景和人物概要，此外都是以人物的對話形式陳列（非獨幕劇，還得分幕）。如：

羅密歐與朱麗葉　　　Shakespeare

第一幕

第一景　廣場

（卡普萊家的兩僕從：桑普桑及格萊戈里佩劍持盾上）

桑普桑：格萊戈里，我就是這句話，咱們絕不受那瘟氣！

格萊戈里：才不呢，咱們能給人家當出氣筒嗎？

桑普桑：你聽著，大爺的一股火氣上來了，就要動刀子。

格萊戈里：（嘻皮笑臉）我說呀，趁你還有一口氣，抽刀子出來
　　　　　幹嘛，把你的脖子伸過去吧！

　　……

（Shakespeare, 2000b: 24-191）

導演和演員最終是否會完全採用劇作家的對白設計，可就不一定；但如果沒有劇作家完成的劇本作為依據，那麼導演和演員也就很難導戲和演戲。至於小說同樣也有對白，它跟戲劇的對白又有什麼差別？這不妨藉下列兩則我所構設的例子來作說明（當中作為劇本對白的，仍然依便改成可以相比的加引號形式，且略去說話者）：

　　（戲劇式）

「吃飽了嗎？」

「吃飽了。」

「飆車去吧！」

「好。」

（小說式）

午後，一個高中生來到他家，邀他去飆車。

「我還想活命！」他冷冷的回了一句。

那個高中生氣憤的一個人騎著機車離開了。

戲劇式的對白要儘可能的透明化，不留給觀眾思索填補空白的空間（因為戲劇演出有時間性，不容許出現「斷裂」或「含糊不清」的情況；倘若對白太過隱晦費解，那麼一定會影響觀眾領會的效果）；但小說是供閱讀的，讀者可以反覆的揣摩玩味，所以它的對白就不須太過透明，像上面第二則「他」的回話就奇詭到留了許多「疑惑」給讀者去想像補白（不像第一則「淺白」到觀眾根本不必花腦筋去理解）。這是小說和戲劇的一大分野所在（對白都有表現人物的性格特徵和連綴故事情節等作用〔徐岱，1992：119；周慶華，2002a：151-152〕，只不過它在戲劇中得比在小說中更明朗化）；另外，有關敘述觀點、敘述方式和敘述結構等，小說也因為沒有要在舞臺演出的諸多限制，所以它就可以極盡變化而表現出單一文本所能展衍的內部複雜性。

縱是如此，將戲劇設定到上述的層次還是不夠的。理由是人類相關的實踐已經遠超過這些基本的東西，因此它還得以「添加」的方式再強化設定下去。首先，戲劇既然是從小說的光譜延伸出來的，那麼它所要具備的要素及其各學派的踵事增華或歧出生姿等，基本上不會跟小說有太大的差距。尤其是前面所說的「英雄旅程」（詳見本章第

一節）要更濃縮高密度的表現出來，以便在舞臺上取得更好的「劇情效果」。

其次，為了達到不同的演出成效，戲劇還可以安排不同的形式結構。一般的戲劇有所謂「敘事性結構」和「劇場性結構」的區分。當中敘事性結構，是以各種可能的方式來呈現故事（不論是一個故事還是多個故事或集中緊湊的還是零零碎碎的或順敘的還是倒敘的）。它還可以再分出五個次類型：㈠純戲劇式結構：這種結構保持了戲劇結構的獨自特點，基本上不跟其他樣式混合（如Henrik Ibsen的《玩偶之家》）；㈡史詩式結構：這種結構融合了史詩（史傳式或傳奇式）的結構方式（如Bertolt Brecht的《三分錢歌劇》）；㈢散文式結構：這種結構迥異於前兩類的特徵，它接近於形散神不散、不注重故事情節而講究真實自然和追求情調意境的散文的結構（如Maxim Gorky的《夜店》）；㈣詩式結構：這種結構摒棄了一切傳統的影響，既沒有完整的故事情節，也沒有確定的人物性格和連貫的邏輯語言（如Samuel Beckett的《等待果陀》）；㈤電影式結構：這種結構集上述四類結構的特點於一身，而統一它們的主要是不受時空限制表現情節的蒙太奇手法（場景的跳躍），別具一格（如Henry Miller的《推銷員之死》）。至於劇場性結構，則是包含兩層結構：一層也可以寫下來，類似敘事性結構；另一層則是純劇場性的（所謂純劇場性的，意涵有二：第一，劇場性結構的劇部分〔有些有劇本，有些根本沒有定型的劇本〕，很難作為獨立的故事或文學作品來欣賞，只有在劇場中才能實現它的價值；第二，在演出時常會發現劇作的觀點是不統一的，一定要在跟它相矛盾或相補充的劇場的觀點〔或者是導演／演員的，或者是觀眾的〕共同作用時才有意義）。它也還可以再分出三個次類型：㈠「戲中戲」結構：這種結構中的「戲中戲」是全劇的主要成分，而此戲中的敘事性故事自始至終受一個明顯的劇場性的框架的

制約，並且由這個框架的存在而時時暴露出故事和人物的不確定性，但要是撤去這個框架，全劇也就不存在了（如Luigi Pirandello的《六個尋找作者的劇中人》）；㈡儀式性結構：這種結構跟戲中戲不同，它的劇本並不複雜（多比傳統的敘事性結構還要簡單），重點是在演出及跟觀眾參與的關係上（如Richard Schechner《69年的狄奧尼索斯》）；㈢社會論壇劇結構：這種結構不但有儀式劇那樣儀式性的觀眾參與，還要讓觀眾帶著理智參加戲劇的創作，不但像某些戲劇一樣激起觀眾思考社會政治問題，還要讓他們當場表達出來，甚至當場採取行動（如Bertolt Brecht的《四川好女人》）。（孫惠柱，1994）這些不論是為基進創新，還是為因應影視的挑戰（特別是帶劇場性結構的戲劇），都可以再單取仿效或融合而出新裁，以為戲劇的可設定性提供資源背景。

再次，戲劇究竟要採用哪一種結構方式以及希望達到什麼效果，在相當程度上也得一併考慮演出的舞臺。而這由導演、演員以及舞臺設計、服裝設計、燈光設計和音樂家等合作經營而成的舞臺（劇場），到了現代已經發展出鏡框式舞臺（舞臺是在一「鏡框」內，觀眾的位置在舞臺的正前方；「鏡框」口裝有布幕，可以遮掩或展示舞臺）、中心舞臺或圓形舞臺（它的表演區在中心，通常是四方形或長方形或圓形；觀眾的座位像排球場一樣，環繞著表演區的四周，打破鏡框式舞臺的觀眾和演員之間的組合）、馬蹄形舞臺（開放式舞臺凸入觀眾席，沒有舞臺邊緣的限制；除了背後的一面牆，其餘三面都伸向觀眾之中，形成一個開放的空間，比較能和觀眾打成一片）、伸展式舞臺（結合鏡框式舞臺和馬蹄形舞臺的特徵；觀眾如同馬蹄形舞臺坐成一個寬廣的弧形線，圍繞著這很大的伸展部分的三面，同時可看見舞臺及後面的橫貫舞臺）和可變性舞臺（利用好幾種形式的舞臺組合，或者同時運用，或者舞臺變成可變性，由電動升降舞臺隨時改變

觀眾和演員之間的關係）等多種舞臺形式（尹世英，1997：5-21）；任何繼起的戲劇結構的定案，多少都得多方參酌，才能免於「事倍功半」（如儀式性結構的戲劇就不太合適在鏡框式舞臺上演出，而史詩式結構的戲劇也不太合適在中心舞臺或圓形舞臺上演出，不然一定不會有好效果）。（周慶華，2002a：339-340）

有人說「由劇本到演出，其間過程繁瑣複雜，有些因素事前一定要考慮周詳；但不到正式在舞臺上面對觀眾發表，誰也無法預測作品的真正風貌」（尹世英，1997：1），這是實在話。因此，一個表面看來很精采的劇本，到了舞臺不見得就會有好的演出效果；反過來說，一個表面看來不怎麼樣的劇本，到了舞臺也可能會有出人意表的效應。這當中似乎沒有可靠的「預警」機制，純讓演出的「成敗」來決定劇本的「戲劇優劣」性。雖然如此，它比起小說來，在取材方面會更容易研判它的「可行性」。好比我所構設的這則題材：

> 某遊行隊伍中有人內急，卻苦無機會脫隊去找廁所，忍不住就先放了一個屁。他馬上以喊口號來掩飾：「還我們自由，我們要民主！」旁邊的人都側過頭來看，並提醒他：「我們是要去抗議調漲健保費，不是要去推翻馬英九。」他不好意思的改口說：「我們要生存，我們要廁所！」大家又被他後面這句話搞得滿頭霧水。此刻遊行隊伍停了下來，喊口號的人瞧見不遠處有一家麥當勞，他知道有救了，三步併作兩步的跑了過去，邊跑邊「逼逼逼逼」的放了幾聲屁。大家終於會意過來了，不禁笑成一團。有人開口說話了：「遊行不能亂喊口號，不然會到處放鞭炮！」說完，他自己也放了一個響屁。後面的人就唸起一段童謠：「囡仔兄，靜靜聽，阿公仔放屁給你聽。蹦蹦蹦，太大聲；逼逼逼，太小聲；蹦逼蹦逼，真好聽！」唸完，大家原來使勁憋住的屁，都盡情的放了出來，頓時舒暢無比。

這用來當作戲劇的題材，會比用來當作小說的題材要有「劇情性」。換句話說，小說放進這種題材顯不出能蘊含什麼深意來供人玩味（況且它所要批判的「對象」也還沒有浮現），但戲劇放進這種題材則立即有臨場感且嘉年華會式的「噱頭」十足（觀眾就是喜歡這種「熱鬧」氣氛）；縱使這在戲劇中依然是「欲批無力」，但它卻可以讓觀眾誤以為自己是在臺上而參與了實際的演出。這也就是「戲劇效果」和「小說效果」不同的地方；它們一個需要「嚴肅」一點，而一個則得「輕鬆」一點（才能引起現場觀眾的興致）。

　　可以有的戲劇類型（如上述所模塑的），它也跟小說一樣有著從悲壯以下的各種美感形態；而它所對應的文學次流派，也約略跟小說所對應的相當（包括寫實主義、後寫實主義、存在主義、超現實主義、魔幻寫實主義、解構主義、後解構主義、網路主義和後網路主義等）。圖示如下：

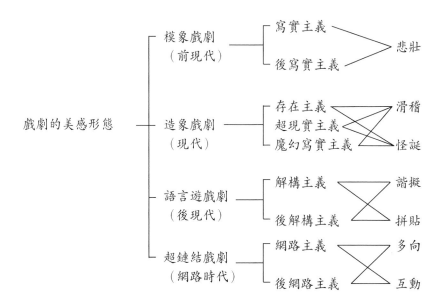

圖4-5-3　戲劇的美感形態圖

這分別找作品來互相呼應依然也沒有問題。（Keir Elam, 1998；葉長海，1991；陸潤棠，1998；馬森，2002；紀蔚然，2007；俞翔峰，2009）而這同樣除去網路戲劇還少有人見識不便舉實，以及寫實主義和新寫實主義的戲劇比較容易會意外，例子如：

第一幕

……

愛斯朵剛：多迷人的地方（他轉身，向前走幾步，停下來面對觀眾）。多動人的景象（他轉向佛拉迪米）。走吧！

佛拉迪米：不行。

愛斯朵剛：爲什麼？

佛拉迪米：我們在等果陀。

愛斯朵剛：（絕望）啊！（停頓）你確定這是我們來過的地方？

佛拉迪米：什麼？

愛斯朵剛：我們等他的地方。

佛拉迪米：他說在樹邊。（他們看樹）還看到別的樹嗎？

……

（Samuel Beckett, 1981: 13-164）

這以等待一個永遠不會出現的果陀（隱喻上帝）爲張本，全劇所展現的「劇中世界只是光禿禿樹的荒原，人物是瘋三、奴隸和奴隸主。這些人物的言談和行爲都跟客觀世界一樣無聊和不可思議，尤其是幸運兒胡言亂語的長篇獨白」；而它所要提示的則是「人類在一個荒謬的宇宙中的尷尬處境（等待一個不可能出現的對象）」（孟樊等主編，1997：26），可以歸在存在主義的範圍，且具怪誕感興。又如：

哈姆雷特機器　　Heiner Müller

1、家庭剪貼簿

……

2、女人的歐洲

……

3、諧謔的

……

4、在布達佩斯／格林蘭之役

……

5、在可怕的盔甲中

兇猛地忍受

千秋萬世

（深海。奧菲麗亞坐在輪椅上。魚羣、渣滓、屍體和殘肢緩
緩漂過。兩個穿白色制服的男人用紗布將奧菲麗亞連輪椅由
下而上縛起來）

奧菲麗亞：我是伊蕾克屈拉。在黑暗的中心，在陽光的酷刑下，
　　　　　以受害者的名義，我向全世界的首都說話。我把我收
　　　　　到的精液全部射出。我把我的奶汁變成致命的毒液。
　　　　　我把我生下的世界收回。用兩腿把我生下的世界室
　　　　　死，把它埋在我的子宮……

（兩個男人出場，奧菲麗亞被綁在白紗中，無聲無息地留在臺
上）

劇終

（鍾明德，1995：225-234引）

這被論者評介為完全使用「獨家發展的『集成片段』編劇手法。全劇

由幾個『角色』的獨白集合而成；獨白又由敘述、評論或隻字片語所組成。沒有對白，沒有傳統的戲劇角色或情節結構，甚至連一個荒誕劇式的『中心意念』都沒有。隻字片語、論述、獨白和演出之間不必構成任何關連。整個作品的推展是非線性的（非因果關係式的邏輯思考）」（鍾明德，1995：236），顯然它是一齣以解構傳統規範而達到自由解放目的的新實驗劇，可以歸在解構主義的範圍，且具拼貼感興。其他作品，也可以舉一反三而了解它們整體的美感特徵。

第五章

作者與讀者的辯證

第一節　從作者到隱含作者

　　除非是下意識書寫或有外靈附體在操控書寫（詳見第八章第三節），不然文學作品都是人自主寫成的；而這個寫作的人，就稱為「作者」。雖然作者的主體性常被懷疑（詳見第一章第一節），但最終的裁成者還是不能不歸諸「能執筆」的他。因此，我們要關心的是，當一個作者究竟是如何可能的？這本來應該連結到不同文體的寫作而定位相應作者的可能性，但這裏有更優位的關懷，就是在終極上要成為一個作者所得具備的條件。因為這是「總提為說」，所以其他次要的問題就「分」由相關的章節去處理。

　　當然，這必須先解決有所謂「作者是功能性的標示」問題。它所牽涉的是作者的所有權危機：「我們把一部文學作品看作某一個人的創作⋯⋯法律根據這樣一個創作過程，賦予作者權利，課以作者義務。但創作的過程並非必然如此⋯⋯過去文學作品經常不具名出版，再不然就是把國王或繆司女神這種虛構的人物當成作者。這種把虛構人物當成作者的傳統一直流傳到現在；有些作品顯然是他人代為捉刀的，卻由雇主擔任掛名者。所以『作者』是一個功能性的標示，而非天經地義的名分。」（Richard A. Posner, 2002: 446）然而，這只是一種特例（大多數時候並不會發生這類情況），我們大可將它「存而不論」或「別案討論」，而把時間心力集中在可「侃侃而談」的部分。

　　此外，還有一個「作者死亡」的詰疑也得因應。這最早是由Gassety Ortega於1925年發表〈藝術的非人性化〉所提出的，他宣示現代藝術是一種非人性化的藝術，以此徹底否定創作活動中的人

性要素（淡江大學中研所主編，1991：415-421）；接著是新批評家W. K. Wimsatt和Monroe C. Beardsley於1946年合作發表〈意圖謬誤〉，強調作品的意義須求諸作品的內在結構，不必假借任何外在因素（包括作者的意圖）（朱立元等主編，2002：295-299）；再來是Roland Barthes於1968年發表〈作者已死〉，聲稱寫作是各種聲音、各個原始起點的消失泯滅，進而剝除作者的創造機能（懷宇，1995：306-307）；最後是Michel Foucault和Jacques Derrida在Roland Barthes稍後分別發表的〈何為作者？〉和《書寫與差異》，主張寫作是符號的交互運作（朱立元等主編，2002：184-197）和主張寫作是一連串意符的延異（Jacques Derrida, 2004），解消和否定作者和作品的關連。但這些無不是「推論太過」（至少他們都不會否認自己在說「作者死亡」這件事），作者的組構權、辯護權和相對詮釋權等都不可能被剝奪（周慶華，1994：55-67），除非相關論者有辦法先坦承他們的論述都跟他們無關，或都不是他們所能掌控的。

縱是如此，所謂「當一個作者究竟是如何可能的」或「要成為一個作者所得具備的條件」（見前），也只是先問他實際上是怎樣在當書寫者的，而把從「醞釀寫作」的潛能到「終於寫出」的現實的可能機制問題延後再去追究（詳見第六章）。這樣作者的成立，就是他是文學作品的出處，也是相關書寫行為的決定者。雖然他在當代社會的演變逐漸要由「文化市場」所創造（也就是作者是社會勞動分工下的一個產物，而出處更成為一種意識形態上的觀念；它的作用不僅使得某種作品或作者擁有特權，更重要的是它還提供了一些如何思考文本意義的方法）（Tim O'Sullivan等, 1997: 31-32），但整體上他的「能動性」一樣不會缺乏。

作者的這種能動性，在具體的運作中，得再化身為敘事學所指稱的「敘述主體」（此地可把它看成是廣義的，包括撰寫抒情性文體

時的主體角色）。換句話說，在書寫活動中實際在場的是敘述主體，而不是作爲「署名者」的作者。爲了有所區別，敘述主體的作者身分被稱爲「隱含作者」；他跟作爲生活人的「作者」彼此有關連，卻又不等同（也就是作者在寫作時，只是從他的經驗整體「抽出一部分」來從事；而那一部分的所有者就稱作隱含作者）。所謂「敘述主體如果指敘述活動的實施者，那麼他似乎非作者莫屬。然而，事實並非如此。因爲我們知道，一般說來，一部敘事作品的作者是個實實在在的人；這樣一個人既可以寫小說，也可以不寫。因此，他跟他的作品的關係可以是分裂的：人們早已發現，果戈里在他的作品裏表現出無比的偉大和崇高；但實際生活裏的他本人卻正像他在小說中所嘲笑的那種卑劣、自私和虛僞的人」（徐岱，1992：66）、「同一個作者可以寫出完全不同的隱含作者，因爲他完全可以在不同的作品中使用完全不同的價值集合；有時是因爲他思想變化了，有時卻可能是他戴上了不同的面具而已」（趙毅衡，1998：11），約略就是在說這個意思。

有人判定敘述主體只是作爲生活人的作者的「第二自我」，它一方面受「第一自我」的制約，另一方面也受到寫作實踐的影響，具有自己的特點。（徐岱，1992：66-67）後面這一點，似乎有要否定敘述主體純爲作者所化身的意味。這就太過武斷！敘述主體如有處理超出作者經驗的部分，那麼它一定是不可想像的；因此他的寫作實踐影響而自成特點的情況，就只是讀者自己掌握不到作者的全貌而自行想像罷了，它實際上還是在作者的「管轄」範圍。

作者所化身的隱含作者，可以依需而多元伸展。好比「韋恩·布斯曾舉英國作家亨利·菲爾汀爲例，他的三部主要作品有三個完全不同的隱含作者：《大偉人江奈生·懷爾德》的隱含作者『十分關心公共事物，擔心野心家掌握權力可能危害社會』；《阿密利亞》的隱含作者是個板起面孔說教的道德家；而《約瑟夫·安德魯》的隱含作者

卻是個玩世不恭的樂天派」（趙毅衡，1998：11-12），這就有相當程度的典範性。此外，隱含作者的「敘述主體」位置，被認為是要從為「塑造風格」上來標誌，從而體現一個必要的審美機趣：

> 如陳建功的〈轆轤把胡同九號〉中的這段開頭：「『敢情』……此話在北京尋常得很……可是在轆轤把胡同九號，這話可就不尋常啦。這裏有一位姓馮的寡婦老太太，也和別的老太太一樣，喜歡接在別人的話茬兒後面說：『敢情！』馮寡婦的『敢情』卻不是隨隨便便說出來的。您要是不夠那個『份兒』，不足以讓她羨慕、崇拜，人家還是金口難開呢……但現在只是由於這番『侃』得帶勁，『聊』得有味，居然使我們因『話』及『事』，對那位馮老太太的故事也發生了興趣。」而這種興味顯然跟透過作品中那位敘述者形象折射出來的敘述主體的活潑的個性不無關係。（徐岱，1992：68-69）

顯然這是作者經驗的一部分；他為了製造那種審美機趣，才委由敘述主體來演現而成就了一個可供賞玩的敘述文體（作品或文本）。這樣敘述主體秉受了作者的「意欲」，在寫作過程中不斷發揮寫出優質作品「給你看」的功能；他雖然在寫作完成後要一併離場，但所有的風格塑造都不能沒有他。

既然在寫作完成後敘述主體也得跟著離場，那麼有誰留在作品裏？這就涉及另一個實際執行寫作活動的敘述者（詳見第四章第三節）。敘述者是敘述主體根據寫作需要而創造或虛構的，他要擔任具體的寫作工作而跟作品緊緊地連在一起。如圖所示：

圖5-1-1　作者／敘述主體／敘述者關係圖

他跟敘述主體的不同是，敘述主體沒有聲音；它是透過作品的整體設計，借助其他的聲音而讓我們理解一切的狀況。（徐岱，1992：100）換句話說，敘述主體和敘述者在寫作活動中分據「策動者」和「執行者」的不同地位。即使敘述者有時以「我」的姿態出現（好像跟敘述主體彼此難分難捨），這個「我」也跟隱藏在作品背後的敘述主體的形象很難是同一個；更何況敘述主體還可以在寫作中透過自我的「分化」，將自己的思想情感投入到包括敘述者在內的各個角色中去呢（而敘述者就沒有這個「能耐」）！（周慶華，2002a：133-134）可見一個寫作行為的發動，得是在「作者→敘述主體→敘述者」這個架構裏才有可能的；而短少於認知這一「通則性設定」的人，就會執著一端而胡亂於質疑或批判（如「文不如其人」或「人不如其文」之類），造成「實況難明」的遺憾！

第二節　隱含讀者對讀者的召喚

　　從敘述者實際執行寫作活動開始，另一個敘述接受者的身分也跟著浮現而形成一個「完整」的寫作行為。也就是說，敘述者所發出或所轉述的敘述話語（詳見第四章第三節），一定要安排接受者才能完構（也就是它勢必要講給某一對象聽）；否則它就不成話而無法陳列

出來。而這個接受者通常是隨文出現的，他的正式名稱叫作「敘述接受者」。

敘述接受者也是敘述主體所創造或所虛構的人物，他在作品中擔任著敘述話語的被動接受者。這個接受者的身分特徵以及跟作品中其他角色的關係和對作品本身所能產生的作用等，也都可以別爲關注。首先，敘述接受者是爲了確保敘述者的敘述所以可能而被指實區隔開來的。所謂「凡是敘述，不但必須以敘述者而且以敘述接受者爲它的先決條件。敘述接受者就是敘述者跟他對話的人」（王先霈等主編，1999：338引Gerald Prince說），就是這一類見解的先聲。雖然如此，敘述接受者卻不等同於讀者，因爲讀者存在於現實生活中，而敘述接受者只存在於作品裏。二者的區別，正如底下這段話所說的：

> 在某些敘述者現身的小說中，敘述接受者也可能現身。例如《天方夜譚》中敘述接受者是殘暴卻嗜聽故事的蘇丹王，當然讀者並不認爲自己是蘇丹王。《十日談》或《坎特伯雷故事集》的敘述者和敘述接受者是書中人物輪流做的，讀者當然無法加入其中。（趙毅衡，1998：8）

因此，敘述接受者是寫作行爲的一個必備成分（他可以現身，也可以隱身）；而讀者是處於敘述行爲外的非必備成分。換句話說，寫作行爲完全可能從未有讀者，但它卻不可能沒有敘述接受者；寫作行爲的定義決定了敘述者不可能脫離敘述接受者而單獨存在。（趙毅衡，1998：8-9）其次，敘述接受者是隨著敘述者的身分及其講述的方式而有不同的設定。好比敘述者是一個類似無所不知的上帝，他所預設的敘述話語的接受者不是跟他一樣的身分，就是一個或一羣非故事中角色的「旁觀者」。例子如：

賣驢的父子　　AEsop

有一個老人帶著年輕的兒子，牽著一頭沒有馱貨物的驢子，準備到市場去把驢子賣了。

路上遇到一輩人，指著老人嘲笑他沒有讓驢載人，真是太傻了……

走了一會，另一輩人看到了，就說身體結實的年輕人騎驢，年紀大的老人反而走路，真是太不應該了……又聽到有人在背後說他虐待兒子，怎麼只有父親騎驢……最後，老人只好把驢的腳捆起來，和兒子兩人擡著向市場走去。

路人看到竟然有這麼愚笨的人，都忍不住笑了起來。老人見到眾人笑他，氣憤之餘，就把驢扔到河裏去，然後和兒子一起走路回家了……〔AEsop, 1999: 31-32〕

在這裏敘述者無疑是在跟一個（或一輩）不在事件中的對象講話；這個對象雖然不是事件中的角色，但他卻跟敘述者共構了一個寫作行為，而一併爲所完成的敘述話語所蘊含。（周慶華，2002a：161-162）又如敘述者是一個事件的參與者或事件的旁觀者，他所預設的敘述話語的接受者不是同爲目睹該事件的「不出聲」的角色，就是同爲局外人但「不在場」的角色。例如：

目擊者　　陳克華

那晚，一輛公車殺死了一個騎腳踏車回家的夜校生。

而那時，你們都在。

但在這樣一個習慣於顛簸的時代，或許誰都不太容易感受到生命撞擊的震動吧！那時，

你正從車窗口遠眺盆地，一些正在離開的燈火，眼神若有所思，事實上只是呆滯地空白著。此時，

110

從車輪下一顆年弱的靈魂升起了……他是唯一的目擊者。
（隱地編，1992：213-214）

殺人者　　Ernest Hemingway

另外有兩個人曾走進這飯鋪來。喬治一度走進廚房去給來客弄了一份火腿蛋三明治帶走。在廚房裏他看到艾爾……拿著鋸掉了半截槍身的鳥槍斜靠在櫥架旁。尼克和那個廚子背對背站在屋角裏，兩個人的嘴全都被毛巾塞緊捆牢。喬治做好了那份三明治，用油紙包好再把它放進紙袋裏拿了進來；於是那個客人付過錢就走了。（彭歌，1980：212引）

前則的敘述者明顯是在跟同一個站在事件邊緣的對象講話（文中敘述接受者「你」是敘述者「你」的另一個不發聲的自己）；而後則的敘述者也明顯是在跟一個站在事件外面的對象講話（也就是敘述者是在跟一個同為旁觀者的對象講話）。這些對象都直接間接或有意無意的參與了事件的運作，一起跟敘述者發展出一段寫作行為，而共同凝聚在所成就的敘述話語中。（周慶華，2002a：162-164）再次，敘述接受者和敘述者以及事件中的其他角色彼此所具有的關係，理當是在某些準則的制約下成立的。它約略包括下列五種關係：㈠敘述者和敘述接受者近而二者和其他人物距離遠；㈡敘述者獨自遠，而使敘述接受者和其他人物接近；㈢敘述者和其他人物近而二者和敘述接受者遠；㈣三者都相距很近；㈤三者都相距很遠。（王先霈等主編，1999：339）所得考慮敘述接受者所在的「位置」，這個架構應該是很可以發揮作用的。最後，敘述接受者還可以幫助敘述者更好地塑造人物的性格、闡明故事的主題以及幫助敘述主體結構篇章、確定總體氣氛和情調等（徐岱，1992：116-118），這就不煩舉例了。

縱是如此，這裏也還沒有處理一個很接近敘述接受者卻又頗不

相同的「隱含讀者」問題。我們知道，隱含讀者一樣也不等於讀者，他是從作品的內容形式分析批評中歸納推論出來的價值觀念集合的接受者或呼應者，是推定作者假設會對他的意見產生呼應的對象，也就是一些文論家所說的「理想讀者」或「合適讀者」或「模範讀者」或「被編碼的讀者」。（趙毅衡，1998：14-15）這個隱含讀者是虛設的，而作品就是以這些虛設讀者為對象進行設計和操作。大體上，這些虛設讀者和實際讀者不在同一個層次：

> 他們不具有固定的實際身分，只有一個大致的範圍和特點（通常以年齡、閱歷等為界），因而有較大的適應性和一定的介入性。如洪峰《重返家園》第三部分的開頭寫道：「我今年三十一歲。以我這個年紀去回憶自己的過去，可想而知不會有什麼可歌可泣驚心動魄感人至深的事跡。如果說還能引起更多年輕的朋友們的閱讀興趣，那只能是我自己的一部分感情生活了。」從這段引文裏我們可以看出，這部小說的虛設讀者是比作者更年輕的人……而虛設讀者和讀者一樣，都存在於敘事文本之外。（徐岱，1992：111-112）

換句話說，一個敘述接受者是作品在名義上的接受者，而隱含讀者所對應的是隱含作者（而不是敘述者）。因此，像敘述者一樣，敘述接受者是一個既非讀者也不能完全等同於故事中某個人物的精靈式的角色，他的使命是充當敘述者所發出的敘述話語的接受對象（徐岱，1992：114-115）；而隱含讀者可以因作者的需求，暫時賦予「高明接受」或「精密接受」的任務，讓他們以隱匿的姿態存在。（周慶華，2002a：161）在這種情況下，隱含讀者會進一步對實際讀者進行「召喚」，而使得實際讀者除了在不成文的約定中以「無關係」的第三者存在，還要自我提升為一個作者所期待的「理想讀者」（身分形同隱

含讀者）。

隱含讀者所以要對實際讀者進行這種召喚，是因為它本身是虛擬的，而作者又不能沒有影響／支配他人的企圖心（不然寫作行為就不可理解）；以至虛擬隱含讀者一場，無非就是在等待實際讀者都來「投效」以如作者所望的接受作品。而這在試圖解構作者／讀者二元對立關係的後現代小說中，同樣可以感受到它的「殷切期待」性：

如何測量水溝的寬度　　黃凡

※故事進行到這裏，可能有部分讀者感到不耐煩。那麼我如下建議：

1.你可以立刻放棄閱讀，再想辦法把前面讀的完全忘掉。

2.你一定急著想知道作者如何測量水溝的寬度，那麼我現在告訴你，我們當時帶了一把弓箭，把繩子綁在箭尾，射到緊靠溝旁的樹幹上，把箭拉回後，再量繩子的長度，答案就出來了。

3.假如你對上述兩種建議都不滿意，那麼我再給你一個建議，暫時不要去想如何測量水溝的寬度，請耐心地繼續閱讀。（瘂弦主編，1987：13）

錯誤　　蔡源煌

親愛的讀者，這篇小說到此已結束了。不管是不是合你的意，我實在是被挫折感所困折了。一篇小說的結局難定，其實你們也有責任啊⋯⋯

⋯⋯

你們怎麼說都行。我承認這種手法不是什麼創新⋯⋯其實，玉綢的那封信是真的，而她也真的「走了」，其餘的細節我就不知道了。（同上，160-162）

這表面都是在跟隱含讀者「說教」，其實作者所在意的還是實際讀者能不能像他們所願的那樣來理解作品。因此，所謂隱含讀者對實際讀者的召喚，它基本上在寫作過程中就設定好了；至於實際讀者願不願意成為被召喚的對象，那就沒有人可以掌控了（參見第六章）。

第三節　隱含讀者與隱含作者的辯證關係

　　前面在談作者／敘述主體／敘述者／敘述話語／敘述接受者／隱含讀者／讀者時，所舉例都為小說，似乎這是專為小說而構設的。其實不然！在其他文體裏也一樣有這些成分（否則就會無法想像其他文體缺少這些成分，它們要怎樣被生產出來），只不過著重點不同，它們適合在特別複雜的小說文體裏被提出來。現在就另以詩為例，如：

水仙花　　　楊牧

過去的星子在背後低喊著

我們不為什麼地爭執

躺下，在催眠曲裏

我細數它們墜落谷底

寂然化為流螢

輕輕飄過星光花影的足踝

唉！這許是荒山野渡

而我們共楫一舟

順時間的長流悠悠滑下

不覺已過七洋

……

水仙在古希臘的典籍裏俯視自己

——今日的星子在背後低喊著

我們對坐在北窗下

矇矓傳閱發黃的信札

（楊牧，1994：130-131）

這首詩本身就是一則敘述話語，除了署名者楊牧這一作者，他還化身了寫水仙花（自戀象徵）經驗的敘述主體；而敘述者「我」，則爲敘述主體所創造或所虛構，且預設了隨行的「你」爲敘述接受者；至於隱藏在背後所被期待的，就是能欣賞敘述主體所書寫的該一自戀經驗，且更寄望於實際讀者同等來領會。顯然上述從作者到讀者理路的揭發設定，可以具「普遍」性而爲所有寫作行爲的架構依據。它們彼此的相關位置，圖示如下：

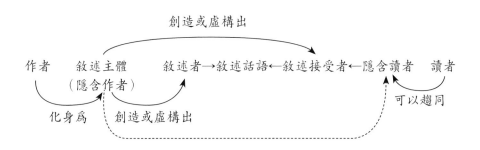

圖5-3-1　作者／敘述主體／敘述者／敘述話語／敘述接受者　　　　　　／隱含讀者／讀者關係圖

當中敘述主體和所預設的隱含讀者都不在作品內，且二者屬「遠距離關係」，所以只用虛線連接；其餘用實線連接的，都是「必要關係」或「近距離關係」。此外，將讀者到隱含讀者間定位爲「可以趨同」

關係，是因為一般讀者都有想要「理解作品」的衝動，而這一理解雖然會跟作者所預期的不一致，但仍無妨它在心理上的「契合」想望，因此同樣可以用實線相連接。

倘若說還有什麼「未盡意」的，那麼它大概就是隱含讀者和隱含作者有一種更隱微的「辯證關係」存在，依理論建構的旨趣有必要再為它發微設定一番。前節說過隱含讀者是作為敘述主體的隱含作者所虛設（預設）的，這好像彼此只是主從關係。但又不盡然如此！隱含作者所以能虛設隱含讀者，主要是有多重的考慮：首先是它藉隱含讀者來強迫讀者領會作品；其次是他同時也為作品造成一種立場，而使讀者能夠由此出發來觀察事物（王先霈等主編，1999：478-479引Wolfgang Iser說）；再次是它一轉會使隱含讀者升級為理想讀者，來解決作品可能有太過難以理解的地方（他被邀請來「解開」作品的祕密）（同上，481-482引Wolfgang Iser說），從而顯現隱含作者在「操控」隱含讀者上的影響力。而上述這些考慮再一轉，理想讀者會內蘊「不確定變數」的彈性化超級想像一個「超級讀者」的存在（超出隱含作者所預期的超級讀者的「恐其存在」）。前後的差別，可以用圖表示：

圖5-3-2　隱含作者對隱含讀者的影響圖

理想讀者／超級讀者——▶隱含讀者對隱含作者的影響

彈性化超級想像

圖5-3-3　隱含讀者對隱含作者的影響圖

後者，有人說「在一切可能的讀者中，只有最好的讀者，就是『超級讀者』或『內在讀者』，才能最充分地欣賞一篇論述」（王先霈等主編，1999：482引Wallace Martin說），指的大略就是這個意思；而這都會在隱含作者的「恐其存在」心理中存在（為他所無從掌控），使得隱含讀者的「幻想性延伸」也有可能反過來影響制約隱含作者，造成彼此的必要辯證性。例子如我的一首詩：

聚散　　周慶華

圓不了的一場圓會

思緒停著忘記要奔馳

孵熟的樹總是欠風開叉

擁抱自由的人依然寫不出歷史

只看到雲在翻越山崗尋找迷路的枯木

頑石怎樣才能把一段情留給未來

形上的道困住邏輯後就丟掉了尾巴

回去村落補眠

倏地盎然的綠意發芽又抽穗

夢中還在狂想一次凌空的飛翔

沒有預期的相遇摻有甜澀的焦味

別了等不到的歡顏

今晚煲過的溫度已經失速

明早的重逢驚疑都在記憶裏

（周慶華，2007d：123）

這所預設的隱含讀者是一羣學校進修部有緣相會卻無緣進一步相互了解的「老學生」（他們在教室聽我講課卻又自拒於教室情境），但又恐有更高明的隱含讀者（超級讀者）嫌我詩的「旨意不明」，而使得

那一隱含讀者和隱含作者的辯證印象不斷縈迴在我的腦際，每當要再寫作時就會浮現一次來警示我得「好好拿捏」。

了解隱含讀者和隱含作者的辯證關係，有一個好處，就是「最終」要讓作者和讀者都投入時，必須先通過這一關的考驗：作者所分化的隱含作者無不要被隱含讀者及其可以趨同的讀者所「一直升級」；而可以趨同的讀者連隱含讀者也無不受作者所分化的隱含作者的牽制而「轉換方向」，彼此必須處在「循環互進」的境況中才算正常。因此，前面那一作者／敘述主體／敘述者／敘述話語／敘述接受者／隱含讀者／讀者關係圖就得轉變成是動態的，每一個成分隨時都要在「變動不居」中存留而不能一語定格。而這已經比後現代或網路時代的某些看法（如作者常受制於讀者或讀者也是作者之類）（孟樊等編，1990：299-311；須文蔚，2003：53-58）更進一層，不妨作為最新以作者／讀者為代表的「關係言論」的思考準的。

第六章
寫作與接受的機制及其流變

第一節　寫作與接受的機制

　　將作者和讀者的內層辯證關係設定後，可以接著再設定寫作／接受的機制問題。所謂機制，原爲心理學（精神分析學）上的用詞。心理學上有所謂「防衛機制」（defense mechanism），最早爲Sigmund Freud所創用，意指個人在應付挫折時，爲防止或減低焦慮所使用的各種適應方式（Joseph Rosner, 1988: 80-82）。而防衛機制，也被簡稱爲機制，只不過在後來的衍義中，機制已被「截取」或被「專用」來代表一種驅動力。（劉宓慶，1993：99-100；桂起權等，1994：6；汪信硯，1994：119；王宏維等，1994：50）這種驅動力是由相關的（生理或心理）機能所制約，所以機制也就有「機能」和「制約」的意思（Arthur A. Berger, 1994: 76-78；葉家明，1997：268-276）。前者（指機能），代表它能產生作用力；後者（指制約），代表它在產生作用力的同時也會受到某種程度的約束。顯然這已經有了語意的轉換，而且跟原來的自我防禦意涵似乎愈離愈遠。（周慶華，1999a：99-100）

　　所謂寫作／接受的機制，也是探語意轉換後的用法，特指有關寫作／接受的驅力。而這在寫作方面，可以再區分寫作本身的驅動力和寫作者的驅動力。寫作本身的驅動力，是要把潛在的文學質素（包括心理存有、社會存有和藝術存有等）實現爲文學作品，以便完成敘事或抒情（以比喻或象徵思想情感）的工作。縱是如此，這種寫作本身的驅動力還是可以從中規模出一個向度來。也就是說，敘事或抒情在誘引寫作本身趨向它時，不盡只是這麼素樸的只有「敘事」或

「抒情」而已，它理當還有一個較爲精緻的結構在前導著。而這個結構，無妨稱它爲「對話」。這是從「所有言說不可能只是純爲言說而已，它還會牽涉言說者和言說接受者之間的關係，而使得言說又展現一種整體性或綜合性的特色，就是對話」。（周慶華，1997a：233）這個可以視爲普遍性的前提而定位的。換句話說，言說的發處和它所要到達的終點，勢必要形成一個交談或對諍的態勢。此外，文學作爲一種特殊的（大）類型，除了對話，還得有「美感」的成分，才構成整個生成體制的「完整性」。而這美感的成分，也就跟對話一起共同驅策著寫作活動的進行（有關美感的問題，第四章已經論述甚多，本章還會再另闢議題）。至於寫作者的驅動力，最根本或最終極的還是要歸諸前引行爲心理學那個命題所蘊含的價值意識（詳見第一章第二節）。而這一樣可以形成一個相關文學寫作的演繹系統：

　　　　一種鼓勵對個人的價值愈高，則他採取行動取得此一鼓勵的
　　可能愈大。
　　　　在某一假設情況下，文學寫作者認爲文學有很大的價值。
　　　　所以他會採取行動來寫作文學。

當中「在某一假設情況下」，爲它填入本脈絡的文學定義（詳見第三章第一節），則僅屬於寫作本身的驅動力範圍；如果再別爲補上「謀取利益」、「樹立權威」和「行使教化」等變數，那麼它就過渡到寫作者的驅動力範圍。整個的論證形式是這樣的：

　　　　一種鼓勵對個人的價值愈高，則他採取行動取得此一鼓勵的
　　可能愈大。
　　　　在可以表現心理、社會和藝術等多重存有且能藉爲謀取利益
　　或樹立權威或行使教化的情況下，文學寫作者認爲文學有很大的
　　價值。

所以他會採取行動來寫作文學。

換句話說，寫作者所以會採取行動來寫作文學，是因爲他認同了一種
文學觀念（或多種文學觀念）；而他所認同的文學觀念，又根源於他
對該文學觀念的高度價值的肯定。（周慶華，2004a：195-196）

在接受方面，也可以再區分接受本身的驅動力和接受者的驅動
力。接受本身的驅動力，是要把實際的文學作品還原爲潛在的文學質
素。但這卻經常難以「合轍」：它不是「不及」，就是「太過」；或
者根本「南轅北轍」化了。當中「不及」和「太過」，都還在逆向活
動的範圍；而「南轅北轍」的情況，則等於是在自我解構，從此跟寫
作不再分屬文學活動的兩極。雖然如此，語言成規還是可以使得接受
相對於寫作而存在：

> 我們自以爲控制語言的，實際上無時不是在受著語言的控
> 制……語言是我們任何人逃脫不了的一套枷鎖；我們的思考、
> 情感和知覺等，沒有一樣不是在受著語言的陶鑄，沒有一樣不是
> 只能在語言所指定的軌道上活動。所以我們可以說，沒有一個人
> 不是他的語言的囚犯。就是想入非非，充滿極端幻想的語詞，也
> 不過是一個囚犯帶著他滿身枷鎖在跳舞而已。（徐道鄰，1980：
> 60-61）

這裏所說的用在接受領域，就是它無法擺脫是在對「文學」的接受；
而這一對文學的接受，就註定了接受是一個逆向式的活動（不然它就
不要自稱是在接受文學）。至於它的「不及」、「太過」或「南轅北
轍」等情況，那不是該逆向活動的罪過，而是接受者無法重返寫作的
情境而又自以爲是所造成的。此外，接受者別有考慮而刻意改變接受
的方向，這也會出現上述那些情況，終而影響到接受和寫作不在「一
路雙向」的範圍。（周慶華，2004a：237-238）至於接受者的驅動

力，它最根本或最終極的同樣是要歸諸前引行爲心理學那個命題所蘊含的價值意識（詳見第一章第二節）。而這可以比照形成一個有關文學接受的演繹系統：

> 一種鼓勵對個人的價值愈高，則他採取行動取得此一鼓勵的可能愈大。

> 在某一假設情況下，文學接受者（讀者）認爲接受文學有很大的價值。

> 所以他會採取行動來接受文學。

當中「在某一假設情況下」，爲它填入本脈絡的文學定義（詳見第三章第一節）而可以窮爲發掘，一樣則僅屬於接受本身的驅動力範圍；倘若再別爲補上「謀取利益」、「樹立權威」和「行使教化」等變數，那麼它也就過渡到接受者的驅動力範圍。整個的論證形式是這樣的：

> 一種鼓勵對個人的價值愈高，則他採取行動取得此一鼓勵的可能愈大。

> 在可以發掘心理、社會和藝術等多重存有且能藉爲謀取利益或樹立權威或行使教化的情況下，文學接受者認爲接受文學有很大的價值。

> 所以他會採取行動來接受文學。

換句話說，接受者所以會採取行動來接受文學，是因爲他也認同了一種接受文學觀念（或多種接受文學觀念）；而他所認同的接受文學觀念，又根源於他對該接受文學觀念的高度價值的肯定。這是接受作爲一種逆向活動的內在歷程，它跟寫作所擁有順向活動的內在歷程可以「同質不同向」，甚至也可以「不同向不同質」。所謂可以「不同質」，是當彼此不能密合時暫且予以寬容，原則上還是要以尋求「同

質」爲依歸。（周慶華，2004a：243-244）這可以作爲接受機制最基本的設定。如果實際上它確是要「一意孤行」（比如爲找尋最佳的開展方向而跟寫作機制更沒有交集之類），那麼那也是「理中合有」而無從予以絕對式的控管。接下來就要看雙方（寫作／接受機制）怎麼思考「進一步」的對策，以便相關的機制運作有「新」的規律可循。

　　這大體上，在寫作方面有所謂的「影響焦慮」從中在促使寫作本身內蘊「不斷超越」或「另闢蹊徑」的欲求。本來抒情性文體和敘事性文體被設定完成（不論是我設定還是別人設定）而可以用來操作後，它們就要退到幕後去「暗中檢視」所書寫成品的合格度；但一旦有了影響焦慮，它們又得從幕後走到臺前擔任一個「開拓者」的角色，不停地嘗試新形式、新技巧和新風格的開發：

> 文學不只是語言而已。它也是一份企求建立象徵體系的意志，一種對隱喻的追逐，尼采曾予以定義爲求取差異、置身他方的欲望。這多少意味著想要和自己有所不同；但我認爲主要還是指想要跟自己相屬和繼承的作品的隱喻和意象有所不同：成爲偉大作家的欲望，就是在自己的時空裏、在原創和傳承跟影響焦慮必得相濡以沫的情況下，動身前往他方。（Harold Bloom, 1998: 17-18）

這雖然是「事後聰明」（只是在看到有實地超越的現象時才發論，根本忽略了「一空依傍」的天才式的額外新創表現），但對於人類總是不滿現狀而要向基進創新途徑邁進的經驗反射，還是有相當程度的解釋效力。而同樣的，在接受方面，也會有一個普遍性的晉身「文人圈」欲求的規律在主導著該機制的運作：

> 每個社會羣體都有它的文化需求以及屬於它的文學……這就是我們所稱的「文人圈」：聚集了絕大多數的作家們；而且也

吸收了從作家到大學文史研究員，從出版商到文學批評家等文
學活動所有的參與人士。這些「搞」文學的人全都是文人，因而
他們的文學活動又是在一個內部封閉的交流圈中流轉運作⋯⋯
（Robert Escarpit, 1990: 91-93）

因爲晉身文人圈的「通行證」是要懂得一套文學概念及其相關配件，
所以文學會被「期待升級」，而接受者也會被「自我檢肅」不斷優質
化，從而在某種程度上寫作和接受又再度的回過頭來「交集」著。因
此，依向來的文學表現，人類在這一部分已經輾轉走過前現代、現
代、後現代和網路時代等幾個階段，正遠遠呼應著這裏所說的「新」
規律性。而這都可以重新加以爬梳，以爲寫作／接受機制再一次設定
它的「必要流變」。

第二節　寫作與接受機制的前現代模式

　　假使把寫作和接受都定位是在爲「文學」的，那麼後者（指接
受）「可能的歧出」就可以擱置不談，這樣彼此的機制性就能夠顯現
出一種「模式」特色。換句話說，寫作和接受雙雙「面向」文學後，
它們的演現就可以依派別不同而分化出好幾個模式；而這些模式的
「成形」，又會回過來強化了寫作／接受機制的「機動性」或「選棲
性」。

　　從既有的實踐來看，人類的文學表現在世界現存的三大文化系
統中已經「各有歸屬」。當中西方的創造觀型文化爲媲美上帝的造物
表現，文學一波又一波的翻新，從前現代跨過現代、後現代和網路時
代等；而東方的中國傳統所屬的氣化觀型文化和印度佛教所開啓的緣

文學概論

起觀型文化，則一個抵擋不住創造觀型文化的凌駕尾隨了過去，而一個雅不願改造自己仍然保持原來的模樣。可以用圖來表示（周慶華，2004a：143）：

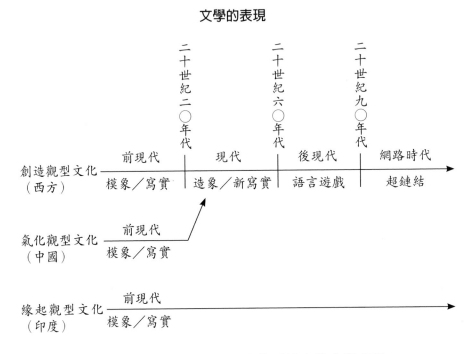

圖6-2-1　世界現存三大文化系統中的文學表現

很明顯的在「起步」階段，三大文化系統都有各自專屬的前現代的模象／寫實文學。而這連到寫作／接受的機制上，就是有一種可以特稱為「前現代」的模式。這種模式所關係的文學特性及其相應的寫作／接受方式，則可以按照理論規格而把它「形態」化。

　　這得從文化上的前現代說起。文化上的前現代，是指現代出現以前的時代，它約略以西方十八世紀所出現的工業革命為分界線（甚至再早一點到十四世紀至十六世紀的文藝復興時期）。至於東方，則遲

至十九世紀末開始接受「西化」以前，都屬於前現代。前現代所可以考及設定的特色在於世界觀的建構及其運用；它的成形不啻爲人類的文化奠定良好的基礎。（周慶華，2007a：163）

　　以西方來說，它歷來的世界觀表面上繁複多樣，實際上卻有相當的同質性，就是都肯定一個造物主（神／上帝）以及揣摩該造物主的旨意而預設世界所朝向的某一特殊目的：如古希臘人認爲世界是由神所創造的，所以它是絕對完美的，但它並非是不朽的；世界本身就含有衰退的種子。因此，歷史的自身可視爲一種過程。在這種過程中，事物的原初秩序在黃金時代裏，一直保持著完美的狀態，只有在往後的歷史階段中，才無可避免地陷入衰退的命運。最後當世界接近終極的混沌狀態時，神又再度介入而恢復原初的完美，於是整個過程又重新開始。這樣歷史就不是朝向完美的一種累積性進展，而是一種由秩序邁向混亂的不斷交替。這種觀念就影響到古希臘人對社會究竟要怎樣建立秩序的理念（不輕易變動）。又如基督教的歷史觀主宰著整個中世紀的西歐，它認爲現世的生命，只是朝向下一個世界的中途站而已。在基督教的神學裏，歷史具有開創期、中間期和終止期的明顯區分，而以創始、救贖和最後審判等三種形式表現出來。這種世界觀認爲人類歷史乃是直線型而非交替型。它並不認爲歷史正朝向某種完美狀態前進；相反地，歷史被視爲一種不斷向前的鬥爭，當中罪惡的力量一直在塵世播下混亂和崩潰的種子。在這裏，原罪學說已徹底排除了人類改善生活命運的可能性。這種神學綜合世界觀，個別人根本沒有一席之地。人生在世的目的，並不在於「貪得」，而在於尋求上帝的「救贖」。又如從十八世紀以來（按：底下所說的部分已經屬於「現代」的範圍，此處爲了前後連觀才一併敘及），以適當、速度和精確爲最高價值的機械世界觀，早已席捲了人心。機器儼然佔有了人類生活的全部，而人類的世界觀念也因爲機器而結合爲一。大家把世

界看成是永世法則，由一位至高無上的技師（神）所推動的一部龐大無比的機器。由於這部機器設計得極為精巧，以至它可以絲毫不差地「運作自如」；而它運動的精確度，可以小到N度來核計。人類對自己在世界裏所看到的精確性深為著迷，進而冀圖在地球上模仿它的風采。（Jeremy Rifkin, 1988: 32-65）以上這些世界觀（包括古希臘時代的「神造」世界觀、中古世紀基督教的「神學綜合」世界觀和十八世紀以來的「機械」世界觀等），可以統稱為「創造觀」（神／上帝創造宇宙萬物觀；底下再分三系，是緣於著重點的不同），長期以來一直支配著西方的人心，並在十九世紀以後逐漸蔓延到全世界。（周慶華，2007a：163-166）

　　至於東方的情況，則有兩種較為可觀的世界觀：一種是流行於中國傳統的「自然氣化宇宙萬物觀」；一種是由古印度佛教所開啟而多重轉折的發展著的「因緣和合宇宙萬物觀」。前者，以為宇宙萬物為陰陽精氣所化生（自然氣化的過程及其理則，稱為道或理）。中國傳統所見的這種世界觀既然以宇宙萬物為陰陽精氣所化生，那麼宇宙萬物的起源演變就在「自然」中進行；這不無暗示了人也該體會這一「自然」價值，不必做出違反自然之理的事。而中國傳統的人信守這樣的世界觀，所表現出來的多半是為使自然和人性、個人和社會以及人和人之間達成和諧融通、相互依存境界的行為方式和道德工夫。後者，以為宇宙萬物的出現和消失，都是因緣和合所致。也就是說，有造成宇宙萬物存在的原因或條件，才能夠促使宇宙萬物的實際存在；反過來說，沒有造成宇宙萬物存在的原因或條件，也就不能夠促使宇宙萬物的實際存在（或者當造成宇宙萬物存在的原因或條件消失了，宇宙萬物也要跟著消失）。而由此衍生出人生是一大苦集（宇宙萬物都是因緣和合而成，變動不居且沒有實有性；人執著它們的實有性，就會自尋煩惱），最後要以去執滅苦而進入絕對寂靜或不生不滅的涅

槃（佛）境界爲終極目標。佛教這種世界觀的具體顯現，普遍流露在講究修鍊冥想、瑜伽術以及其他的心身冶煉等行爲，而將能量的消耗降到最低限度。（周慶華，2007a：166-167）

上述東西方三種世界觀，都各自根源於背後的終極信仰（如創造觀就根源於對「神／上帝」的信仰；而氣化觀和緣起觀就分別根源於對自然氣化過程「道」和絕對寂靜「涅槃」境界的信仰）。而正是這種具有統攝性的世界觀各自塑造了各自的文化特色（詳見第八章第六節）。雖然無法繼續有效的推測三種世界觀在神造／上帝、氣化／道和緣起／涅槃的信仰上還有什麼原因促成彼此的分立（西方當代一些科普書喜歡用「創造力大爆炸」或「思想大爆炸」一類說詞來解釋人類知見的由來〔Ian Tattersall, 1999; David Perkins, 2001〕，也許可以藉以說明上述三種世界觀的產生因緣，而特許它有「靈光一現」後各自發展出了各自的信仰的可能性），但它們或「強」或「弱」的穩居世界「三大世界觀」的地位，卻是可供檢證認可的。而這也就是前現代可據以爲設定認知對象的「極限」所在。（周慶華，2007a：167-168）換句話說，前現代整體的特徵在於世界觀的模塑及其推廣，使得相應文化的穩定性獲致某種程度的保障。而世界分化爲三大陣營，則不啻也影響到各自文學的表現而展演出彼此殊異的色彩。

在緣起觀型文化方面，文學自然是在模寫「自證涅槃／解脫痛苦」的現實。當中如《修行本起經》、《普曜經》、《佛本行集經》、《太子瑞應本起經》、《太子須大拏經》、《佛說大意經》、《長壽王經》、《佛說九色鹿經》、《六度集經》和《撰集百緣經》等，在展現佛陀本行和揭示佛本生故事／緣起故事的佛教經典，所作的解脫「示範」固然不必多說，還有一些深著佛教色調的如印度早期Kalida^sa的《莎昆妲蘿》戲曲，以及近代Rabindranath Tagore的《舞者之供養》／《眞陀利》戲曲、Hermann Hesse的《流浪者之歌》小說、

芥川龍之介的《地獄變》小說、三島由紀夫的《金閣寺》小說、金岡秀友的《釋迦牟尼生與死》傳記和中國從魏晉南北朝以來與許多僧侶文人有關的詩賦碑銘小說戲曲散文等（周慶華，1999b），也都傾力在模擬那一逆緣起樣態，致使一個以追求涅槃為旨趣的文學傳統得以成形。

　　至於在氣化觀型文化和創造觀型文化方面，文學則一個在模寫「諧和自然／綰結人情」的現實，而一個在模寫「挑戰自然／媲美上帝」的現實。因為二者多有可以「對比」處，所以相關的文學表現就常被帶出來比較：「我們的先人根本沒有所謂『原罪』的觀念，而西方文學中最有趣最動人也最出鋒頭的撒旦，也是中國式的想像中所不存在的……在西方，文學中的偉大衝突，往往是人性中魔鬼和神的鬥爭。如果神勝了，那麼人就成為聖徒；如果魔鬼勝了，那麼人就成為魔鬼的門徒；如果神和魔鬼互有勝負，難分成敗，那麼人就是一個十足的凡人了……中國文學中人物的衝突，往往只是倫理，只是君臣、父子、兄弟之間的衝突……西方文學的最高境界，往往是宗教的或是神話的，它的主題往往是人和神的衝突。中國文學的最高境界，往往是人和自然的默契，但更常見的是人間的主題……我的初步結論是：由於對超自然世界的觀念互異，中國文學似乎敏於觀察、富於感情，但在馳騁想像、運用思想兩方面，似乎不及西方文學……」（古添洪等編著，1976：134-137）當中說到西方文學擅長馳騁想像而中國文學則遠遠不及，那是因為西方人為媲美上帝造物使然（馳騁想像才能創新事物）；中國人沒有造物主信仰，理所當然就往現實倫常去著眼。二者立場相左，實在不必有優劣的評判。只是為了看出彼此的差異相，仍然要舉例來透視一番：

　　　　　　我最親愛的小露　　　Guillaume Apollinaire
　　　　我最親愛的小露我愛你

我親愛的心悸的小星我愛你

美妙地彈性胴體我愛你

外陰緊似榛子夾我愛你

左乳如此粉紅如此咄咄逼人我愛你

右乳如此溫情的粉紅我愛你

……

小陰唇因你頻繁接觸而肥厚我愛你

臀部正好往後閃出完美的靈活我愛你

肚臍像陰暗的空心月我愛你

體毛像冬日森林我愛你

多毛的腋窩如新生天鵝我愛你

肩膀斜坡清純可愛我愛你

大腿線條美如古神殿的圓柱我愛你

秀髮浸過愛的血我愛你

……

嚐我的可口啊我的仙蜜我愛你

獨一的秋波星星的秋波我愛你

雙手我愛慕其動作我愛你

鼻子非凡的高雅我愛你

扭擺的舞蹈的步伐我愛你

喔小露我愛你我愛你我愛你

（莫渝，2007：165-166引）

上邪　　鴻鴻

　　我的耳垂在你口中，我的唇舌在你乳房，我的手掌在你腋窩，我的性器沈落在你體內一個不可測的深處。而我自己從未見過的背影，在你眼睛的風景畫片之中……

（陳義芝主編‧賞讀，2006：114-115）

這都在表達一種欲親近肌膚或已親近肌膚的情愛，但一個聯想翩翩的在創造近於崇高的女子美（如果就男方來說，那麼它的愛如此「辛苦」則又近於悲壯），而一個則很「實際」的寫出近於優美的相愛現象，彼此的差距顯然不可以輕量。這也就是創造觀型文化和氣化觀型文化的文學傳統各有累積所促成的（後者雖然已經過渡到當代而頗受外來文化的浸染了，但整體的美感特徵還是無法跨越而有所歧變），雙方很難互換而還會有凸出的表現。再舉一例：

北港香爐人人插　　李昂

即便在這樣疼痛的時刻，她仍感到直挺挺的面向上躺臥時，她的下體張開處，冷冷的風直灌進空蕩蕩的陰戶內，沿著腸、胃、食道氣管，直上達嘴。而整個疼痛的體腔內，仍留著這樣一管未被填滿、空蕩蕩的陰道，連疼痛都塞不進去，空洞的敞開在那裏。

……

所幸他像其他絕大多數男人，他們的撫摸不為取悅她的身體，而是要使自己能勃起。那雙溼淋淋的手便永遠都只繞著她的乳房游走，一遍又一遍的擠弄乳房那點面積，溼淋淋的汗漬全累積在上面，便像毛毛蟲的蟲體戳破，流滿一攤青綠、褐色、甚且雜色的濃液，腥腥的羶味。（李昂，1997：126-127）

垂死的肉身　　Philip Roth

你會在康蘇拉的身體上注意到兩件事。首先是，那對乳房。可以說是我見過最漂亮的乳房……這是一對圓潤、豐滿、完美，有著淺碟般乳頭的乳房。不是那種母牛垂掛式的乳頭，而是大而淡玫瑰膚色的乳頭，叫人心蕩神馳。第二件事是，她的恥毛如

絲。一般人的應是捲的，她卻有著像亞洲人的恥毛。光滑而服
貼，數量不多……

　　……

　　……她是我認識的少數藉著推擠陰戶達到高潮的女人之一，
不由自主地向外推，彷彿貝類柔軟連接的、吐著泡泡的肉身……
通常你看女人的陰道，你可以用手撥開它，但是康蘇拉的，像花
一樣綻放。那陰戶自己從藏匿的地方露臉……暴露的私密令人心
醉神迷。席勒會不計一切代價要畫它，畢卡索會把它變成一把吉
他。（Philip Roth, 2006: 37-112）

這表面看來都在寫女性的私密處，似乎都「窮盡了力氣」，但仔細瞧
瞧卻又發現前者的白描（唯一的明喻「像毛毛蟲的蟲體戳破」也嫌單
薄），跟後者的頻密的形容譬況不可併比，彼此一為「寫實」而一為
「想像創新」，都相應著各自的文化特性。

　　所謂寫作／接受機制的前現代模式，就在這一模象／寫實的不
可取代性的確立；不但相關的寫作要以它為鵠的，連相關的接受也得
以它為發掘對象，才能雙雙盛稱有「體制可循」。至於各文化系統所
自行衍化的「敘事寫實／馳騁想像力」（創造觀型文化所屬）、「抒
情寫實／內感外應」（氣化觀型文化所屬）和「解離寫實／逆緣起解
脫」（緣起觀型文化所屬）等互不統屬的文學表現（參見第八章第六
節），則又可以作為「跨文化交流」的參照系絡。換句話說，跨域如
果僅止於形式而不能再涉文學觀念及其技巧／風格（如近代以來海峽
兩岸仿效西方文學而無力全面超越的情況），那麼有這個架構而想改
絃易轍也才知所「突破」的方向；至於未來即使能跨域成功了，那麼
這個架構還可以提供大家尋思終極所向「意義何在」的空間，合而顯
示所謂的「模式」規畫的價值。

第三節　寫作與接受機制的現代流變

前節說過「寫作和接受雙雙『面向』文學後，它們的演現就可以依派別不同而分化出好幾個模式；而這些模式的『成形』，又會回過來強化了寫作／接受機制的『機動性』或『選棲性』」，這暗示了前現代模式之後所見的現代模式，讓寫作／接受有可以機動更換策略或擇一而從的機會，而據**圖6-2-1**可知，這是創造觀型文化所帶出的新異思潮。因為它是反前現代模式而成就的，「嘗試」性質濃厚，所以要換詞而稱它為一種流變。

大致上，相對於前現代所見的世界觀的建構及其運用，現代則傾向於將原世界觀予以衍變發展（包括原基督教「神學綜合」世界觀歧出「機械」世界觀在內）（David K. Naugle, 2006; Alvin J. Schmidt, 2006）；前後的差距，不再是單線的承繼，而是多元的裂變。同時這是西方社會所發起和帶動的；非西方社會只能「或迎或拒」的游走於兩難困境中。（周慶華，2007a：168）換句話說，非西方社會沒有機緣或根本無力發展出現代思潮，以至在遭遇西方文化的「大舉入侵」而難以抵擋時，不是妥協屈就就是悍拒強抗（雖然後者不易成功），而造成舉世一起籠罩在西化風潮的陰影中。

依現有的跡象來看，所以會有「現代」（modern）的出現，主要是因為西方人向來信守的創造觀所內在的造物主「絕對支配力」的鬆動，而讓西方人得著自由馳騁思慮和無限伸展意志的機會，從此多方激盪串聯而營造成功的。它展現在十四世紀到十六世紀文藝復興所「假想」古希臘時代「人文主義」的復振（其實古希臘並未含有這種

脫離神控色彩的人文主義），以及十七世紀啓蒙運動對「人文理性」
的強調和十八世紀工業革命對「工具理性」的崇拜。當中還穿插著
十八世紀以來由美國獨立運動和法國大革命所掀起的「政治民主」和
「經濟自由」等世俗化的浪潮。此外，十六世紀出現的新教的宗教改
革，也一起匯入了「推波助瀾」的行列。而它的「成就」，則包括工
業化、都市化、民主化、世俗化、高度的結構分殊化和高度的普遍成
就取向等。（金耀基，1997：132-138）縱是如此，現代工業化下的科
學技術和世俗化下的民主政治等特色，並不如後人所推測的那樣已經
「解除魔咒」（沈清松，1986；鄭祥福，1996）而不再相信造物主的
主宰力了。當中科學技術的發展，全是爲了模仿造物主的風采或證實
造物主的英明，固然不必多說；民主政治的演變，所要防止人性的再
度墮落，也依舊沒有抹去造物主在背後的絕對支配力（Ian G. Barbour,
2001; John W. O'Malley, 2006；武長德，1984；張灝，1989；周慶華，
2005）。因此，所謂的工業化或世俗化後，原世界觀中所預設的高高
在上的造物主並沒有消失，只是經由現代人的塵念轉深而暫時「退居
幕後」或被「存而不論」罷了；必要的話，祂隨時還會被「請」出來
或被「召喚」回來。（周慶華，2007a：168-170）

　　比工業化和民主化稍微晚出的文學現代化（美感形態的改變，大
抵較科技的發明和社會體制的改變爲緩慢），也是凜於造物主的威力
而在試爲模仿它的風采，紛紛開啓各種前衛作風的新流派（就是第四
章所指出的那些象徵主義、表現主義、未來主義、存在主義、超現實
主義和魔幻寫實主義等）。這些新流派，表面上看似不相干，實際上
彼此所抱持的價值觀和寫作方式上卻有相當的同質性，也就是對於語
言功能的信賴和形式實驗的興趣。前者（指對於語言功能的信賴），
表現在「眞」和「美」的追求；所謂眞，是指作品所烘托的世界，而
不是現實世界。現代作者服膺的不是寫實主義或模仿理論，而是文字

能造象的功能。他們相信，作者是藉著文字去創造一個想像的世界，這個世界的真實感是由作品的形構要素所構成，而不是依附於外在世界所產生。而所謂美，說明了一種超越論的寫作觀。他們認為現實世界的感知現象，瞬息萬變，只有文學作品上的美可以超越塵世的變幻無常。換句話說，美的事物在塵世中隨時都會凋萎，只有透過文學來保存它們，將它們「凝固」在作品中，才不至於像塵世的生命那樣朝生暮死。這顯示了他們極度相信語言的堆砌就會構成意象：作者只要找到精確的語言符號，就可以教它們裝載滿盈的意義。至於後者（指對於形式實驗的興趣），表現在對小說敘述技巧、敘述觀點的斟酌和詩歌形式美的創造：小說家運用細膩的技巧邀請讀者涉入小說中的世界，辨析真相的所在（如William Faulkner在現代小說《亞卜瑟冷》一書中，運用了四個敘述者以不同的觀點去捕捉故事的片面，而讀者必須整理出故事的來龍去脈，以了解故事的真相）；而詩人也同樣重視形式實驗，他們主張形式的美勝於意義（如E. E. Cummings一些現代詩中的空間形式設計）。這些又根源於他們對自身角色的覺悟和期許（應該為人類找到精神上的出路），儼然是時代的先知或預言家。（蔡源煌，1988：75-78）以上二者（指對於語言功能的信賴和形式實驗的興趣），彼此又有密切的邏輯關連：也就是現代文學的作者對於語言功能的信賴，正是他們從事形式實驗所以可能的依據（即使講究形式美的詩歌，也不能忽略由語言「排列組合」所彰顯的意義）。（周慶華，1994：3-4）

由此可見，西方現代文學有別於前現代文學的地方，就在於前現代文學的模象／寫實性，無非是以「緬懷過去」（留戀上帝所造物的美好）來標誌的；而現代文學的造象／新寫實性，則是以「嚮往未來」為能事的，二者都離不開該終極實體的信仰卻又劃分基進／保守為兩橛。如前所述，現代文學所以不滿前現代文學而亟於加以超越，

是緣於前現代文學所強調的反映現實已因現實不再美好（二十世紀初的西方社會，因為工業文明發展到第一波高峰，機械大為取代人力，使得許多失業人口滯留在城市而造成盲流充斥、犯罪率升高和社會運動頻繁等後遺症，所以文學人才要轉向而不再耽戀那已經變得醜惡不堪的社會）和現實變動太過快速（難以捉摸，也無由予以檢證）等，而開始棄「彼」就「此」，極力於開啟「引導未來」的文學新紀元。

　　雖然如此，西方前現代文學的想像創新特性（縱使它表面上給人的感覺是在「緬懷過去」），仍然延續到現代主義文學（只是現代文學「未來」才寄望它發生，跟前現代文學的好像「已經」發生有所不同罷了），並且還開啟了更多的面向（也就是有象徵主義、表現主義、未來主義、存在主義、超現實主義和魔幻寫實主義等多重互競迭出的流派）。以詩來說，如：

我的自傳　　Václav Havel

1936

1937

1938

1939

1940

1941

1942

1943

1944

1945

1946

1947

1948

文學概論

1949

1950

1951

1952

1953

1954

1955

1956

1957

1958

1959

1960

1961

1962

1963

1964

（Václav Havel, 2002: 22）

戰鬥　　Filippo T. Marinetti

重量＋氣味

正午3/4笛子呻吟暑天咚咚警報咳嗽破裂

辟叭前進叮吟吟背包槍枝馬蹄釘子大炮馬鬃

輪子輜重猶太人煎餅麵包──油歌謠小商店臭氣

光輝膿惡臭肉桂霉漲潮退潮胡椒格鬥污垢

旋風桔樹──花印花貧困骰子象棋牌茉莉＋蔻仁＋

玫瑰阿拉伯花紋鑲嵌獸屍螫刺惡劣

138

機關槍＝石子＋浪＋

蟈蛙叮叮背包機槍大炮鐵屑空氣＝彈丸＋熔岩

＋300惡臭＋50香氣

……

（焦桐，1998：69引）

前一首可以歸在表現主義的範圍，且具滑稽感興。因為一般的傳記是用文字構設，而此詩則是以文字堆疊，彼此判若兩回事；但這樣「反其道而行」的用意，卻透露了詩人在暗示讀者：生命要顯得精采，必須每年都過得「不一樣」（一般人可能是「1936」重複了二十九次，年年沒有差別）。它的深具啟示的「未來感」，就寓含在那一不斷變換「前進」的數字中。後一首可以歸在未來主義的範圍，且具怪誕感興。它是「標準」型的歌頌科技文明的代表作，讓人感覺到活著跟科技的產生物或衍生物戰鬥，實在是一件充滿刺激且希望無窮的事；而它的「未來感」，就在於啟導人們對科技文明的「深為倚待」（這自然會引發另一種反面式的「哀悼科技文明」的未來主義。如Francessco Cangiullo的一齣只有一句話的戲劇「舞臺上一條狗慢慢地走過去，閉幕」〔姚一葦，1994：1引〕，這所暗示人類未來會像「舞臺上那條狗」那樣的孤單落寞，不啻是在敲響科技文明的喪鐘）。而這在此地也不遑多讓（雖然在創新的「氣勢」和「格調」上都小人家一號），如：

門或者天空　　商禽

推開一扇由他手造的只有門框的僅僅是的門

出去。

出來。

出去。

出來。出去。出去。出來。出來。出去

出。出。出。出。出。出。出。

（商禽，1969：132）

沙包刑場　洛夫

一顆顆頭顱從沙包上走了下來

俯耳地面

隱聞地球另一面有人在唱

自悼之輓歌

浮貼在木椿上的那張告示隨風而去

一副好看的臉

自鏡中消失

（洛夫，1981：123）

前一首可以歸在超現實主義的範圍，且具滑稽感興。詩中所寫的
「他」自造一扇門，不斷地「出去」、「出來」，不覺是在裏面還是
在外頭，有如陷入失重或精神分裂狀態。它所企圖引人重視內在世界
的複雜性，不言可喻；同時這種喻示欣賞必要轉向的作法，在相當程
度上也甚具「未來感」。後一首可以歸在魔幻寫實主義的範圍，且具
怪誕感興。詩中所寫刑場上被砍掉的頭顱還一個個的走下沙包在自我
哀悼，頗為靈異！它所試圖引人關注靈異現象這一「新現實」的真實
性，也毋須贅言；並且同樣的這種喻示欣賞必要轉向的作法，在相當
程度上也甚顯「未來感」。

　　現代文學的造象／新寫實觀念體現在詩中的，雖然緣於各自的創
新構想不同而分割出上述諸多流派，但當中尚未引證的「象徵主義」
一支，卻僅僅是從前現代過渡到現代的一個「準現代」派別（著名
詩人有Charles Baudelaire、Arthur Rimbaud、Stéphane Mallarmé、Paul

Valéry、Paul Verlaine等；尤其是Charles Baudelaire有《惡之華》詩集特別享譽世界文壇）。因爲它所主張「回歸文字藝術的本質，運用內在的聯想和自由的詩語言，摒棄邏輯理性和直接易懂的語言；詩人往往採用一套神祕的象徵系統，讓具體的象徵衍生出多重複雜的意義，使具象和抽象相互呼應，反覆指涉，而在詩中形成豐富意涵」（張錯，2005：288），並未明確展現引領讀者「趨前」而改變行爲的作法；只能算是一種稍事「改向」的創新籲請，還搆不上其他現代流派「道地」的在啓導未來。又以小說來說，如此地所見的：

我愛黑眼珠　　七等生

李龍第重回到傾瀉著豪雨的街道來，天空彷彿決裂的堤奔騰出萬鈞的水量落在這個城市……李龍第看見此時的人們爭先恐後地攀上架設的梯子爬到屋頂上，以著無比自私和粗野的動作排擠和踐踏著別人……

在他的眼前，一切變得黑漆混沌……他看見一個軟弱女子的影子趴在梯級的下面……李龍第涉過去攙扶著她，然後背負著她一級級地爬到屋頂上……（七等生，2003：176-178）

遊園驚夢　　白先勇

就在那一刻，潑殘生──就在那一刻，她坐到他身邊，一身大金大紅的，就是那一刻，那兩張醉紅的面孔漸漸地湊攏在一起，就在那一刻，我看到了他們的眼睛……完了，我知道，就在那一刻，除問天──（吳師傅，我的嗓子）完了，我的喉嚨……就在那一刻，啞掉了──天──天──天──（白先勇，2004：287）

自莽林躍出　　張大春

我們就這樣沈默著、飄升著。卡瓦達飄過我左上方，非常溫

柔而輕緩地把紅鼻大酋長的頭顱暫時放進一個樹洞裏。然後我們
繼續上升，讓無香無臭的濃密枝葉從頭到腳擦拂過我們的每一吋
皮膚，被擦拂過的肢體毛孔便完全張開了。我在經過那樹洞時瞥
見紅鼻大酋長的鼻孔向前翻了起來。（張大春，2002：87-88）

這雖然都只舉片段，但已經可以看出它們有別於寫實性小說的地方。
當中第一篇可以歸在存在主義的範圍，且具怪誕感興；它所設定的
存在的「境遇性抉擇」（呼應存在主義標榜的「存在先於本質」的觀
念），就頗有啓迪人心而轉「新生」的作用。第二篇可以歸在超現實
主義的範圍，且具滑稽感興；它以意識流手法來「開發」人的內在世
界，也很有新人耳目而轉「著重」潛在欲望或信念的誘導作用。第三
篇可以歸在魔幻寫實主義的範圍，且具怪誕感興；它所塑造的幻境和
實境相互辯證的新情境，也甚有引人開拓視野而轉「探取」靈界所有
的益生資源。它們縱使都嫌「小格局」或「小家子氣」（這只要看西
方正宗的如Albert Camus的《異鄉人》、James Joyce的《尤利西斯》
和Gabriel G. Marquez的《百年孤寂》等，就可以了解此地仿效性作品
的「欲大而實不能」的困境），但整體上力顯「未來感」的企圖也是
昭然若揭。

所謂寫作／接受機制的現代流變，就在這一造象／新寫實的觀念
轉折中成形；相仿的，不但相關的寫作要以它爲標的，連相關的接受
也得以它爲掀揭對象，才能雙雙宣稱有「體制可循」。至於氣化觀型
文化中人的「不爭氣」尾隨問題，則無妨事後再另闢思路而勉爲提供
化解途徑。

第四節　寫作與接受機制的後現代流變

　　繼現代流變後，創造觀型文化中的文學表現又展露出另一度的後現代流變（雖然始終未退場的前現代模式還是在「遜色」中自居大宗）。而所謂的後現代（postmodern），它的轉化接替性是在於：從前現代到現代，人類已經走過很漫長的道路，而文化也幾經「推移變遷」或「改造修飾」了，接著該是盡出餘力對這一路的遭遇及其成果作一番省思了；而後現代就是起因於這個「等待尋繹」空檔的發覺，無異為人類文化開啓了另一片新天地。而同樣的，後現代也是由西方社會所發起和帶動而後為非西方社會所仿效，情況比現代更風行且更具普遍性。（周慶華，2007a：170-171）換句話說，後現代所嘗試「以解構為創新」的作法，對原受「傳統深重制約」的非西方社會來說，引為自我瓦解的動力，顯然要比現代激勵大家去創新形象或創新情境來得容易；以至後現代一出現，很快地就普遍感染到非西方社會而造成「一窩蜂」的流行風潮。

　　為了了解這股風潮的「來龍去脈」，不妨從一個亟欲改變現狀的角度切入來發端：我們知道，後現代所涉及的是對西方現代和前現代所有成就的全面性的省察和批判。當中的理路約略是這樣的：首先是後現代一詞的「自我定位」。有人認為「後現代」只是個通稱，其實它就社會來說，就是「後工業時代」；在知識傳承的方式上，就是「電腦資訊」；在一般生活的形態上，就是「商業消費」；反映在文學藝術的寫作上，就是「後現代主義」。（羅青，1992：245、254）不論這樣的區分是不是很貼切，至少有一點是「不容否認」的，那就

是後現代是從第二次世界大戰後，新科技電腦的發明，帶領人類進入一個資訊快速流通的社會（也就是「後工業時代」或「資訊社會」或「微電子時代」）而逐漸形成的。其次是後現代觀念成形的社會背景及其實踐。由於新科技電腦的發明，使得「知識」在一夕之間成了集體財富。理論性知識具體化後，所生成的「科學工業」正蓬勃興起；而「知識工人」將成為社會生產中的主力。這些改變，直接間接的衝擊到人類生活的各個層面。當中特別明顯的是，它使人由反思到唾棄兩、三個世紀以來所形成的「現代社會」（工業社會）的一切。再次是後現代觀念在發展過程中所要塑造的時代特色。因為有新科技電腦可以倚仗，所以使得大家形塑新時代特徵的信心大增，而終於表現出了有別於過去任何一個時代所能展現的特長。如㈠累積、處理、發展知識的方式，由印刷術改進到電腦微處理，人類求知的手段有了革命性的改變；㈡知識發展的方式得到了突破，各種系統的看法紛紛出籠，社會的價值觀及生活形態就朝向多元主義邁進；㈢所有的貫時系統和並時系統裏的有機物及無機物，包括人、事、物等，都可以分解成最小的資訊記號單元，並且可以從過去的結構體中解構出來，而資訊的交流重組和複製再生就成了後工業社會的主要生活及生產方式；㈣在資訊的重組和再生之間，大家發現「內容和形式」的關係也可以解構，以至古今中外的資訊就可以在人類強大的複製力量下無限制的相互交流、重組再生；㈤後工業社會的工作形態，把工業社會的分工模式解構了，生產開始走向「個體化」和「非標準化」，而工作環境則走向「人性化」等等。（羅青，1989：316-317）此外，後現代所連帶具有的「後設性」，也發揮了相當大的作用。也就是說，它針對前行代的「現代性」、「理性」和「中心主體性」等等的批判一直不遺餘力。（鄭泰丞，2000）「繼起者」有的據以為表現在「改良式」的對自由的追逐；有的表現在拋棄社會文化的完全超越的自由的崇尚；

有的表現在女性主義、後殖民主義和生態保護等「反對性」的運動，可說是風起雲湧且高潮迭起。由於這類後設批判極盡「左衝右突」或「披荊斬棘」的能事，使得相關的論述在「捕捉」和「條理」後現代本身的特性上，就出現了眾說紛紜的有趣畫面。（Douwe Fokkema等, 1992; Steven Best等, 1994; Ihab Hassan, 1993; Barry Smart, 1997; Perry Anderson, 1999; Steven Connor, 1999; Hayden White, 2003; Joseph Natoli, 2005; Aleš Erjavec等, 2009）至於非西方社會的仿效，有的全盤接收，有的擇異宣揚，有的兼行批判，也不勝數它的「動人繁采」！（羅青，1989；孟樊，1989；路況，1990；陸蓉之，1990；葉維廉，1992；王岳川，1993；李一，1994；廖炳惠，1994；河清，1994；蕭燁，1996；王潮選編，1996；劉錚雲，1996；呂清夫，1996；石之瑜，1997；高宣揚，1999；周英雄等編，2000；王晴佳等，2000；鄭泰成，2000；馬森，2002；黃瑞祺主編，2003；黃進興，2006；黃乃熒主編，2007）

　　明顯可見，後現代依然是西方為藉批判或否定前行代的作為來顯現「另一種創新」的整體氛圍所形塑的。而它體現在文學中的，流派紛繁「細碎」而不易歸類（許多人把後殖民主義、女性主義和生態主義等等在文學上的表現也納進來）。（周慶華，2007a：172-177）但大體上，它比現代於形式實驗方面有更新的發展，原先作者的自覺演變成對寫作行為本身的自覺：小說家不但在從事杜撰想像，還同時將這個過程呈現給讀者，連帶也交代小說中一個故事的多樣真相；而詩人除了使寫作行為作為一個自身情境的反射，對於形式的創造更是不遺餘力。有人根據這一點，判斷後現代文學延續了現代文學所作的嘗試，而解消了二者相對的一部分意義。（蔡源煌，1988：78-79）然而，後現代文學所作的實驗，在實質上已經不同於現代文學，如何能說它們有相承的關係？何況現代作者所強調的語言功能，在後現代作

者看來無異於一種「迷思」而極力要否定它？可見後現代文學是站在現代主義相對的立場，獨自展現它的風貌。而對於這一點，得從西方創造觀型文化所自我蘊含的解構動能（也就是以解構為創新的「另一波」創新觀念）說起。這在整體上，可以說後現代的解構思潮是從解構「邏各斯」（logos）中心起家，極力於破斥西方古來「語言」有特定表意的信賴的誤失。而這就有一段理路可以條陳。首先是傳統語義學的語義觀「奠基」：

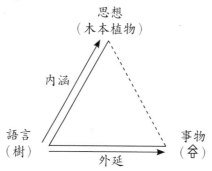

圖6-4-1　傳統語言學語義圖

在這語義三角形中，思想如果要表達樹這種木本植物的概念，就必須選定相關的語言符號（不論是現成還是新創）來表達。而語言符號一旦被選定了，它就有內涵和外延等意義可以指稱。**圖6-4-1**中所連兩端事項為實線的代表直接的關係，所連兩端事項為虛線的代表間接的關係。其次是結構語言學的語義「變革」：

圖6-4-2　結構語言學語義圖

二十世紀初，結構語言學興起，主張語言是自我指涉的。如：

圖6-4-3　語言自我指涉圖

樹指向「木本植物」（而「木本植物」也是語言，所以才說語言自我指涉），而不指向實際存在的樹。因為樹這個符號的創設是任意的（在不同語言系統中各有不同的代表樹的符號）；同時樹這個符號和實際的樹並不相等（既然這樣，樹的外指也就不重要）。至於我們的選字組詞所構成的言語這種語序結構（如「樹正欣欣向榮」），都是從抽象的語言系譜出來的（如「樹正欣欣向榮」中相關的語音、語詞和語法等，都是從存在人腦海裏的語言系譜抽選出來結構成的），而跟外在的事物無關。再次是結構主義的語義「衍變」：

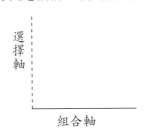

選擇軸

組合軸

圖6-4-4　結構主義語義圖

受到結構語言學的啓迪，文學批評界建立起了結構主義流派，而把原有的言語和語言對列的觀念，轉換成文學的「意象」、「事件」等的組合和選擇。如「一個孩子和父親吵架後出走，在烈日下穿過一座

樹林,跌落在一個深坑裏。父親出來找他的兒子,向深坑裏張望;但因為光線很暗,看不到兒子。這時太陽剛好升到他們頭頂,照亮了坑的深處,使父親救出了孩子。在歡樂中他們言歸於好,一起回家」。(Terry Eagleton, 1987: 95)在這個故事中所顯現出來的「兒子反叛父親」、「父親俯就於兒子」和「兒子和父親重歸於好」等一系列的意涵,都可以回到最底層的「高/低」的對立結構去得著定位和理解。而組合成故事的各個元素,也是透過眾可能中選擇來的;它們可以重新更換而組合成同結構而不同題材的故事。再次是後結構主義的語義「轉折」:

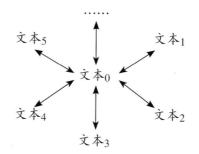

圖6-4-5　後結構主義語義圖

後結構主義由結構主義文學各成分的組合/選擇的興趣,轉向對整個文本相互指涉的關懷。如我們把徐志摩〈再別康橋〉「我揮一揮衣袖,不帶走一片雲彩」(文本$_0$)(徐志摩,1969:397)作個理解,會發現裏面隱含有灑脫的心境,為自然主義或道家思想(文本$_1$)所滲透。依此類推,它可能還會跟別的觀念(文本$_2$、文本$_3$、文本$_4$……)相互指涉,而形成各文本在互相對話或戲謔或爭辯的繁複景象。最後是解構主義的語義「消解」:

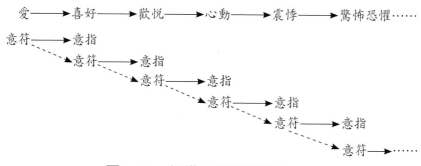

圖6-4-6　解構主義語義圖㈠

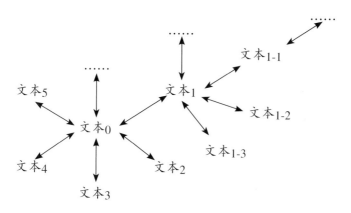

圖6-4-7　解構主義語義圖㈡

解構主義出現於二十世紀六〇年代，主要是要解消一切的結構體（包
括傳統的邏各斯中心和先前的相關結構主義的結構觀念等），而防止
「意義」被壟斷或不當的「權威」宰制。它從意符的延異起論，而後
推及文本的無盡指涉現象，來佐證解構的必要性。在意符延異方面，
如上列「愛」作為一個意符，它所指向的意指又變成指向另一個意指
的意符（雖然那是我個人代為模擬），最後只剩下一連串意符在相互
追蹤。縱是如此，意符每延遲（延宕）一次，都會有差異，這也就是
「延異」（différance）一詞的意涵。至於在文本的無盡指涉方面，如

前述所隱含的自然主義的自然觀或道家思想的逍遙遊（文本1），又為虛無主義或反理想主義（文本1-1）所滲透。依此類推，永無止境。（周慶華，2004a：137-140）顯然解構主義就是沿著上述這樣的軌跡而躍居西方世界「反省語言構成物到最極致」的地位（從同情理解的立場，可以說後結構主義是過場，解構主義才真正的解決了語言／文本的延異互涉問題）。而既有文學既然也是由語言所建構裝飾起來的，那麼它的遭遇解構主義嚴苛挑戰的命運自所難免。

　　雖然如此，從不同情理解的立場，我們卻會發現解構主義的消解大業並沒有徹底完成，因為大家紛紛發覺解構主義本身又不禁成了新的邏各斯中心；同時它所蘊含的自我解構也使得它在解構別人時不具有效力（也就是「延異」本身也要延異，這樣解構主義就沒有理由說別人所使用語言的意涵不確定或無限延後）。倒是它無意中喚起了我們「權威介入語言使用」的意識，以及從此得節制權力意志的發用。也就是說，只要我們知道語言的意義是由於權威的介入界定（裁奪）並經過約定俗成而可能的（如上述「愛→喜好→歡悅→心動→震悸→驚怖恐懼……」的指意鏈即使成真，我們也不會讓「愛」的意義無限的延後，因為我們會以強制的手段使它停留在「喜好」一類的特定意義上；而這只要眾人認可了，就會通行），再有所行動就得自我檢視權力意志的合理性（也就是不宜為了影響別人或支配別人而濫用該強制的手段），以免窮於應對來自解構主義在相當程度上仍具有威脅性的「延異」觀的威脅。（周慶華，2007b：14-18）而本來文學是應該在這種認知下進行「自我調適」的，但相關的作者卻「不思此圖」而逕自呼應解構主義的觀念，真的玩起解構式的語言遊戲。而這倒玩出了某種程度的新意：也就是透過「表面」的解構作法，讓人看到了某些東西「實際」存在的問題，從而展現另一種「以解構為創新」的異樣風華（見前）。

以新詩為例，它可以透過許多技巧來達到「解構」的目的而展衍出紛繁多姿的後現代詩形式（孟樊，1995：279-280）；但倘若依具體的欲「徹底」解構向度（而不是「酷似」或「玩假」），則能夠將有關的直接解構（逕稱為「解構」）和「諧擬」／「拼貼」這兩種間接解構（詳見第四章第一節）予以組合下列模式圖：

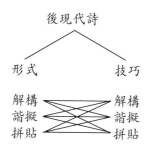

圖6-4-8　後現代詩的形式／技巧結構圖

這樣後現代詩在形式／技巧上，就有解構／解構、解構／諧擬、解構／拼貼、諧擬／解構、諧擬／諧擬、諧擬／拼貼、拼貼／解構、拼貼／諧擬和拼貼／拼貼等九種模式。這當中自然會有「跨向度」的情況，但它只要在解說時「加註」就可以了，原則上無妨於該九種基本模式的成立。這是為確保論說的有效性所作的權宜斷定；否則，可能會發生後現代詩跟他者「糾纏不清」的情事，而妨礙到論說的進行。現在就依上述九種模式來分別舉證，以便有意再從事後現代詩寫作的人參鏡採擇。

　　第一是解構／解構模式：這得在形式和技巧上都顯現出「徹底解構」的態勢才算數。如：

吃西瓜的六種方法　　　羅青

第五種　西瓜的血統

沒人會誤認西瓜爲隕石

西瓜星星,是完全不相干的

然我們卻不能否認地球是,星的一種

故而也就難以否認,西瓜具有

星星的血統

……

第四種　西瓜的籍貫

我們住在地球外面,顯然

顯然,他們住在西瓜裏面

我們東奔西走,死皮賴臉的

想住在外面,把光明消化成黑暗

包裹我們,包裹冰冷而渴求溫暖的我們

……

第三種　西瓜的哲學

西瓜的哲學史

比地球短,比我們長

非禮勿視勿聽勿言,勿爲——

而治的西瓜與西瓜

老死不相往來

……

第二種　西瓜的版圖

如果我們敲破了一個西瓜

那純是爲了,嫉妒

敲破西瓜就等於敲碎一個圓圓的夜

　　就等於敲落了所有的，星，星

　　敲爛了一個完整的，宇宙

　　……

第一種　吃了再說

（羅青，2002：186-189）

這在形式上解構了詩題和內文的相應度（除了「第一種　吃了再說」
跟吃西瓜的方法有關，其餘表面看來都不相涉）；而在技巧上則解構
了數量（詩題說吃西瓜的方法有六種，但內文只出現五種）、排序
（不按一般順序排列）和標點符號的使用方式（在內文中任意加標
點，有別於平常用法）等。雖然它在解構後多少又建構了一些東西
（如暗示讀者不妨先品賞西瓜的血統、籍貫、哲學和版圖等，而後才
享用它，可能比較有「滋味」；或者讀者想怎麼吃西瓜，所保留的
「第六種」就可以自己去決定；此外，整體反序形式不啻又造成了另
一種「倒敘」模式），導致解構不徹底而「終非美事」（按：羅詩寫
於1970年，當時尚未見後現代詩的觀念，它可說是「無心插柳」而成
了此地後現代詩的「先聲」。因為有這個「因緣」，所以也不必多加
責怪），但它所體現的「雙重」解構力道還是相當可觀。

　　第二是解構／諧擬模式：這也得在形式和技巧上都顯現出「徹底
解構」的態勢（雖然諧擬部分是間接解構）才算數。如：

看二二八自傳　　周慶華

一九四七

一九四七

一九四七

一九四七

一九四七

一九四七

一九四七

一九四七

一九四七

一九四七

一九四七

一九四七

一九四七

一九四七

一九四七

一九四七

一九四七

一九四七

一九四七

一九四七

一九四七

一九四七

一九四七

一九四七

一九四七

一九四七

一九四七

一九四七
一九四七

一九四七
一九四七
一九四七
一九四七
一九四七
一九四七
一九四七
一九四七
一九四七
一九四七

一九四七
一九四七
一九四七
一九四七
一九四七
一九四七
一九四七
一九四七
一九四七

一九四七
一九四七

一九四七

一九四七

一九四七

一九四七

一九四七

一九四七

一九四七

一九四七

一九四七

一九四七

一九四七

（周慶華，2009b：76-83）

這在形式上解構了詩題和內文的對應性（「自傳」理當是用文字敘述的，卻只看到一堆數字）；而在技巧上則諧擬了部分國人深懷的二二八事件的悲情（一方面將該悲情的「嚴肅性」拆解了；二方面也將該悲情所要引人同情的訴求轉爲像面對一堆數字的「厭煩」）以及相關仇恨的沒有「與時遷移」（一直「停留」在事件發生的那一年），雙重解構效力不言可喻。

　　第三是解構／拼貼模式：這也得在形式和技巧上都顯現出「徹底解構」的態勢（雖然拼貼部分是間接解構）才算數。如：

丹丹的週記　　周慶華

風被我催眠　它

跑到天空變成一艘船

後來曹操不准他的兒子寫信給老師

告狀家裏沒有錢請傭人

　　阿姨的裙子被蟑螂咬破一個洞

　　很好笑

　　便當裏有滷蛋和雞腿

　　你不要嫌我太嘮叨

　　第四臺來了一隻恐龍

　　牠會說人話

　　沒有夢　很冷

　　今天是星期天要提早上學

　　（周慶華，2007e：118）

這在形式上解構了詩題和內文的密合度（「週記」應該是記一週裏發
生的事及其感觸，但每行詩句卻都像是遊魂或精神分裂症患者的「喃
喃自語」，沒有一點主軸）；而在技巧上則拼貼了互不連屬的意象
（以逆反老師的「所望」來解構週記本身所被賦予的「師生交流」或
「單方面監看」的意義和價值），雙重解構效力也不言可喻。

　　第四是諧擬／解構模式：這也得在形式和技巧上都顯現出「徹底
解構」的態勢（雖然諧擬部分是間接解構）才算數。如：

在公告欄下腳　　向陽

　　……

　「本公司開廠卅七年來，

　　　　（也有卅七年囉，歷史悠久，

　「在全體員工的共同努力下，

　　　　（努力是有影，我入公司也有二十外年囉！

　「鼎盛時期有二千五百餘名員工，

　　　　（現時只存六百外名，我自濟做到少，

157

「分紡織、織布、染整、針織、縫紉五部門，

　　　（五官齊全，一貫作業，

「而後因為受國際景氣影響，

　　　（大風吹樹倒，

「目前只存紡織及針織二部門，

　　　（樹倒猴猻散，

「經營困難。自去年紡織業略有起色，

　　　（猴猻散了了，樹仔漸漸活，

「本公司為解除危機，擴大生產線，

　　　（彼時真鬧熱，樹頂全菜鳥，

「投資兩億，希望拯救公司營運，

　　　（歹樹落重藥，好酒沈甕底，

「不料國外市場競爭激烈。本公司外銷，

　　　（清采做做咧，逐日攏退貨，

「受重大打擊，虧損嚴重，

　　　（逐年嘛講這款話，騙菜鳥……

……

「在萬分不得已的情況下，不得不斷然宣布：

　　　（猶有這款代誌？

「自本月卅日起正式停工，

　　　（啊？啊：定去囉！

「敬請全體員工體諒公司處境。

　　　（啥人來體諒員工的心情？

「本公司決定照勞動基準法資遣員工，

　　　（我做二十外年的退休金？

「拖欠員工五月、六月薪金，近期發放，

（七月、八月食自己？

「情非得已，敬希全體員工多多體諒。

（體諒體諒⋯⋯

「此布。」

（敢真正著轉去賣布囉？）

（鄭良偉編注，1992：164-166）

這在形式上諧擬了公布欄下隱藏的對立聲音（從而把公告本身的正經性予以解消）；而在技巧上則解構了公告這種官式文體，而任由平常的庶民文體（兼採閩南語這一非通行語）跟它形成相抗衡的局面。由於強帶進「資本家和勞工的對立」和信息「不知何者為真」在交纏，所以就具有了雙重解構的效果。

　　第五是諧擬／諧擬的模式：這也得在形式和技巧上都顯現出「徹底解構」的態勢（雖然兩諧擬部分都是間接解構）才算數。如：

情婦　　苦苓

在一青石的小城，住著我的情婦

（自備六十萬黃金小套房可以買）

而我什麼也不留給她

（存摺一定要自己保管）

只有一畦金線菊，和一個高高的窗口

（窗臺上放一盆花表示一切安全）

⋯⋯

我想，寂寥與等待，對婦人是好的

（說說老婆的壞話給她一點希望）

所以，我去，總穿一襲藍衫子

（臨走前務必檢查全身口袋）

159

我要她感覺，那是季節，或

（照例答應下次待久一點）

候鳥的來臨

（過夜那絕不可以）

因我不是常常回家的那種人

（不管再晚，畢竟我還是要回家）

（苦苓，1991：20-21）

這在形式上諧擬了鄭愁予〈情婦〉詩（鄭愁予，1977：141）的貴族氣（以市井男子的「偷情口吻」對比鄭愁予〈情婦〉詩的男詩人的「風流語氣」）；而在技巧上則諧擬了鄭愁予〈情婦〉詩中的「果決行為」（鄭愁予〈情婦〉詩中的男主角是連「老婆家」和「情婦家」都不常回去的；而苦苓〈情婦〉詩中的男主角則是一定要回去「老婆家」，心虛兼膽怯「溢於言表」）。因為蘊含有高華／庸俗文體的對列以及情場「孰真孰假」難以判斷（後者是說兩詩中的男主角誰對情婦「認真」、誰對情婦「虛假」，不易分辨），所以也深具雙重解構的效果。

第六是諧擬／拼貼的模式：這也得在形式和技巧上都顯現出「徹底解構」的態勢（雖然諧擬和拼貼各自部分都是間接解構）才算數。如：

○**檔案**　　于堅

檔案室

建築物的五樓　鎖和鎖後面　密室裏　他的那一份

裝在文件袋裏　它作為一個人的證據　隔著他本人兩層樓

他在二樓上班　那一袋　距離他50米過道　30臺階

……

卷一　出生史

他的起源和書寫無關　　他來自一位婦女在28歲的陣痛

老牌醫院　　三樓　　炎症　　藥物　　醫生和停屍房的載體

每年都要略事粉刷　　消耗很多紗布　　棉球　　玻璃和酒精

牆壁露出磚塊　　地板上木紋已消失　　來自人體的東西

……

卷二　成長史

他的聽也開始了　　他的看也開始了　　他的動也開始了

大人把聽見給他　　大人把看見給他　　大人把動作給他

媽媽用「母親」　　爸爸用「父親」　　外婆用「外祖母」

……

卷三　戀愛史（青春期）

在那懸浮於陽光中的一日　　世界的溫度正適於一切活物

四月的正午　　一種騷動的溫度　　一種亂倫的溫度　　一種

盛開勃起的溫度　　凡是活著的東西都想動　　動引誘著

那麼多肌體　　那麼多關節　　那麼多手　　那麼多腿　　到處

……

卷三　正文（戀愛期）

決定的年紀　　18歲可以談論結婚　　談出戀愛　　再把證件領取

戀與愛　　個人問題　　這是一個談的過程　　一個一輩人遞減為

幾個人

遞減為三個人　　遞減為兩個人的過程　　一個舌背接觸硬顎的

過程

……

卷四　日常生活

1　住址

他睡覺的地址在尚義街6號　公共地皮

一直用來建造寓所　以前用鋤頭　板車　木鋸　釘子　瓦

……

2　睡眠情況

他的床距地面1.3米　最接近頂蓋的位置　一個睡眠的高度

噪音小　乾燥通風　很適合儲藏　存集　擱置　堆放

……

3　起床

穿短褲　穿汗衣　穿長褲　穿拖鞋　解手　擠牙膏　含水

噴水　洗臉　看鏡子　抹潤膚霜　梳頭　換皮鞋

……

4　工作情況

進去　點頭　嘴開　嘴閉　面部動　手動　腳動

頭部動　眼球和眼皮動　站著　坐著　面部不動　走四步

……

5　思想匯報

（根據掌握底細的同志推測　懷疑　揭發整理）

他想喊反動口號　他想違法亂紀　他想喪心病狂　他想墮落

……

6　一組隱藏在陰暗思想中的動詞

砸爛　勃起　插入　收拾　陷害　誣告　落井下石

幹　搞　整　聲嘶力竭　搗毀　揭發

……

7　業餘活動

一直關心著郊外的風景（下馬村已遠）

錘鍊出不少佳句　故鄉10公里處的麥芒　有幸被他提及

……

8　日記

×年×月×日　晴　心情不好　苦悶　×年×月×日

晴　心情好　坐了一個上午　×年×月×日　天又陰掉了

……

卷五　表格

1　履歷表　登記表　會員表　錄取通知書　申請表

照片　半吋免冠黑白照　姓名　橫豎撇捺　筆記　11個

（略）

性別　在南爲陽　在北爲陰　出生年月　甲子秋　風雨大作

……

2　物品清單

單人床1張　　（已加寬兩塊木板　床頭貼格言兩條

貝爾蒙多照片1張　女明星全身照1張）

……

卷末　（此頁無正文）

附一　檔案　製作與存放

書寫　謄抄　打印　編撰　一律使用鋼筆　不褪色墨水

字跡清楚　塗改無效　嚴禁僞造　不得轉讓　由專人塡寫

……

（于堅，1999：119-132）

這在形式上諧擬了一般檔案的「存重要事件」觀念（于詩盡涉及人一生的雞毛蒜皮小事）；而在技巧上則拼貼了無數異質性的事物（依于詩的作法，可以不斷增添而無疑）。這固然也仿諷了共產主義社會對人全面性監控的「恐怖」，但就詩作來說有諧擬和拼貼的雙重運用，已達十足解構的功效。

　　第七是拼貼／解構的模式：這也得在形式和技巧上都顯現出「徹底解構」的態勢（雖然拼貼部分是間接解構）才算數。如：

為懷舊的虛無主義者而設的販賣機　　陳黎

請選擇按鍵

母奶	●冷	●熱	
浮雲	●大包	●中包	●小包
棉花糖	●即溶型	●持久型	●纏綿型
白日夢	●罐裝	●瓶裝	●鋁箔裝
炭燒咖啡	●加鄉愁	●加激情	●加死亡
明星花露水	●附蟲鳴	●附鳥叫	●原味
安眠藥	●素食	●非素食	
朦朧詩	●兩片裝	●三片裝	●噴氣式
大麻	●自由牌	●和平牌	●鴉片戰爭牌
保險套	●商業用	●非商業用	
陰影面紙	●超薄型	●透明型	●防水型
月光原子筆	●灰色	●黑色	●白色

（陳黎，2001：148-149）

這在形式上拼貼了一些異質性事物（包括具體的和抽象的、可食的和不可食的、文學的和非文學的，五花八門）；而在技巧上則解構了販賣機只提供單類食品或物品的功能（把它擴及到甚至可以供應「浮

雲」、「白日夢」和「朦朧詩」等帶文學感興的東西；而這太多類型販賣物形同「功能無效」）。就因為此販賣機有選無可選（或不知從何選起）以及全詩無機的組合等特徵存在，所以它的雙重解構的功效也不辯自明。

　　第八是拼貼／諧擬的模式：這也得在形式和技巧上都顯現出「徹底解構」的態勢（雖然拼貼和諧擬各自部分都是間接解構）才算數。如：

連連看　夏宇

信封	圖釘
自由	磁鐵
人行道	五樓
手電筒	鼓
方法	笑
鉛字	□□
著	無邪的
寶藍	挖

（夏宇，1986：27）

這在形式上拼貼了一些異質性事物（每樣東西都「互不相屬」）；而在技巧上則諧擬了制式教育中試題「連連看」的崇高性（將它降格成「無法可連」）。從異質性事物的差異到上下兩排符號連無可連，此詩可說是極盡雙重解構的能事。

　　第九是拼貼／拼貼的模式：這也得在形式和技巧上都顯現出「徹底解構」的態勢（雖然兩拼貼部分都是間接解構）才算數。如：

交通問題　林燿德

紅燈／愛國東路／限速四十公里／黃燈／民族西路／

晨六時以後夜九時以前禁止左轉／綠燈／中山北路／

禁按喇叭／紅燈／建國南路／施工中請繞道行駛／

黃燈／羅斯福路五段／讓／綠燈／民權東路／内環車先行／

紅燈／北平路／單行道／

（林燿德，1988：114-115）

這在形式上拼貼了一些非有機連結的異質性事物（道路和交通號誌雖然是「一體的」，但它僅用「／」連接而沒有其他敘述文字，看不出彼此的關連性）；而在技巧上則拼貼了燈號、路名和禁制指示等事物，表面上符合現況「很順當」，實際上卻暗示了交通的「大亂象」。正是採取這種方式來戳破交通流暢的神話和拼湊出「快速」變換號誌的險象環生而不利於營生等，以至全詩的雙重解構意味就顯得特別濃厚。

　　上述九種模式，足以用來簡別區隔不夠後現代味的詩作，而讓一種「純然」的語言遊戲詩風可以保有它的獨特味道。雖然如此，後現代詩仍不免要借助意象的重組來徵候所要解構一切事件或觀念的「支離破碎」狀況，而這是詩作為文學的一環所明顯沒有遭到解構的。換句話說，後現代詩解構了很多東西，唯一沒有解構的是自己（有些後現代詩出以「圖像」或「符號」，依舊是意象的延伸或變形，並沒有改變詩的觀念多少）。可見它所採用的直接解構和間接解構等手法，就真的是一種策略運用；不認同的人，都可以「據理」跟它抗衡，甚至唾棄它。此外，前面所說的形式和技巧等概念，都是關連意義的（也就是沒有「沒有意義的形式和技巧」）；而這在前面的解說中已經自動「連」上了，此地就不再贅述。（周慶華等，2009：190-206）

又以小說為例（按：從現代以後，散文就無「新變」情況；偶有相關技巧微現，也是可由其他文體總代而乏善可陳，所以並未一併舉例），它一樣可以透過解構、諧擬和拼貼等技巧來達到解構的目的；只不過它的篇幅較長，那些技巧幾乎沒有辦法不「合作」演出。好比蔡源煌的〈錯誤〉：

錯誤　蔡源煌

一　信札

不管我怎麼稱你，我將帶走你平靜的語音。我會記住你的臉，還有你的溫馨。天曉得，我傻得連你的姓名都忘了問……
……

二　臺中仔

「喂，臺中仔，」老闆娘喊著我，神祕兮兮地招手要我到店裏去，「張小姐留了一封拉夫烈達給你。」
……

三　作家日記

昨天晚上寫到「我的歉疚刺痛著我的良知」，突然覺得很睏，很疲憊，就上床去睡了……
……

四

昨晚寫到最後一句是：
我的歉疚刺痛著我的良知。
……

五

親愛的讀者，這篇小說到此已結束了。不管是不是合你的

意，我實在是被挫折感所困折了……

……

六

我最初定下的結局是這樣的：臺中仔和張玉綢終究是要「你
走你的陽關道，我過我的獨木橋」的……

……

（瘂弦主編，1987：147-162）

這以我₃／作者自己、我₂／作者所寫文中作家和我₁／文中作家所寫男
女主角等不同「我」的敘述者層層包蘊，來消解一個大敘事的嚴肅
性，以便揭發敘事性作品的虛構性及其意符搭連不到意指的支解情
況，就極盡諧擬／拼貼的能事。而如果我們把它所要解構的「現實」
觀念拿來比較現代小說所要建構的「新現實」觀念，以及前現代小說
所力挺的「反映現實」觀念，那麼三者的情節圖示就可以依代際先後
這樣「一字排開」：

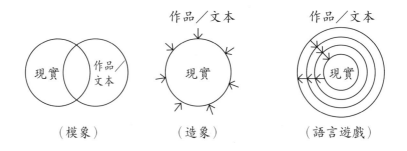

圖6-4-9　後現代小說和其他小說情節圖的比較

當中現代小說所要建構的「新現實」觀念，是取芥川龍之介〈竹藪
中〉來作「綜合」型代表的（芥川龍之介，1995：155-167）；它以我₁
／樵夫、我₂／行腳僧、我₃／衙吏、我₄／老嫗、我₅／強盜、我₆／武

168

士妻和我[7]／武士等不同「我」的敘述者的多重變化，來供出一椿兇殺案的「多」面相，以便營造出「現實事物存在真相的相對性」這項真理，頗欲以該見解爲新的現實觀。至於前現代小說普遍強調作品／文本和現實的相應性；而能不能對應則該有所保留，以至姑且以部分重疊的方式呈現。這樣後出的後現代小說的審美感興，就因爲它力爭反前出的小說的審美感興而自我「獨標新學」了。（周慶華，2007a：276-277）

　　縱是如此，後現代文學的解構訴求的「非必定性」（見前），仍然要有所說才能「善後」。就以新詩來說，它的後現代式演出，既然是一種「策略」運作（而沒有絕對的權威性），那麼它的進程就可以代爲想像出另一個藍圖。這個藍圖要有突破性，但又不能像某些論者所認爲後現代詩的解構策略仍有或強或弱的「重建意義」企圖（奚密，1998：203-226；簡政珍，2004：151-155）的延續或發皇。畢竟這一解構就是「別爲建構」的道理已經不新鮮（解構本就是爲了再建構；不然解構是什麼呢）；而它隱藏的或不便說出來的新建構（如同前舉的例證，雖然行文時常用「徹底解構」的字眼以爲指涉例詩的自我體現情況，以及對於羅青〈吃西瓜的六種六法〉不能在表面上避去再建構的痕跡也有所批評），還會是他人前來解構或抨擊的靶子，一樣會讓自己「疲於奔命」於應付。因此，它的未來走向應該再基進一點。而所謂再基進一點，就後現代詩的「繼續」遊戲性來說，自然不能僅是現實可見的形貌的再製。後者據論者的歸結，不外有「文類界線的泯滅」、「後設語言的嵌入」、「博議的拼貼和混合」、「意符的遊戲」、「事件般的即興演出」、「更新的圖像詩和字體的形式實驗」和「諧擬大量的被引用」等特徵（孟樊，1995：265-279），頂多再留一些「空白」讓讀者參與書寫（國立臺灣師大國文系編，2000：384-419），這不論是否有爭議（至少本脈絡就不這樣處理），都可說

是「既成的事實」；而要「展望」，就得另闢途徑。而這可以從詩文本和寫作兩個層面來考慮：在詩文本方面，不妨嵌入各種文體以爲解構詩文本的「集大成」來顯示它的新基進性。好比我所模擬的「網路成文」的情況：

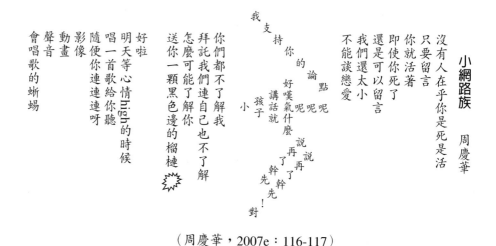

（周慶華，2007e：116-117）

網路詩的多向性和互動性只能在網路上存在（無法轉成紙本形態），而我在紙本上略事模擬反而可以形成「解構大觀」（依此類推，所嵌入的異文體可以無止無盡，直到成一本書、二本書……等等）。如果後現代詩還有必要寫下去，那麼這一道地的「徹底解構」的新表現方式就是不二選擇。

　　至於在寫作方面，唯一可以展現新意的，就是「完全開放」讓讀者參與書寫。這在網路詩上已經可以「局部」做到（須文蔚，2003）；而在某些結合多媒體的詩展演（如用吟唱、默劇、書法、相聲、舞蹈等多媒體來寫作發表，或者結合文字、聲、光和其他適合的媒體進行「再書寫」等）上有他人的參與也能夠見到「微樣」（杜十三，1997），但終究不及所要展望的完全開放這種情況來得有「徹

底解構」的效果（也就是如未來的後現代詩「存在」於作者和讀者不斷地接寫中）。前者（指如詩文本）的解構展望是「本體性」的；而這裏的解構展望是心理／社會／文化性的，合而讓如後現代詩的寫作推進到「沒有任何束縛」的境地。（周慶華等，2009：206-208）

這也就是第三章第三節所說的「後解構主義」的樣貌；它必須成為寫作／接受機制的後現代流變的新後階段發展，才足以確保那一解構企圖的「亟欲」性。而同樣的，這不但相關的寫作要以它為「進取」目的，連相關的接受也得以它為「標準考評」對象，才能雙雙權稱有「體制可循」。至於氣化觀型文化中人一樣的「無力超越」問題，則不妨事後再別發他想而權為提供突破道路。

第五節　寫作與接受機制的網路時代流變

從二十世紀末以來，整個人類社會挾著後現代的餘威，更向一個後資訊時代挺進。這個時代以網際網路為核心，嘗試締造一個跨性別、跨階級、跨種族和跨國家的「數位化」世界；同時也把人類推向了一個新的價值行銷的「知識經濟」世紀。相關的論述正在傾巢而出，儼然要攀躋上另一波高峰。（Nicholas Negroponte, 1998; William J. Mitchell, 1998; Manuel Castells, 1998; Bill Gates, 1999; Lester C. Thurow, 2000; Sandra Vandermerwe, 2000; 森田松太郎等, 2000; Tim Jordon, 2001; Roger Silverstone, 2003; Martin Dodge等, 2005; Patricia Aburdene, 2005; John Tomlinson, 2005; John Naisbitt, 2006）而它體現在文學寫作上的，就是空前的「超鏈結」形式。

網路超鏈結的出現，基本上是後現代的餘威所帶動促成的；它的

多媒體、多向文本、即時性和互動性等特徵,幾乎要把後現代所無由全面出盡的解構動力徹底的展現出來了。尤其是多向文本,不啻真正落實了文本是一個無始無終的建構過程的後現代宣言:

> 多向文本真正實現了作品不再是單向封閉系統的說法,它可以做成道道地地貨真價實的寫式文本。多向文本要求一個主動積極的讀者,多向文本泯滅了作者和讀者之間的區別。多向文本是流動的、多樣的、變化的,它既不固定又不單一。多向文本無始無終、無中心、無邊緣、無內外。它又是多中心、無限中心、無限大。多向文本是網狀式的文本,無垠、無涯,是合作式的文本,是沒有那大寫作者的文本,是人人都是作者的文本。(鄭明萱,1997:59)

這就說明了文本永遠處在建構中(而不是「可以建構完了」)的特性。而這在其他藝術的數位創作上也不遑多讓,終於「合」而形成一個可以歸結為多向/互動等兩類審美感興「領銜」獨闖新時代的最新景觀。(周慶華,2007a:281)換句話說,網路超鏈結的興起已經大為改變寫作/接受的形態;而它的未來性,也就一併被寄託在超鏈結技術的更新中。

論者習慣從科技的演變來看數位藝術的進化:「我們可以從1837年路易士‧達格爾發明的銀版照相術談起,講到1895年盧米埃兄弟發表的世界上第一部無聲電影,推演到1926年華納兄弟出品的第一部有聲動態影片《唐璜傳》,發展到1927年斐洛‧伐恩斯渥斯發明的電視影像傳送技術,再討論1967年新力公司推出的PortaPak。由手持家用錄影機的普及,導引出白南準、維托‧阿康奇等人早期錄影藝術作品的顛覆,乃至於今天比爾‧維歐拉、湯尼‧奧斯勒以及馬修‧邦尼等人錄影裝置作品的華麗和壯闊。我們也可以由1801年,法國絲織工

匠約瑟夫・雅卡爾發明的雅卡爾織機出發，開始介紹1834年英國數學家查爾斯・巴貝治發明的分析機，1946年埃克脫和曼奇利在賓州大學製造的第一臺現代電腦，1969年由美國國防部設立的ARPANET網路，1974年MITS發展的第一臺個人電腦Altair，1989年英國物理學家提姆・博那斯—李推廣的全球資訊網，藉此說明數位藝術發展的過程和現況，再經由它眺望無可限量的未來」（葉謹睿，2005：10），這是典型的說法。它不能說有什麼問題，只是對於「觀念」先行才是重點卻少有察覺，以至混淆了到底是人在操縱科技還是科技在操縱人的分際。換句話說，倘若沒有人的心思在起作用，即使有再好的科技也無從被轉爲創作而成就新的審美風格。因此，這裏最後要談的寫作／接受機制的網路時代流變所要著力的對象，主要就是緣於人的觀念翻新而借重電腦科技搏塑而成的。而相同的，它也是創造觀型文化「連續」光譜的；其他系統中的人如果有類似的表現，那麼它就是自我再繼續遠離傳統去緊追人家的。（周慶華，2007a：282）

　　所謂寫作／接受機制的網路時代流變爲「緣於人的觀念翻新而借重電腦科技搏塑而成的」，以目前的「績效」來看，已經有超鏈結作法所展現出來的「多向」和「互動」等兩種審美感興；它們的「解構觀念的徹底實踐傾向」，不啻自我成就了一種超解構或多重解構的「網路主義」。而這種網路主義，所可以考察的最少有「已經有的成就」、「美感限度」和「發展方向」等幾個面向。

　　在「已經有的成就」方面，以網路詩（數位詩）和網路小說（數位小說）爲例（另有不及舉的網路戲劇，相較來說，它仍得以「乏善可陳」的理由而予以略過）；網路詩，已經有所謂的「新具體詩」（結合文書排版、繪畫、攝影和電腦合成的技術，強調出視覺引發詩的思考）、「多向詩」（詩文本利用超鏈結串起來，讀者可以隨意讀取）、「多媒體詩」（網路詩整合文字、圖形、動畫和聲音等多重媒

體，使它接近影視媒體的創作文本）和「互動詩」（網路詩的寫作配合程式語言，如利用CGI或JAVA，文本就不僅具有展示功能，它還具有互動性，可以讓讀者參與寫作的行列，形成寫作接龍的遊戲）等類型可以歸納指稱。（須文蔚，2003：53-58）至於網路小說，它原應有「在電腦的多向文本普及之後，小說採取接龍、集體創作和多向小說的嘗試……此外，在數位多向小說的創作上，跨媒體互文的現象更是錯綜複雜：一方面，作者透過多向文本科技的協助，串連或發展枝散和分歧的情節；二方面，作者也可以跨媒體互文的形式，將傳統小說中無法展現的聲音、圖像、影片和動畫，以一種嶄新的架構建立出相關性和鏈結；三方面，小說不僅將更多存在視覺或聽覺的符碼納入小說中，也經常回過頭去借鑑二十世紀七○年代開始就廣為後現代小說家應用的隨機、片段、混亂、不確定的文本結構規則，讓文本中存在多重敘述、重複、增殖、排比、戲仿等形式，形成數位多向小說繁複的跨媒體互文現象」（同上，86-87）這類的表現，但實際上成績卻不高。雖然如此，它仍無妨暫時作為網路小說的進程式標竿。而由此也可見，網路詩和網路小說一旦徹底脫離單一文本的範疇，它們就不再受到尋常表意方式的制約。（周慶華，2007a：284-285）換句話說，網路詩和網路小說的「網路」性，所可以類比於「現代」性和「後現代」性的，就是它的新增多向和互動等美感特徵；而這些特徵的高度變動性，也早已改寫了文學的表現形式。

在「美感限度」方面，理當以無限延異情思為終極旨趣，但它在具體的實踐上卻仍有窒礙。就以底下這首在此地常被譽為開跨文本超鏈結風氣之先的詩作為例：

超情書 代橘

Dear:

早上醒來時把愛情乾癟的屍體放入信封

傻孩子，妳定猜不到

我翻遍多少塊皮膚才終於聞見

腐臭

然後我用我們的拖鞋撲打牠

愛情長得真像魚

羞澀地游到東邊

又游回西邊繼續手淫

偷偷地告訴妳，傻孩子

其實就在上半身與下半身交界的地方

我擊中牠

當然我非得擊中牠然後把屍體寄給妳

傻孩子，妳定無法想像

早上醒來時愛情發霉的模樣

我用微波爐烤乾一罩

像溫柔那麼溫柔的

分泌物

接著吃完了生的一半

一半熟的則打算給妳

且我稍稍描述一下，傻孩子

很衛生

與妳的眼眶比較起來

還很腥紅

還有薄荷的味道

傻孩子，妳定不知

愛情像黏貼在小腹的脂肪

一放在結婚證書這張占板上就極度不快

如果早上醒來時妳有一個飽滿的子宮

我感到憂慮

可是妳不喜歡等待

我不喜歡教堂

戒指有肉的氣息，傻孩子

合法的

使妳發福

或者擁抱一張血淋淋的占板

於是早上醒來時就把屍體放入信封

傻孩子，妳定會感到有趣的。謹此

祝福妳

在赤裸親密的生理期

莫要撿起破碎的貞操帶

踐踏祝福

豐腴蒼白的小腿　　　　　　　　敬上

P. S.

愛

別傻了好嗎？

（http://www.elea.idv.tw/POEM/hypertext/Ehyp01.htm）

這初看跟一般平面媒體的詩作無異，但它卻有一個鏈結網。也就是說，它在網路上呈現時，有些字詞是可以在點選中作跨文本的鏈結。如第一段第五行的「拖鞋」就可以點選。點選後，就能進入另一個子畫面／目錄：

拖鞋

我們在屈臣氏買的拖鞋

除了窩生黴菌與臭味

而且小狗已經咬走我的左腳

其他尚稱完好

我打算在下個星期

搭乘我的右腳

尋找下一雙

又如第一段第十行的「上半身與下半身交界」也可以點選進入：

上半身與下半身交界

我們曾經一度沈迷在上半身與下半身交界的地方

那裏　從來沒有白天

總是住著一羣喜歡唱歌的魔鬼

圍繞在裝著火堆的汽油桶旁邊歌唱

就在上半身與下半身交界的地方

那裏　從來都是寒冷的

偶爾經過的幾頭不知名的獸

牠們有已經結凍的藍色眼睛

上半身與下半身的交界

那裏　是從來就無法被救贖的

又如第二段第三行的「發霉」也可以點選進入：

發霉

發霉　生銹　感到非常疲倦

許多個妳　或者是我

在窗前呆坐等待對方下班的下午

因為下了很久的雨的緣故

腐朽　發臭　缺乏共同的話題

做完愛後習慣性點一根菸

無數個沈默茫然的天花板

然後

整個世界一起潰爛

又如第二段第十行的「衛生」也可以點選進入：

衛生

衛生＝乾淨

衛生＝吃過午飯後睡個午覺

衛生＝小鎮裏浮著藥味與咳嗽聲的破舊診所

衛生＝「　」

衛生〉＝我

衛生〈＝你

又如第三段第四行的「占」也可以點選進入：

占

敬告讀者

這是一個錯字

又如第三段第八行的「教堂」也可以點選進入：

教堂

我不喜歡教堂

教堂允許我們生小孩

卻不准我們做愛

這很明顯有超鏈結的「企圖」，卻沒有超鏈結的「事實」。換句話說，這個鏈結網是封閉的而不是理該有的開放式的（前面提到的那些「網路詩」和「網路小說」，成果多爲後出，但進展得很有限）。這種所得期待的開放式的鏈結網，當不是像論者所說的還可以「鏈結到其他文類、其他媒體、其他作者，甚至不斷延伸個別作品的可能性，而形成有如『文字的歧路花園』一般」而已（廖咸浩，1998），它還得開放空間讓讀者也能夠參與寫作，而使得徹底超文本化或多向文本化的情況再進一層的泯除「書寫」和「閱讀」的界線；否則，只是有限度的單方的鏈結，所有書寫和閱讀的成規都會被召喚回來而抵銷了跨文本式的基進創新的用意。（周慶華，2007a：285-290）當然，這並不是說徹底超文本化或多向文本化就一定可以成功，而是說它至少在表面上要給人有基進跨文本的態勢，才能透顯多向和互動這些審美感興的進趨性。

　　在「發展方向」方面，倘若審美創新一直要依賴新科技的賜予「絕處逢生」的機會，那麼在當今能趨疲（entropy）全面性的威脅下（周慶華，2008a；2008b；2010；2011a；2011b），這同樣也是無法保證明天的；以至所謂的「發展」云云，就只是不考慮資源的「節約利用」和文化的「永續經營」前提下的一個冒險前進行動罷了。它在相對上必須對有關軟體（如HTML、ASP、GIF、JAVA和FLASH等）的熟練運用，以及相關超文本或多向文本觀念的「極大化」儲備（它要讓人如在「超文本」裏研讀小說〔或任何書寫、視聽文本〕時，我們所掌握的不僅是螢幕上的初始文本，還有其他相關文本〔相關的小

說、信函、傳記、評論、批評和社經文化背景材料等〕，可以參閱、註解和重新編排」這一論者所歸結的「基本」觀念〔Peter Brooker, 2003: 195-196〕外，更進一層的將寫作無限超文本化或多向文本化）；也許在玩膩了多向／互動的遊戲後，還得面對一個可能的「徹底解構文本也徹底虛無」的困局。（周慶華，2007a；290-291）

顯見網路超鏈結的新解構效果，至今還是一個「不得不爾」的假象（大家都「知道」那是在玩超鏈結的遊戲），它終究會被權力主體重新喚回原不該解構的成分（比照對後現代的後設批判）。因此，它的「後網路主義」的可寄望性，也就在未來的無限延異姿采和全面互動機制的形成。就以後者為例，現在所能見到的情況，都還不出「僅能局部互動」的範圍。如須文蔚「觸電新詩網」（http://eleverse.winway.idv.tw/）有一首「典型」的詩作叫作〈追夢人〉，它以JAVA語言編寫，邀請讀者填完十個問題後，才會呈現讀者和程式作者「共同完成」的詩作。它的程序是：

1.你和你的情人的總和□（任選一數字）

2.為情所困，失眠天數□（任選一數字）

3.你的名字□□□（請填你的名字或暱名）

4.你最喜歡的魚□（請務必填入一種魚）

5.你最愛的海洋□（請務必填入一個海洋）

6.你喜歡的床□（請務必填入一張床）

7.你最喜歡的花□（要有花瓣喔）

8.你最心愛的人□（沒有情人，就填心所愛的人）

9.你最駭怕的天災□（人禍也可以啦）

10.你在道別時會說的話□

當中4、5、6，會分別給「座頭鯨／神仙魚／熱帶魚／美人魚／黃魚／

鱸魚／吳郭魚／虱目魚」、「大西洋／太平洋／印度洋／黑海／北極海／冰洋／尋夢洋」和「席夢思／水床／單人床／遼闊的單人床／行軍床／海床」等提示（要你偷看）；而你如果按題填入10、1、Liz、座頭鯨、太平洋、席夢思、玫瑰、James、戰爭和這就是人生等，就會出現這麼一首詩：

10個海洋與1個無眠的夜 —— 獻給James
一尾泅泳於我的睡夢中
尾鰭把暈船的星星撥弄出水晶音樂
隨即沒入的荒涼裏
寂靜席捲我1個無眠的夜
我不要在上等待消逝的夢
也不在岸邊打撈你如玫瑰花瓣般墜落的身影
決心把戰爭後的心浸入海潮
非法闖入你隱身的10個海洋
在你的遺留的蹤影裏探險
這就是人生

但如同前面所說的，這類互動機制還無法完全開放給讀者參與寫作，導致所有書寫和閱讀的成規都會被召喚回來，而抵銷了跨文本的基進創新的用意。雖然後者也可以成為一種新的「數位文學」觀（周慶華，2008a：224-226），但在相關條件不能一起配合的情況下，它大概也只能停留在「一種想望」階段。這是寫作／接受機制的網路時代流變的一個新變數，有關的寫作／接受得在它的包容下，據為法則和準繩，才能雙雙權稱有「體制可循」。至於氣化觀型文化中人相似的「難以更新」問題，則不妨末了再一併另作考量而以為蹊徑別開。

　　順著寫作／接受機制的幾度流變來看，自然是要得出上述這樣的

結論，整體論述才有一個「完滿」性；只不過對於前面所提過的文學／非文學、抒情／敘事、作者／讀者和寫作／接受等各自都有中間模糊地帶的問題（詳見第三章第二節），還得增添幾句話，以便讓它有所歸宿而可以繼續被「擇用」。而這最主要是後現代／網路時代的解構威脅所強力促成它們向該模糊地帶靠攏（不然只要依便予以存而不論就行了），這樣一來所得因應的就是如何不讓它們被解構掉。對於這一點，以前兩節的「解套」式論述為準的，其實算是同時解決了這個問題；也就是解構本身的正當性不足，從而使得我們可以在「更謹慎對待」的情況下再重拾那些話題，而將「可談」的部分照樣搬演下去。

第七章

文學傳播的生態觀念

第一節　傳播的系統性生態

第三章第二節說過「文學從生產到被解讀評論或再生產，是在特定的社會情境裏發生的，而這社會情境本身就少不了要提供可傳播的管道：它也許是口頭，也許是報章雜誌，也許是出版社，也許是影視，也許是廣播，也許是網路，也許是其他途徑。總括來說，文學只有進入傳播環境，它的生命才開始躍動，而作者和讀者也才開始面對實質『人際化』的考驗」；而從作者和讀者都有要藉文學來滿足權力欲望的角度（詳見第六章第一節）來看，文學「生死存亡」的最終決戰點就在傳播中。因此，緊接在寫作／接受的機制及其流變課題之後來討論文學的傳播生態，也就「正當其時」。

依據**圖3-2-6**所示的文學傳播情況，作者寫作將作品透過傳播管道傳播出去，而讀者則透過傳播管道得以接受作品，這當中傳播管道的可操作性及其反饋迴路的多元化等，使得整體的傳播機制成了一個活的生態。這個生態相當程度的「刻意形塑」性和「牽連事端」可以至廣等徵候，則又造成它的「系統性」所在。換句話說，文學的傳播是生態性的；而這種生態又是系統性的，二者合而把文學的傳播嵌進一個高度有機的運作環境裏。

在這個運作環境中，生態是優先會被注意到的。它原指「生物和環境的相互關係」或「人類、生物和環境的相互關係和作用機理」（Eugene P. Odum, 2000; Manuel C. Molles, 2002; Denis F. Owen, 2006），在這裏則轉為寫作／接受／傳播等人為互動環境的指稱。它跟外在更大範圍的生態關係，則有政治、經濟、宗教、酷異、哲學和

文化等關連性可以述說；而這將在第八章處理，此處就僅依它的自我制約部分先加以安置。

其次是系統性。這被關注的原因主要是它反映了現實中的整體／綜合的觀念，尤其是現代化大生產和工程技術的越發複雜，使得諸如投入產出問題、策略性競爭問題、工廠經營管理問題、工時定額問題、隨機服務問題以及管理組織和管理職能的相互關係問題等，已經無法不從系統的新認識論立場去對待（顏澤賢，1993：15-16）；而寫作／接受／傳播既然也在整體環境中存在，它們的趨同性就不可避免要被排上連帶關注的行程。

再次是傳播管道。傳播管道在通義上，就是媒介。而媒介被認為不只是報紙、廣播、海報、雜誌、電話、電腦等各種資訊設備的累加，它還得是「將我們在社會經驗世界中的技術面和意義面同時媒合中介；透過技術和意義的中介，個別的媒體裝置和編制才成為可能，技術也才能和意義、論述、解釋等相接觸，而成為指向社會實踐的結構性場域」。（吉見俊哉，2009：2-3）換句話說，媒介所得著重的是什麼樣的社會場域使個別媒體成為可能，而不是各種媒體的功能。而同樣的，文學傳播所利用或開發的媒介，也有必要在這個關鍵點上追問它究竟是如何可能的。因此，捉住傳播管道，就等於掌握到了整個運作環境的脈動。

根據上述，生態、系統性和傳播管道等分佔了文學傳播的三個環節；它們以「包裹」和「貫串」的關係自成一動態兼帶層次性的圖像。在這個圖像中，內蘊著文學生產的心理／社會背景、文學傳播管道的網狀組織和文學回饋系統的多元化等，而可以整合繪製如下：

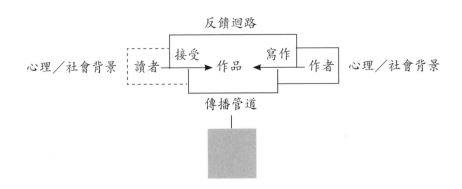

圖7-1-1　文學傳播的系統性生態圖

圖右文學生產的心理／社會背景所以連接到反饋迴路，是因爲那是內含的必要想像它的存在（也就是作者多少都會揣想讀者會有的反應而來調整寫作的策略）。至於圖左所增列的心理／社會背景，是爲了保留給反饋迴路在需要追究更深層次的原因時「方便爲用」（因爲不是明訂的項目，所以用虛線連接帶過）。

　　由於作者的亟欲成名／謀利，促使相關傳播白熱化；而傳播媒體擁有者的「文學產業化」需求，也使得相關傳播博通化；還有仲介者／經紀人／中盤商的介入操作，更帶動相關傳播競爭化。此外，讀者多方回饋系統的「激盪」作用，也有助於文學傳播的頻率疊加。它們都在系統中運作；雖然時而混沌，時而複雜，但都不脫一個種種關連條件相繫著的系統。換句話說，任何想靠寫作來名利雙收的人，如果不了解這種傳播生態，那麼他將無從晉身和參與環境的運作。

　　文學傳播的系統性生態在「抽象」層面是這樣；如果想進一步了解「實際」的情況，那麼這就有非組織化傳播和組織化傳播兩種在進行著的傳播形態。前者，包括㈠對象爲個人或個人的集合（對個人或多人傳播），使用基本傳播技術，媒介爲口說語或書面語；㈡對象爲個人或個人的集合，使用複雜傳播技術，媒介爲電話、錄音、錄影、

電報、閉路電視、磁片、光碟和網際網路等。後者，包括㈠組織體對大眾進行傳播（對象為大眾），使用複雜傳播技術，媒介為報紙、雜誌、廣播、電影、電視、書籍、錄音、錄影、磁片、光碟和網際網路等；㈡組織體對許多個人傳播（對象為許多個人），使用複雜傳播技術，媒介為新聞、direct mail信函、email、資料室和圖書館等。（方蘭生，1988：279；周慶華，2002a：351）還有在具體的傳播過程中，會出現其他的變數（如潛意識發作和非語言傳播行為等）介入，而使得傳播過程更形複雜（可以理出許多的傳播模式）。（李茂政，1986：33-56；周慶華，2002a：351-352）此外，傳播媒體如果又像法蘭克福學派所說的淪為意識形態國家機器的一環（Alan Swingewood, 1993: 124-125），那麼它所影響於傳播行為的「扭曲變形」或「突躍奔競」的情況，就更加難以形容了。（周慶華，2002a：352）這些都是在文學傳播的實際運作中感知到的，它們雖然不至於會牽繫該系統性生態的「存亡」，但少了它們，還真不知道此中所有的「流動式規模」到底是什麼樣子。

有兩個高度對比的寫作案例：一個坐困愁城，不知如何下筆；一個振筆如飛，前路明朗：

> 那年冬天，我前往明尼蘇達……我打了一通免付費電話給丹妮拉：「嗨，寫作進行得如何？」
>
> 「娜妲莉，喔，我的天，我整個早上坐在這裏試著想要寫點什麼。我在窗前擺了書桌，放上乾淨的稿紙和一支筆。現在我要怎麼辦？」
>
> 我告訴她讓手動起來開始寫。（Natalie Goldberg, 2009: 179）

> 我的思緒飄蕩開來，1978？那年我做了什麼？《幕府將

軍》！我讀了《幕府將軍》。於是我開始寫：妮爾坐在門廊前的
鞦韆上讀《幕府將軍》。從那一幕開始，我進入了事件的核心。
我把故事的時間擺在夏季，因爲我寫作時是夏天，就讓小說裏的
天氣和寫作當時的天氣一樣吧！（同上，183）

這並不是表面所呈現的行不行寫作那麼簡單，而是跟所處環境迥然不
同有關。前者完全不知道爲誰而寫以及寫了可以在那裏發表和能夠掙
到多少錢；而後者則很清楚他寫的東西可以出版和知道在什麼地方申
請補助（同上，209），以至寫作的「動力」和「靈感」源源不絕。
可見寫作一事得進入傳播環境跟系統性的生態軋在一起，才眞正的開
始。

　　還有一個例子：「當年以《小婦人》一書成名的露易莎・梅・
奧爾科特，非常在意讀者的忠誠。她寫作那些令人愉快的兒童書時，
會使用自己的眞實姓名；但在撰寫諸如《波琳的情欲與懲罰，不可告
人的祕密》這樣的書和其他關於變裝癖、吸毒、女權運動之類的作品
時，就會使用筆名巴納德」。（John M. Hamilton, 2010: 375）這是因
爲使用同一個名字很容易出現報酬遞減現象。好比「史蒂芬・金在解
釋他使用理查・巴克曼筆名創作小說時，總是含糊其辭，最終他還是
承認了，因爲出版社認爲他的名字『在市場上已經飽和了』」。（同
上）這也是文學市場的運作規律所導致的：爲了活化文學傳播的系統
性生態，有些作者個人的權益就得不斷被壓縮，直到你可以再爲他注
入新變數（如別爲成名了），才會順當的結成一個「生命共同體」。

第二節　文學生產的心理與社會背景

　　文學傳播的生態觀念，除了系統性具優位統攝一切，文學生產的心理／社會背景就在正向認知上居於首要環節（在反向認知上，也可能是先有文學傳播管道和文學回饋系統，而後才激勵出文學生產）。這既是對文學傳播的系統性生態的符應，又是文學傳播的系統性生態本身一項重要的演出，很可以讓有志於從事文學生產的人「知所安身」。

　　所以用「生產」這個概念，主要是它足以把文學寫作的非個人行為給予經濟化的標誌，從而使得文學寫作真正的進入生態的範疇。在這個範疇內，文學寫作也跟其他商品一樣可以產業化。這種產業化因為是帶創意的表現而有助於文化的豐厚或更新，所以它就可能隱含這麼一個傳播學者所指出的邏輯：文化勞動→文化工業→文化機器→文化帝國主義。（Dan Schiller, 2010）當中文化勞動是它的實演；而文化工業和文化機器則是它的謀利方式和操縱人心的手段；至於文化帝國主義，那又是由前面過來一路發展到頂端時不可避免的「惡事」！

　　有人考察到一個現象：「在公眾的想像中，寫作是種很浪漫的職業……然而，這只是個神話……這種想法就跟認為鳥兒在枝頭鳴叫是因為牠們快樂，是一樣的。『在自家閣樓中的作家，跟礦井裏面的苦力沒什麼兩樣。』詹姆士・拉爾夫1758年出版的《以寫作為業》中是這樣寫的……一般而言，大部分作家像其他人一樣，也要帶著午餐去上班，並且在他們的鄰居入睡的時候，兼職寫作」（John M. Hamilton, 2010: 31-32），這就有「藉寫作謀利」的心理背景在支持

著（否則他就不必這麼辛苦的搖筆桿）。還有另一個現象也被發掘出來：「辛普森案件之後，出版了一大堆書，著書者有：他的辯護律師、辯護律師的前妻、有罪案的檢察官、還有代理檢察官，以及這場案件中受害家庭的律師、證人、偵探、陪審員、被解雇的陪審員、報導這次審判的新聞記者、辛普森前妻的朋友、受害者的其他家庭成員、被告的朋友、被告的前女朋友、被告的外甥女和拒絕認罪的被告本人。有人開玩笑說，辛普森案件的陪審團所面臨的真正難題是：到底是要選藍燈書屋？還是選雙日出版社？」（同上，115）這也兼有傳播媒體炒作而相互圖利的社會背景在提供機會，以至寫作由「內緣」到「外因」都卯上了。

　　所謂心理背景，綜合來看，約略不出幾種情況：第一是存有的感召而產生寫作初度的消極性動力。所謂「民稟天地之靈，含五常之德，剛柔迭用，喜慍分情。夫志動於中，則歌詠外發。六義所因，四始攸繫，升降謳謠，紛披風什」（沈約，1979：1778）、「夫人有六情，稟五常之秀；情感六氣，順四時之序。蓋文之所起，情發於中」（李延壽，1979：2781）等，這裏所提到的「志動」、「情感」一些心理變化，就是由存有（外物的存在活動）的感召而來。在過去的案例中，有人因外物的刺激而舞詠陳詩（如「氣之動物，物之感人，故搖蕩性情，形諸舞詠……若乃春風春鳥，秋月秋蟬，夏雲暑雨，冬月祁寒，斯四候之感諸詩者也」〔鍾嶸，1988：3147〕）、因身世的坎壈而憂懷賦詞（如「屈平〔原〕疾王聽之不聰也，讒陷之蔽明也，邪曲之害公也，方正之不容也，故憂愁幽思而作〈離騷〉」〔司馬遷，1979：2482〕）、因心有不平而疾詞鳴冤（如「大凡物不得其平則鳴。草木之無聲，風撓之鳴；水之無聲，風蕩之鳴，其躍也或激之，其趨也或梗之，其沸也或炙之；金石之無聲，或擊之鳴。人之於言也亦然，有不得已而後言，其歌也有思，其哭也有懷」〔韓愈，1983：

136〕）和因治亂不定而情切擒文（如「夫文生於情，情生於哀樂，哀樂生於治亂。故君子感哀樂而爲文章，以知治亂之本」〔董浩等編，1974：6790〕）等，已經作了相當肯定的見證；今後我們當然還會重歷類似的經驗。第二是相關的動機而產生寫作二度的半積極性動力。所謂相關的動機，主要是指價值動機和寫作動機。作者所以要進行寫作，必然會先認定寫作的價值高於一切，否則他就不必選擇寫作一途（可選擇其他途徑「宣洩」想望）。曹丕《典論・論文》有段話說：

> 蓋文章經國之大業，不朽之盛事。年壽有時而盡，榮樂止乎其身，二者必至之常期，未若文章之無窮。是以古之作者，寄身於翰墨，見意於篇籍，不假良史之詞，不託飛馳之勢，而聲名自傳於後。（李善等，1979：965）

以這作爲上論的註腳，再貼切也不過了。相反的，不以寫作的價值高於一切的，他就不會去從事寫作。如《河南程氏遺書》載程頤的話說：「《書》曰：『玩物喪志。』爲文亦玩物也。呂與叔有詩云：『學如元凱方成癖，文似相如始類俳。獨立孔門無一事，只輸顏氏得心齋。』此詩甚好。古之學者，唯務養情性，其他則不學。今爲文者，專務章句，悅人耳目；既務悅人，非俳優而何……某素不作詩，亦非是禁止不作，但不欲爲此閒言語。且如今言能詩無如杜甫，如云：『穿花蛺蝶深深見，點水蜻蜓款款飛』，如此閒言語道出作甚？某所以不嘗作詩。」（朱熹編，1978：262-263）這可以爲證。至於實際的寫作所以要進行，作者也必然會對像第四章和第六章所提及的各類型作品及其學派流變的規範或超規範先有腹案。以上這些動機，都會影響到寫作的效果，從事寫作的人不得不詳加留意。第三是權力意志（兼含文化理想）而產生寫作最終的積極性動力。有人曾經考察到：

文學概論

　　文學理論家、批評家和教師們，這些人與其說是學說的供
應商，不如說是某種話語的保管人。他們的工作是保存這一種
話語，他們認為有必要對它加以擴充和發揮，並捍衛它，使它免
遭其他話語形式的破壞，以引導新來的學生入門並決定他們是否
成功地掌握它……準則的某些最熱心的保護者，已經不時地表明
如何使這種話語作用於「非文學」作品。（Terry Eagleton, 1987:
192-193）

這所涉及的意識形態（話語形式）間的競爭，說穿了就是權力意志的
不容妥協，不然又何必如此「堅持己見」（並透過寫作外發）？而這
一權力意志，是人所能意識範圍內的終極性存在，寫作如果不基於
它，幾乎無法想像是怎麼可能的。換句話說，倘若不是權力意志的發
用，即使有存有的感召和相關的動機，也無能十足促成寫作的行為。
（周慶華，2001a：55-59）因此，第六章第一節所提到的謀取利益、
樹立權威和行使教化等為權力意志所屬的範圍，也就終極的決定了寫
作一事的勢必成形。

　　所謂社會背景，綜合來看，也約略不出幾種情況：第一是社會
中的意識形態影響了寫作的「向度」。所謂「沒有所謂的『文學』這
樣東西；它是被特殊團體在特殊時期建構來服務特殊利益的。『偉大
的著作』並未傳達有關人類生活狀況普遍的和永久的真理，而是被用
來表示、維持和再製支配團體的意識形態，以維護那些團體的物質幸
福。特殊的觀點因此而被文學轉化為普遍的真理。沒有一樣東西是一
種任何文本都是『正直』、無私的讀本；所有的文本在某種意義上或
多或少都帶有理論的意味，所有的解釋都是特殊意識形態的產物」
（Rex Gibson, 1988: 117），就是在說這種情況。換句話說，一切寫作
都是意識形態的實踐；而這種實踐方式，會隨著寫作在它裏頭成形的
各種制度設施和社會實踐的不同而有所不同，也會隨著那些作者的立

場和那些讀者的立場的不同而有所不同。因此，我們可以透過寫作相關的制度設施、透過寫作所出發的立場和為作者選定的立場來確認寫作的「意義」。（Diane Macdonell, 1990: 11-13）可見寫作的實質所向，全看意識形態為何而定。

第二是社會中的權力關係影響了寫作的「結構」。作品既然是一種預設了接受者的對話性結構（詳見第五章第二節），那麼它所要對話的對象，勢必得在寫作的過程中有一通盤的考量，而權力關係就是作者所無法避免要藉使或依憑的。有段論述提到Michel Foucault的說法：

> 權力是所有關係的特性，同時也建構這些關係，包括經濟的、社會的、專業的和家庭的關係，主導的形式被嵌入日常活動的理解，或某一關係實質的形式。因此，醫生和病人的關係由一預設的共同目標來界定，由醫生願意協助和病人願意尋求協助而共同建構。這樣的共同目標和權力關係是不可分的……「權力的使用和運作透過一個像網一般的組織，每個人穿梭於網中的線；人總是處於同時進行和運作權力的位置。（Sonja K. Foss等, 1996: 239）

這如果排除對權力關係的「和諧性」的過度維護成分（大多數時候，權力關係都充滿著緊張、矛盾和不協調現象），倒頗能形容此處所說的意思。由此可知，在「平面」對話性的結構內，還隱藏有一個「縱面」系譜性的結構，從而使得寫作所預設的外在接受對象和目的訴求成為可能。

第三是社會中的傳播機制影響了寫作的「持續」。作者要寫些什麼以及根據什麼來架構作品，固然得取決於社會中的意識形態和權力關係，但論及寫作能否（願否）持續一事，卻要別為仰賴傳播機制作

最後的「決定」。也就是說,只有當傳播機制能鼓舞或有利於作者的寫作,寫作才會持續下去;否則寫作就會戛然中斷或永遠停止。(周慶華,2001a:61-63)

　　社會背景和心理背景共同制約了寫作,彼此很難再分出位階的高低;倘若一定要分出位階的高低,那麼心理背景中的權力意志一環(在作者自覺的層面上)可說最具優先性。縱是如此,只要有社會背景的存在,寫作就得帶有某種程度的「非自主性」。這些人以寫作參與改造語言世界的同時,也不由自主的要受語言世界所改造一樣:「我們自以為控制語言的,實際上無時不是在受著語言的控制……語言是我們任何人逃脫不了的一套枷鎖;我們的思考、情感、知覺,沒有一樣不是在受著語言的陶鑄,沒有一樣不是只能在語言所指定的軌道上活動。所以我們可以說,沒有一個人不是他的語言的囚犯。就是想入非非,充滿極端幻想的語詞,也不過是一個囚犯帶著他滿身枷鎖在跳舞而已。」(徐道鄰,1980:60-61)這種「語言囚房」的弔詭性(Peter Farb, 1990; Fredric Jameson, 1995),跟所對照的「社會牢籠」的荒謬性(人和人結合成社會,又回過頭來被社會所束縛),都令人莫可奈何!除了正視,並妥善的予以因應,此外我們大概無法選擇逃避。(周慶華,2001a:63-65)這是文學生產由心理背景到社會背景的深入(陷入)性所在,它既規範著寫作,又自我規範著,造成文學傳播生態的不得不錯綜複雜化。

第三節　文學傳播管道的網狀組織

　　文學生產由相關的心理／社會背景所促動後,接著就是要靠傳

播管道來引導它進入「正軌」而完成踐履的旅程。而從種種的跡象來看，這個傳播管道隨著科技的發達，已經要徹底網狀組織化了。這種情況雖然一樣抽象存在著（而僅能憑想像掌握它的狀況），但它的逐項媒介顯能卻又讓我們有點可以具體感知當中的情狀。換句話說，文學的發表／出版、多媒體製作和多向文本傳播等現實所有的傳播管道徵象，就是這一抽象網狀組織中的「具體項目」；它們本身的內部運作大多為企業體早已網狀組織化了（Gerald Gross, 1998; Michael Korda, 2002; Brian Hill等, 2006；林淇瀁，2001；陳穎青，2007；須文蔚，2009），更別說彼此合在一起以顯傳播生態特徵所見的「縱橫交錯」和「牽連互動」性。

　　以文學的發表／出版來說，從近代印刷業興起以來，有關文學的傳播，就不像傳統那樣的傳抄或有限的梓行，而可以透過報紙、雜誌的發表和出版社的大量出版，彼此成為社會體制中的一個系絡。而凡是進入這個系絡而參與運作的人，很快就會晉身為文人，而形成所謂的「文人圈」；他們就在這個文人圈裏進行「內部封閉」的文學活動，並企圖透過上述那些傳播管道彰顯他們對社會變遷可能發揮的功能。（Robert Escarpit, 1990: 90-92）因此，就一個作者來說，前節所說的「是權力意志而產生寫作最終的積極性動力」和「是社會中的傳播機制影響了寫作的『持續』」等，就可以合而來為他別作定位。也就是說，透過所寫文學作品的發表和出版，作者就可以取得「文人」的新身分證，並且從此獲得榮耀、地位和經濟利益。而相關的考驗和挑戰，也就在這裏一併發生：首先是報紙和雜誌有所謂的守門人（Tim O'Sullivan等, 1997: 163-164），而一個作者是否能通過守門人（這類守門人多半由作家出身的人擔任）的把關而順利的發表作品，就成了一件值得「憂心」的事。其次是出版社也多有它的現實營運的考慮，而未必都能接納作者的書稿（Datus C. Smith, 1995: 37-38）；

此外，還有一些鮮少為外人知道的「辛酸」內幕，如：

> 從事大眾傳播事業的人，如果按待遇高下的標準來選擇的話，首先是電視，其次是報紙，再次是雜誌，最後才是出版。出版業獲利之低，在各種行業中恐怕是少有的了。就因為這樣，出版業的從業人員拿的是微薄的薪水；在唯利是圖的功利社會中，其社會地位就不高，出版社編輯的流動率也就相對地提高。（孟樊，1997：3）

> 目前出版業的難題是市場小、利潤薄；而整個關鍵所在，還是中年人不熱中看書。我們的出版業，用粗俗一點的話說：是學生養的。難怪出版業所出書籍幾乎十有八九都是針對學生而出；上焉者出些勵志小品、哲理散文，其用心之苦也就可以想見。一旦書籍的內容脫離年輕人的興趣範圍，出版一本書就變成一種冒險；結果中年人找不到適合自己閱讀的書，而適合中年人看的書，出版人也遲遲不敢動手。（隱地，1994：4）

這就會影響到作品能否被接受而予以出版的一大關鍵。雖然像出版社這樣的機構對於來稿的接受與否，都會設有條件依據（Datus C. Smith, 1995: 65-66），但大多數時候都是以「人」為主要考量。所謂「作品的出處是文藝的文化和市場所創造出來的。它是藝評家（和市場經理）用以評量相對於『流行』文化的一種『高級』文化。他們不僅用意義，還用價值（美學的、道德的和貨幣的價值），來評量什麼才是『重要的』作品和作者。一旦作者的名氣建立起來了，你會發現只要在這個作者名下的所有東西，都算得上具有出處的作品。例如我們撿到了一張購物單，忽然發現：『哇！這是莎士比亞寫的購物單！』這些就是對『重要』與否的諷刺」（Tim O'Sullivan等, 1997: 28），就是在說這種情況。還有像報紙副刊這一向是容受文學作品的「大本

營」，也會因爲它的轉型爲文化副刊，而壓縮了文學作品的發表空間（林淇瀁，2001：69-70），以至作者的「生存」空間很難憑一己的努力就可以拓展出去。換句話說，文學的發表／出版就在文學傳播的網狀組織裏受多方的牽制（周慶華，2002a：355-361）；作者如果有幸像「史克里布納出版社給史蒂芬·金的《一袋白骨》付了兩百萬美元的前期款，還在合約中寫明將來賣書的利潤，必須分給他百分之五十五」（John M. Hamilton, 2010: 105）那樣受到高度的「寵愛」，那麼他也是在整個網絡裏被集團估算出可以「謀得暴利」的一顆棋子，任何個別人都無法宣稱有本事獨力操縱這一切。

再以多媒體製作來說，文學傳播在當代又多出一個電子出版管道，這個管道也跟傳統出版產業一樣散布在整個社會體制中。這一電子出版，是指將電腦和出版領域相結合而出現的一種以多媒體製作稱勝的新出版形式。它被認爲是要徹底改革傳統的機械式印刷和出版過程，「例如1450年代古騰堡的活字排版、1860年代的捲筒紙輪轉印刷機、1950年代的照相排版，時至1970年代電腦已經能處理照相組版的功能，而1980年代更進一步使用電腦文書處理器來呈現『文字』內容，並出現於標示語言的開發研究；1985年所出現的桌面出版系統展現了文圖（表）並茂的設計和排版風格；最後底定於1990年代陸續出現文字結合其他多媒體的光碟和網路出版革命」。（邱炯友，2000）而它可以依製作處理過程和載體的不同，而泛指四大類型：桌面出版、視訊系統、光學出版（包括微縮資料和光碟等）和網路出版（或稱爲虛擬出版／線上出版）等出版形式；也可以依出版品性質的差異，而分爲下列幾種：傳播非即時性服務（如電子文件）、互動式服務（如線上資料庫）、個別產品和電子期刊等。（邱炯友，2000；白子玉，2000）當然，倘若將傳遞資訊依連線和離線兩種方式來區分，那麼就可以「看成出版品以它們作爲時效性的分野；比方說光碟

電子書、多媒體雜誌等屬離線儲存，而網路上的電子期刊則因它的時效性，所以通常需要透過網路來傳輸，以彰顯它的『即時』、『新穎』的特性」。（白子玉，2000）不論如何，這都改變了傳統出版所見的儲存、傳遞和呈現資訊的平面方式。它一方面可以將文字、圖像、聲音和動畫等予以數位化；一方面則可以依需求而有不同的輸出形態。這樣一來，就形成更多樣卻也更複雜的電子出版品及其歷史。當中「電子書」式的平臺，被視爲是電子出版史上最具野心的產品；它的容易攜帶、顯示器的解析度高、有聲音輸入的功能以及能夠網路化和作無線通訊等特性，都深深的攫住世人的注意力。（Yoshinori Sugihara, 1995: 59）而由於電子出版品的開發，無形中把傳播生態推向了一個必須結合知識典藏、文化傳播、科技更新和電子商務等層面來從事出版事業的新情境。而這對於作者來說，也不啻多了一種傳播管道。這種傳播管道所展現的「多媒體」特性，勢必也會衝擊到既有的「寫作」觀念。以至當一個作者在寫作時，他所要進行的多媒體製作，就會改變傳統「單一文本」的觀念，而極力朝向「多重文本」去馳騁思維。這放在整個人類文化的發展行程上看究竟是利是弊，目前還很難斷定；但它早已有兩極化的看法存在：

> 電子出版會導致閱讀形態改變，這一革命性的意義常爲人所忽略……未來隨著電腦的普及以及網路和通信技術更爲成熟，則個人使用的電腦、電視和圖書館、電視臺、報社等文化資訊供應單位，將可形成親密的網線。屆時資訊的流通及使用方式都會像現在以遙控器來收看電視一樣，一般人也都以遙控器來選看自己所需要的新聞、圖畫、查閱資料。散頁式而不是整本書，視聽而不是文字的閱讀方式，將是一般大眾的主要閱讀形態。（洪文瓊，1997：4-5）

「書本死亡」的說法近年來甚囂塵上，主要是受到日益盛行的聲光媒體的衝擊所致……新崛起的「電子書」……透過電腦及其周邊設備所形成的「閱讀空間」，對「讀」者的感應是直接而具體的；但傳統的書本閱讀方式就不是如此，它必須訴諸人的「文化積澱」及「想像能力」，也就是人在閱讀書本時必須依靠自己的力量去「創造」另一想像空間……電子書雖然改變了二十世紀的閱讀快感，也掀起認知的革命；然而，卻也降低了學習認知的樂趣，更使知識的獲得成為個人化的行動，淡化人文性的色彩。（孟樊，1997：30-32）

這就分別代表著看好電子書和不看好電子書這兩方面的意見。縱是如此，從整體的書市來看，新舊交替的現象實際上也不怎麼明顯（周慶華，2002a：366-369）；倒是多年來即使閱讀機不斷地推陳出新（甚至已經跟手機相結合了），卻因使用者體驗太差而並未見廣為流行（陳穎青，2009；2010），導致前面的對立意見幾乎要由「不看好」的一方佔上風。因此，繼起的作者到底要選擇那一種管道傳播，那就得從市場和文化理想兼顧的立場去作決定。原則上，多媒體製作形式還會是我們難以完全信任的對象。

最後，以多向文本傳播來說，電子書所呈現的文本形態，最多只具有「多重性」（也就是它可以結合文字、圖像、聲音和動畫等而形成一個多重文本體）；此外還有一種只能在線上出版的「多向文本」，它雖然比較後出，魅力卻也不小，戛戛乎有要凌駕電子書的趨勢。從事寫作的人，在這裏會比在電子書那裏有著更大的「空間」可以發揮。而由於這種文本只為文學而存在（或說只有文學才會構設這種文本），並且它又不離網際網路，所以有人就直接稱它為「網路文學」或「數位文學」（董崇選等，1999；須文蔚，2003）。根據李順興所主持的「歧路花園」網站所給網路文學的定義是這樣的：

　　網路文學，或稱電子文學。根據目前的流行看法，可以大略分為兩種：一是將傳統「平面印刷」文學作品數位化，而後發表於WWW網站或張貼於BBS文學創作版上；二是指含有「非平面印刷」成分並以數位方式發表的新型文學，學術上慣稱超文本文學。非平面印刷成分的明顯例子，包括動態影像或文字、超鏈結設計、互動式讀寫功能等。由於這些新元素的加入，擴張了文學創作的表現形式，同時也催生了新的美學向度。（http://benz. nchu.edu.tw/~garden/a-def.htm）

李氏所說的第一類文學，只是把文學作品數位化而藉網路來傳播而已，它跟一般所見的文學形態並沒有什麼「質」上的不同（它在網路發表後，還可以轉由平面印刷出版）。剩下來只有第二類文學才是道地的網路文學。它利用了網路或電腦所有的特質寫作數位化的作品，以達多元的互動效果（這就無法轉由平面印刷出版）。這種新的文學形態，最大的特色是跨文本的鏈結（其他的多媒體、即時性和互動性等特徵，在電子書中已經具備了）。由於它再也不是傳統的文學文本所能範圍，所以只得稱它為「超文本」或「多向文本」（詳見第六章第五節）。但同樣的，文學人進入網路世界，他所受不確定未來的考驗也正在加劇中：首先是文學人表面上隨著大家進入一個「後電子書寫時代」，而要展開他新的寫作旅程，但實際上卻如何也避免不了一種「永遠追趕不及」或「無法預測止境」的新的資訊焦慮（黃瑞祺主編，2003：173）；其次是在後電子書寫時代，文學人固然可以攀躋上另一波寫作「高峰」，而參與了跨性別、跨階級、跨族羣和跨國家的數位化世界的運作，但這種比先前任何一個時代更自由化的生活形式，所帶來的刺激、快感和新浪漫情懷，卻是以新虛無主義為代價的（Margaret Wertheim, 2000）；再次是電腦科技的高度發展，不啻助長了另一波的霸權爭奪戰以及資源的大消耗（Don Tapscott, 2009; Neil

Postman, 2010），這些都已經夠「凌厲」人心了，更別說還有更根本的對於電腦操作技術的摸索學習，以及軟硬體設備更新花費的壓力等問題都未計及呢！（周慶華，2008a：220-224）因此，這仍不妨比照前面，讓它在兩可間成為一個選項，然後再去面對「不確定未來」的挑戰。

作為傳播系統性生態的一環，文學傳播管道的網狀組織所組織起來的發表／出版、多媒體製作和多向文本傳播等面向，幾乎囊括了當今所能見的一切；而它所不及細談的，諸如每一面向內部細微的運作、彼此橫向縱向的聯繫和跟外部環境的互動等等，則有待每一參與運作的人依需去「各自體會」，以便為自己找到最有利的發展位置。

第四節　文學回饋系統的多元化

文學傳播生態的最後環節，無疑的就是相關的回饋系統。這原跟文學生產分享同樣的傳播管道（只不過它是「迴向」傳播它），但因為它的回饋可以擴及戲劇、廣播、電視和電影等媒體的運用，所以在整體上要比文學生產多元化。尤其是現今最新潮且大量的「知識生產工具」部落格（梅田望夫，2007：131-161），它未必都有文學生產，但能給的文學回饋一定不會少。此外，消費廣告的人日多，導致「結構性變化攪得媒體一片沸騰，迫使業者亟力追求推動內容和廣告的新平臺……為搶先創新腳步，行銷人使盡渾身解數；而策畫和購買媒體的人，也因而成為業界搖滾巨星和主宰」（David Verklin等, 2008: 17），這也迫使文學回饋系統逐漸要夾帶進廣告而改變文學接受的方式。

　　基本上，回饋系統多元化所保障的是文學接受的「生生不息」，而無法保障每一次第的迴向傳播都「契合所望」。換句話說，文學傳播生態所布建的接受迴路，僅僅只是「機會」；至於它究竟能否令人滿意，那就無從計數了。正因為文學回饋的重點在於「回饋」（而不在於要回饋什麼）以及所回饋的不定內容等，所以相關的回饋系統就會極盡「表現」能事的展演它們的所長。這當中如果以工廠的系統化生產來比擬文學從初度產出到二度再製產出的歷程，那麼有關的文學回饋也就部分「內在其中」：

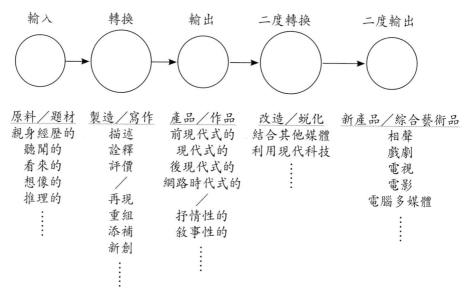

圖7-4-1　特殊文學回饋圖

　　這一部分的文學回饋因為影響力可以無遠弗屆，所以它的回饋力道也最強勁，以至還可以進一步看看它到底又發生了什麼變化。就以電視／電影這些二度轉換為例，所得增列的資訊化、圖像化、有時間性、演員代言、快節奏、特寫鏡頭和外景多等成分，就會跟轉換前的文學

有距離（周慶華，2011a：140）：

圖7-4-2　文學二度轉換的質距圖

文學經過二度轉換變成電視／電影，因為資訊化／圖像化／有時間性
／演員代言／快節奏／特寫鏡頭／外景多等關係，幾乎要「一覽無
遺」的呈現在觀眾眼前，使得觀眾無從像閱讀文學那樣去「填補空
白」而「參與寫作」，大為減低文學性。雖然如此，電視／電影改
編自文學，所不及原作細膩處理人物心理和互動網絡的微妙後，所
「多」出來的影像化、多感官刺激和演員代言的演技可觀摩等特徵，
還是自成一個品味區域，可以讓觀眾欣賞裏頭的詮釋功力和繁衍色
彩。（周慶華，2009a：283）所謂文學回饋系統的多元化，自然也包
含這種回饋內部的多元化；它跟外部的多重回饋管道相比，更顯得文
學回饋的自由度及其不確定性。

　　前面說過，文學生態所布建的接受迴路，僅僅只是「機會」，因
此當實際的文學回饋發生時，那就很可能出現「潛回饋／弱回饋」和
「明回饋／強回饋」的非均等現象：

　　　　作者們辛勤工作，他們寫作、修改、增刪他們的詞句；他們

案牘勞形，只為了獲得封面上引用的好評；他們長途跋涉參加書展；回答著這個國家一千二百個脫口秀節目中相同的愚蠢問題。但作者們無從得知也無法控制究竟是什麼因素，使得一本書能夠躋身出版社那些無聊的排行榜之中；還是慘一點的，從印刷機出來就進了碎紙機。這個因素就是運氣，各式各樣的運氣。（John M. Hamilton, 2010: 237）

這既然是「運氣」使然，那麼文學回饋系統的多元化就成了一種準「壓迫性」機器，隨時都在操縱作者進入它的「必要給你期待」的折騰中。而這種折騰，所加諸作者身上的壓力以及最後要轉成別為尋求機會的渴望後，無形中又會刺激而開啟新的傳播管道，使得整個回饋系統愈來愈趨向無限化。就像名人的褒揚這種回饋：

亞伯拉罕·林肯喜歡〈死亡〉這首詩歌……如果不是他這樣做，現在恐怕沒有人會記得那個蘇格蘭詩人威廉·諾克斯。泰迪·羅斯福說他喜歡《維吉尼亞人》這本書，這麼一句話幫了歐文·威斯特……雷根給了湯姆·克蘭西一個好評價，迅速提高了他的名聲。而在比爾·柯林頓說他讀了懸疑小說家華特·莫斯里的作品，並邀請他到白宮作客，此後莫斯里小說的銷量就直線上升。（John M. Hamilton, 2010: 247-248）

它所被額外期待的「加持作用」這種回饋，就跟其他傳播媒體結合而讓整體系統自我擴編。而擴編後的系統，相關的回饋方式就越發難以捉摸。

這越發難以捉摸的情況，另有一個指標也可以想見：我們知道，上個世紀末「閱讀大眾興起」，成了主導文學書市的主要因素，使得文學傳播系統中一向不受重視的「回饋」有了較大的改變，但讀者透過不購買行為所表現的「回饋」，卻又對出版商構成極大的壓力（中

國古典文學研究會主編，1995：91）；而這實際上並沒有降低出版商的出書意願，原因是書不是消費性商品且淘汰率高：「一種書你最多只買一次，不會額外買同一本……（而）你在書店總是問最近有何新書，而不是問最近有何舊書……結果就是所有書店，不管是實體的還是虛擬的，統統都要重視新書，都要給新書最好的位置、最明顯的陳列、擺在動線坪效最高的地方。」（陳穎青，2007：31-32）這種「矛盾」現象，造成退書率居高不下（出版商最後是靠「以書養書」來「刺激買氣」），也直接影響到回饋系統不如預期的順暢。換句話說，當讀者的文學熱情不能反映在出版品的購買（而只願站在書店翻閱或看看專家的推介），相關的傳播生態就會出現另一種自我「消耗戰力」的持久戰；而這似乎不是個別人所能參透的，也不是任何一個初涉入這個環境的人所可以「籲天改變」的。

　　文學回饋系統的多元化是這種「不確定可能」形態的，所有的文學生產行為都得在這個環節深有體會，才不致在真的遇挫時「灰心喪志」。而其實，每一次第的文學生產後究竟會面臨什麼樣的被接受的命運，誰也沒有把握。就像史上有所謂的偷書賊：

　　　　1891年，從聖彼德堡的帝國公共圖書館偷走了四千本書的阿洛伊斯・匹齊樂，被流放到西伯利亞……紐約公共圖書館的保羅・華盛頓提到有個竊賊有兩間公寓，一間自己住，另一間放他偷來的書，在這間公寓裏連浴室中放的書都頂到天花板了。他對書並沒有任何癖好，「他根本不看這些書，他只是喜歡待在書堆裏的感覺」。（John M. Hamilton, 2010: 286）

偷書賊用這種方式「藏書」（雖然那裏面還雜有許多非文學類的書），而促進了另一方再購書「填補」，看似對回饋系統也有點貢獻；但別疏忽了這永遠不可能晉升為回饋的常道，「文學」畢竟還是

要靠有心人一點一滴的吸收進去而後有所反應，才算圓滿一個文學接受迴路的設想。縱是如此，文學回饋系統的多元化不確定可能形態已經難以改變，但從另一方面看，我們只要有想去回饋的欲望，它自然就會在真實或退想中存在，而為整個傳播生態「最後」定調。

第八章
文學與其他學科的整合建制

第一節　文學政治學／意識形態與權力意志

　　跟文學相牽涉的課題，在既存面上具有總綰或總匯性質的，大概就屬文學和其他學科的整合建制。而所以說這是「整合建制」（而不說是「整合建置」），主要是因為它在論述出現以前都是未明朗化的，必須經過論述來「建立制度」，才能確保它的可被思議。而這正如前面所說的「文學中的人事物，『分布』廣闊；而文學中的思想情感，也事涉『多端』，可以整合的學科不勝枚舉」（詳見第三章第二節），以至略舉比較重要的部分來談論，也就成了論述必須告一個段落的「不得已舉動」。此外，依敏感度，可以從文學政治學開始談，然後再處理愈見隱微的文學經濟學、文學宗教學、文學酷異學、文學哲學和文學文化學等。

　　文學政治學所涉及的，顯然是文學的心理／社會／藝術存有性都受到了政治的影響。而這政治不一定是指政體，它只要有支配／被支配的關係就成立。因此，我們會發現凡是文學也都會體現某種意識形態；而這種意識形態又會被權力意志所利用，彼此形成一個高度自覺的關係網絡。我們知道，意識形態指的是一套思想體系或觀念體系，用意在解釋世界並改造世界。（Jean Servier, 1989; David McLellan, 1991; Andrew Vincent, 1999）而它可以從最高級序的世界觀到現實中各種各樣帶集體性的觀念都為它所統包；並且一旦體制化了，它就會變成一種社會機器「操控」著人心：

　　　　我們生活的社會有種種不斷變化的社會機器，這些機器有沈重的意識形態功能：家庭、教會、學校、體育、電視網絡、公共

電視、有線電視、好萊塢電影、獨立的外國的「藝術」電影，更
不用說不同的「文學」文類……這些機構中的大部分顯然都在盡
一切努力否定「政治」，避免去思考誰應當控制政府權力；但如
果真的認為它們跟那些涉及公開的政治問題的機構截然不同，那
就會可笑了。（Frank Lentricchia等編，1994: 431）

好比傳播媒體的背後，就有意識形態在主導著：「按照阿圖塞的觀
點，大眾傳媒是在意識形態支配下的『想像』的結果，而意識形態是
一種『表象體系』，是『個人跟他的存在的現實環境的想像關係的表
現』。由於意識形態訴諸人的感受，而多數情況下和自發『意識』毫
無關係。因而當人們錯誤地把意識形態支配下的『擬態環境』當作
『現實環境』，並決定自己的行動的時候，就不可避免地使社會付出
沈重的代價。」（徐國源，2008：9-10）所謂的「沈重的代價」，毋
乃是忽略了意識形態的支配作用而在盲目的投擲力氣跟它作無謂的抗
衡。當中發生於1999年初評選臺灣文學經典的事件，就是一個顯著的
例子。

　　那時是國民黨執政時期，由文建會委託《聯合報》副刊評選「臺
灣文學經典」。該次評選經過初選、複選和決選三個階段：初選由
《聯合報》副刊聘請的七位委員（包括王德威、何寄澎、李瑞騰、向
陽、彭小妍、鍾明德和蘇偉貞等），就《聯合報》副刊所提供涵蓋新
詩、小說、散文、戲劇和評論等文類的書單中，圈選出一百五十三本
書參加複選；複選由《聯合報》副刊邀請九十一位票選委員（票選委
員大多是大專院校教授現代文學及相關課程的教師，少數為媒體的編
輯和比較活躍的評論工作者），就一百五十三本書中不限文類圈出
三十本心目中的「臺灣文學經典」，經過統計一共選出五十四本參加
決選；決選則由七位委員圈選出三十本定案。這三十本，包括㈠小說
類：白先勇《臺北人》、黃春明《鑼》、陳映真《將軍族》、七等生

《我愛黑眼珠》、張愛玲《半生緣》、王文興《家變》、李昂《殺
夫》、王禎和《嫁妝一牛車》、吳濁流《亞細亞的孤兒》和姜貴的
《旋風》等十本；㈡新詩類：鄭愁予《鄭愁予詩集》、余光中《與永
恆拔河》、瘂弦《深淵》、周夢蝶《孤獨國》、洛夫《魔歌》、楊牧
《傳說》和商禽《夢或者黎明及其他》等七本；㈢散文類：楊牧《搜
索者》、梁實秋《雅舍小品》、王鼎鈞《開放的人生》、陳之藩《劍
河倒影》、陳冠學《田園之秋》、琦君《煙愁》和簡媜《女兒紅》等
七本；㈣戲劇類：姚一葦《姚一葦戲劇六種》、賴聲川等《那一夜，
我們說相聲》和張曉風《曉風戲劇集》等三本；㈤評論類：夏志清
《中國現代小說史》、葉石濤《臺灣文學史綱》和王夢鷗《文藝美
學》等三本。（陳義芝主編，1999：510-527）這份書單才剛出爐，
立刻引發文學界和學術界針對諸如經典性、評選機制，甚至統獨立場
等問題的爭論。當中還有臺灣筆會、笠詩刊等數個藝文團體召開一場
「搶救臺灣文學」記者會，表達不滿的心聲；同時也有立法委員（如
黃爾璇）以「政府不應介入文學價值的判斷」為理由，向行政院提出
質詢。此後有關臺灣文學經典的「持續性效應」，還引來一批大學研
究生自辦刊物參與「再論辯」的行列。（楊宗翰主編，2002）雖然此
次評選臺灣文學經典的關鍵人物《聯合報》副刊主任陳義芝一再的聲
稱，將來還會有二編、三編的臺灣文學經典（陳義芝主編，1999：序
7、515），但反對陣營似乎都不領情，而揚言要重新來評選臺灣文學
經典。（周慶華等，2004：222-223）

　　上述所謂的二編、三編和重新評選臺灣文學經典等情事，並沒有
人去完成，以至有關的承諾就形同兒戲，停留在那個誰也不服誰的年
代，兀自嘲諷著每個實際想去參與的人。而整體上來看，這又是一場
充滿火藥味的「神聖化的鬥爭」，雙方人馬各據報紙、雜誌和網路媒
體所展開的攻訐和詆毀等行徑，已經到了駭人耳目的地步；而彼此似

乎都不知道這只是一場意識形態／權力的爭鬥，而根本不關什麼臺灣文學經典（臺灣文學經典只不過是一個「藉口」或「可利用的憑藉」而已）。因為這種誰該成為臺灣文學經典的「史實」的認定，並沒有客觀的標準（任何人所提出的「標準」，最多只具有相互主觀性）。而這還不是最重要的，最重要的是史實認定者的企圖。正如Friedrich W. Nietzsche所提示的，並沒有所謂「純粹的認知」，認知本身就是一種詮釋和評價的活動，一種意義和價值的設置建構。因此，大家所認定的史實從來就不是什麼純粹的史實，而是一個意義價值界定的範疇。這個範疇，其實已經如同一個崇高的「理念」；它不僅僅是可以作為討論相關問題的依據，更是指導行動和定位行動主體的最高價值體系。而當大家在爭論誰所認定的史實才是真史實時，那不是它更客觀或更真確，而是因為它更理想或更崇高。也就是說，史實的判定並不是認知層面上的「真／假」問題，而是價值層面上的「信仰抉擇」或「意識形態鬥爭」問題。（路況，1993：122-123）而這意識形態的鬥爭，實際上也就是權力的鬥爭。這種鬥爭，除了會逼迫雙方露出「猙獰面目」，同時還會保障慣習的「競勝」心理或「權威」心態的不容妥協，而使得「別為標榜」的事件可以成形。（周慶華等，2004：223-224）雖然如此，它內蘊的不在意和諧的獨斷見解，還是強烈考驗著社會關係的穩定性。換句話說，當大家都誤認為自己所爭的是「真理」後，勢必會導致「假言論」溢目盈耳，社會因此也得付出必須撫平那些怨懟心理和仇恨對抗的沈重代價！

　　顯然有意識形態的俱在性作為前提，我們才能知道一切的文學寫作、接受和傳播等，都隱含著迎合和踐履意識形態的籲請：「文學或文化研究中的意識形態分析，就跟制度的和／或文本的機構相聯繫；而這種機構作用於讀者或觀眾對自我和社會秩序的想像觀念，並以此號召或懇求他／她進入社會『現實』和社會主體性的具體形

式。」（Frank Lentricchia等編, 1994: 428）而這種籲請，終於導致了權力意志的悠然浮現。而浮現後的權力意志，它的影響力或支配力的欲求性（Theodore Caplow, 1986; Dennis H. Wrong, 1994; Robert L. Dilenschneider, 1999），不論是否帶著功利主義（吳中杰，1998：85-90），都會造成文學寫作、接受和傳播的極大化展演。

有人觀察到臺灣一個出版現象：「甲出版社出版心理學、文學、管理學……賺了錢，乙出版社如法炮製。丙出版社的一部書大暢銷，其他出版社找尋類似的書，也一窩蜂上市，大家一同努力，非把市場做爛方休……因為缺乏獨有的特色，所以長相都沒有差別，彼此產品重疊性高，都擁擠在狹小的類型裏互相搶奪有限的資源；最後只有在價格上作競手，不停地削價，進行價格破壞。剛開始時，還從行銷策略面來思考；不久，價格戰就再也沒有底線，終於變成噩夢一場。」（周浩正，2006：125-126）這種「紅海策略」的意識形態一旦被權力意志所操縱後，就會演變成不願讓別人獨享而自己也無法多得的支配／被支配的格局；當中意識形態／權力意志的政治本質未變，而所獲致的權益卻大為削減。這自有所屬文化傳統「無開新欲求」的慣習在起作用，跟西方人有上帝可仿效而不斷去創新媲美馴至有所謂「不去競爭而別為開發市場」的藍海策略（W. Chan Kim等, 2007），不能相提並論。

所謂「文學政治學」，就是由這一意識形態／權力意志的統合而展開的；它在馬克思主義那裏所強調的階級鬥爭／異化／政治無意識，已經褊狹式的為文學模塑出了政治面貌（林建光，2010），而在新歷史主義興起所提出文學都是政治的隱喻後，就廣為明朗化（張京媛編，1993），而稍早的知識考古學和系譜學的「權力／知識」框架的揭發（Michel Foucault, 1990; 1993），也給足了理論資源，從而確立這門文學次學科「可以後出總綰或總匯」的存在位置。今後我們所

會再經歷的，除了它仍然是我們思想的核心（即使如前現代的寫實觀念、現代的新寫實觀念、後現代的語言遊戲觀念和網路時代的超鏈結觀念等，也是都早已著為意識形態，大家才會再援以為寫作的資源；而這些意識形態也永遠無法在離開後，我們還能夠順利的寫作），還有我們「行有餘力」也可以比照創發一種意識形態而冀望它廣為通行。至於所體現的意識形態會不會被權力意志挾去跟人鬥爭，而危及社會的秩序化運作，那就無從管制了（也許道德勸說會有點用處；但它的「脆弱性」也就在那僅僅是「道德勸說」而已）。

第二節　文學經濟學／工具化與產業化

文學既然是要寫來影響人或支配人，那麼它在期待能廣被接受的過程中，相關的經濟行為就會跟著發生。這種經濟行為不只是寫完作品「將它推銷」出去而已，它還會影響到所寫的內容。好比底下這兩個例子：

> 愛儂制定了一個公式，要求自己每天書寫足夠三本書的文字量。一本書的內容包括至少五次謀殺、兩個浪漫愛情事件；不超過二十個人物。當這些元素最終組合在一起時，會發生什麼事？「爆炸性人物的出現，可以解決許多敘事上的糾葛。」愛儂對《華爾街日報》的記者如此說道。（John M. Hamilton, 2010: 83）

> 詹姆士‧密契納雇用了三名祕書，還雇了成隊的研究者協助寫作他的那些鉅著。助手們審閱並修改他的手稿。他告訴一名採訪者，他讓助手如何幫他找書，「我不會把它們全看完，我只是

用一種極快的技巧去讀索引」。他的著作《百年紀念》的書評之一，就警告讀者們不要弄錯了這本書的真實面貌，「它不是被寫出來的，而是被編輯出來的」。（同上，84）

這一個「套用公式」寫作，一個雇人代為「編輯成稿」，無不是都在配合「文字生產線」所需，以便謀得最高利益。雖然有人不在意生計而堅持寫作的路線（如James Joyce花了七年時間寫《尤利西斯》），但大部分的作者還是會迫於「為稻粱謀」，而盡覷市場內幕來調整寫作的策略。

這種情況，在近代工業文明興盛後實質的「競爭」氣氛愈演愈烈：「在工業化進程大幅前進的時候，貴族階層喪失了他們在寫作方面的霸權。閱讀和寫作的技能，成為新出現的辦事員的謀生手段。有這樣一個辦事員，班傑明・海恩推銷他自己可以『為任何一個雇用他的人寫作』……愈來愈多的書商取代了貴族們在供養作者方面所扮演的角色。埃米爾・左拉宣稱：『金錢解放了作家，金錢造就了現代文學。』」（John M. Hamilton, 2010: 39）而這從舉世一體工業化（西化）後，相關的文學產業也逐漸延燒到了中土。像晚近暢銷書的經營，就是這一波文學產業化最明顯的徵象：

> 產業鏈內的關鍵人士，聯手打造「貴族圈」的候選資格。從代理商到出版社到通路採購及PM（產品經理），他們在每年兩萬種店銷書中，決定那些書可以進入貴族圈，給予行銷挹注：辦活動，配合贈獎，黃金動線上的強力曝光，事前預購，事後有推薦，各種行銷技巧無所不用其極。讀者一上門市或首頁，眼中所見，耳中所聽，伸手所及，就是這些書。貴族書享受所有眼光注目的榮寵，因此它們獲得的銷售機會也就遠比任何其他書更大，它們的起跑點遠遠領先別書之前。（陳穎青，2007：198）

有人認為所謂的產業，它的準則很清楚：「是否做成多件拷貝？如果是，就算產業。業務內容如果近於無形（如表演藝術），或是強調獨一無二（如藝術），就很少會自稱為產業。」（John Howkins, 2010: 50）文學作品的發表和出版可以無限的複製，以及有關的接受回饋和傳播管道的開拓等，也都儘可能的多元化和網絡化，自然會在產業鏈中居一重要地位。

那麼又是誰在操縱這個產業鏈？且看一張大型書展參與人員的清單：「大老闆、小編輯、經紀人、作者、繪手、攝影師、美術指導、公關、製作主管、行銷人員、業務經理、印刷廠、組稿中心、貴族氣派的出版大老、長袖善舞的小暴發戶、企業會計師、產業領袖、買空賣空的騙子、目中無人的奸商、執迷不悟的做夢大師和冥頑不靈的沒用大師等等齊集一堂。」（Christopher Davis, 2010: 3）這裏有分居上、中、下游的人在操控著產業鏈，使得任何一筆「文學交易」背後都牽涉著甚多的人事物，已經無法給個別人清楚掌握當中具體的運作情況。這也暗示著，文學一旦進入市場，它就會被資本主義邏輯所左右：

> 經濟學家認為多數受雇於其他產業的雇員並不關心產品的風格、造型或特色，他們在意的是薪資、工作條件及需要付出的心力。而才華出色的工藝家則通常對他的作品品質十分關心，並且為作品感到驕傲，只是經濟學家卻不認為作者對於作品的關心與否會影響到它的創意組織的形成……雖然作者對於藝術成就的關注和在意會影響消費者對藝術的接受程度，但這二者的關連性卻不甚密切。（Richard Caves, 2007: 7）

這種左右，所體現的是作者／讀者／傳播者都有某種程度的不自主性，以及大家也正在一起走上高耗能的「能趨疲」末路。換句話說，

文學從它的生產到傳播開始產業化後，相關的運作就受到社會／政治／經濟網絡的重重制約，而不再是一個單純的「文化理想」的想望所能因應它的複雜性（倒是這時權力意志會快速膨脹為帶「集體性」，而有意無意的限縮了「個己性」的伸展）；同時它在整個過程的大量資源投入，也直接造成不可再生能量激增的危機。

可見文學產業化的經濟學現象，就建立在文學已經變成一種謀利的工具的前提上；但它又是一個「非穩定性」的產業鏈，在總體文化創意產業中也始終要陷入矛盾情境的泥淖：「文化產業基本上存在矛盾的本質。文化產業組織和流通符號性創意的方式，反映出當代資本主義社會中的極度不公平和不正義（如階級、性別、民族及其他限制）。這些不公平的障礙阻撓人們進入文化產業的領域。那些有管道進入文化產業的人通常會被鄙視；而許多想要創作文本的人則為生計所困。倘若要製作特定類型的文本，還需要承受極大的壓力；而且想要獲取當下的產業組織資訊以及與眾不同的文本，更是難如登天。此外，某些文本類型則確實較具能見度。這些現象都是文化產業領域的殘酷真貌。不過，也因為文化產業並不能完全壓制原生而特殊的符號性創意，迫使企業主和高層主管不得不對符號創作者讓步；相較於一般員工，他們擁有更高的自主權。這點恰好說明了前面提及的文化產業矛盾特性。」（David Hesmondhalgh, 2006: 6）因此，文學經濟學這個次學科，重點也就在預告一個勢必要趨入卻又難以掌控的市場機制。也就是說，它不保證文學的名山事業，但想成就名山事業的人又不得不通過市場機制的考驗，以至這條道路就充滿著現實利益和文化理想的糾葛，任誰也無法把它完全「擺平」。

在這一不穩定的社會環境中，即使有人僥倖成了職業作家，但他的「衣食父母」不買賬時，他依然會保不住飯碗：「雖然職業作家可以依賴寫文章貼補收入，但這也不過是從油鍋跳入另一個火坑罷了。

作家保羅・蓋利柯許多年前在他的《一個小說家的深度告白》中，就已經觀察到了這個事實，他說：『既然這是個告白，我就必須向你們坦承，自從我四分之一個世紀以前從《紐約每日新聞報》辭職以來，直到此時此刻，我從來不曾有過安全感。』」（John M. Hamilton, 2010: 45）這是因爲文學人口在終極上保障的是對文學的熱度不減，而不是那會計制度所羅列的金錢數據。換句話說，後者有幸和不幸的變數在，你不可能牽制圈內人而來改變文學的生態。

　　雖然如此，文學產業在必要顧及文化理想（以創新來參與文化推衍或改造的運作）的前提下，還是可以冀望它的長尾效應和混沌／複雜的變合增殖。前者（指長尾效應），是比照目前所見的「最大的利潤來自最小額的銷售」的長尾理論：「過去的大眾市場正分化成許許多多的『其他商品』……這些商品在文化和經濟層面，遽然成爲一股不容忽視的力量……現在在消費者網絡化、一切數位化的時代中，網路幾乎深入每項產業，只須花費以前成本的一小部分，網路就可以化身爲商店、戲院、電視臺，利基商品配銷的模式已徹底改觀。」（Chris Anderson, 2006: 13）文學產業倘若還要「圖謀生存」，那麼這也是一條不得不倚賴的途徑（只不過仍得考慮能趨疲的問題）。它縱使可能會不斷地「延長時效」，但只要機會還在，這支文學產業的長尾仍然有可以被深爲期待的地方。

　　至於後者（指混沌／複雜的變合增殖），則是以新穎作品而見奇於人，來博得像混沌／複雜的變合體那樣的功效：「這一變合體的應用，是把原不定變數的混沌理論納進複雜理論，而專門選擇最有利的途徑來自我調適，然後冀望它『一舉成名』。這中間仍舊會有無法掌控的成分；但因爲有萬全的準備和效應的預期，所以它還是可以自成一個王國而隨時能夠新人耳目」（詳見第二章第三節）。換句話說，文學生產只要能不停地推陳出新，總有機會進入相關網絡而廣被傳

揚。它未必得像「工業革命催生了職業作者，他們中的絕大多數想要在這一行獲得成功，就必須像個工業家對待產品般看待寫作這件事。他們按照預訂的時間表寫作，日復一日」（John M. Hamilton, 2010：80）這類機械式的投入文學生產的行列；但如果沒有相似的衝動，那麼連那可以「偉大」起來的作品可能都無從孕育出來。

第三節　文學宗教學／神祕性與崇高性

　　意識形態／權力意志左右了文學生產的方向，而工具化／產業化則促成了文學生產更為熱絡，以及轉為四處尋找發展的管道；而這當中還會加進來參與「議程」的，恐怕就是帶神祕和崇高成分的宗教性了。這是說有太多無法解釋的事物（包括人為什麼會有寫作的靈感、初次想的和實際寫出來的為什麼會不一樣，以及有人下筆不能自休而有人則筆端蹇澀如有膠究竟是什麼原因等等），都要再向宗教領域尋求解答。

　　將宗教結合上文學以形成文學宗教學這一文學的次學科，基本上有兩個層次可以討論：第一，文學的生產所無可否認的「倏發奇想」狀況，在過去大多被視為是無意識的促動（廚川白村，1989：21）；而在當代則逐漸有被認為是「外鑠」（靈界存在體或另一空間的力量降臨）的緣故。（陶伯華等，1993；劉清彥譯，2001a）後者所具有的神祕性，在無意識的理論出現以前，有所謂的靈感說。而靈感是指神賜靈氣，它跟當代一些唯物論者有把靈感解讀作外在現實或歷史文化中各種信息累積在意識底層而突然朗現外發的趨向（林建法等選編，1987；劉雨，1995；周冠生主編，1995）迥然不同。這在早期

可以通見於各傳統宗教所傳一些經典的製作（包括經典中一些敘事或
抒情的成分在內，都得自神靈的啓示）；而在當代的新興宗教如鸞堂
所製作的「善書」，全由扶鸞經神靈降旨才完成，也可以窺得一點祕
辛。（聖賢堂，1979；鄭志明，1988；宋光宇，1995）從宗教學的角
度來看，現實界和神祕界（靈界）是「循環互進」的（靈體相互的轉
化）（周慶華，2002b：252、277），以至由有文學素養的神靈啓示人
（不論是「遙控」還是「體代」）而從事寫作是可能的。所謂「對許
多靈學研究者來說，通靈藝術作品都碰到相同的問題：那些圖書、詩
作和音樂究竟是超越死亡的藝術家亡靈所完成，還是純粹由靈媒利用
自己受壓抑的創造力寫出來的？或只是像通靈人所說的，這些世界知
名的音樂家、作家和畫家只是想透過這種選擇特定知覺者的方式，向
我們證明他們至今依然活著？許多通靈藝術作品都令人印象深刻；不
僅是作品本身，更因爲它們所呈現出來的風格和原創的偉大藝術家非
常接近。不僅如此，有些通靈藝術作品不管是在風格的多樣性和質量
的比例上，都令人嘖嘖稱奇」（劉清彥譯，2001a：50-51），裏頭所
提及的「神成作者」（那些亡靈都可以視同神靈），正可以印證這一
點。（周慶華，2004a：361-362）縱使如此，這還是停留在寫作「歷
程」的階段（而非作品已現「異樣」可以檢證）；它可以有案例可考
（Stanley Krippner等，2004；劉清彥譯，2001b；陶伯華等，1993），
但所具的神祕性只能歸給神靈，崇高部分則得別爲發用。

　　第二，文學的生產所必須肯定的對「有意寄託」的追求，最終
會體現爲仿效終極實體而開始宗教式的崇高化。這是前面那個層次所
不及見，而得轉由本層次來安置。我們知道，終極實體的信仰已經爲
宗教的教義所收攝，或穩定的內在於宗教的教義中；而它不論是針對
一位造物主（上帝），還是針對一種絕對寂靜境界（佛），或是針對
一個自然氣化過程（道），都因此而可以得出高居「根源」式的優位

性。如下圖所示：

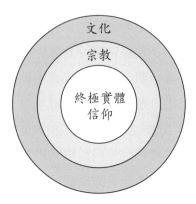

圖8-3-1　終極實體信仰／宗教／文化關係圖(一)

在這個關係圖中，宗教成立後內蘊的終極實體的信仰會衍發爲文化的各次系統（包括觀念系統、規範系統、表現系統和行動系統等）（詳見本章第六節），固然不言可喻；但文化的各次系統在發展的過程中，也會反過來對宗教的組織形式有所「促進」或「激勵」，而造成宗教和文化在相當程度上會有論者所積極揭露的「相互影響」的事實。（Jacques Barzun, 2004; Fred Inglis, 2008）這時爲了更貼切表達彼此的關係，就可以把上圖改成：

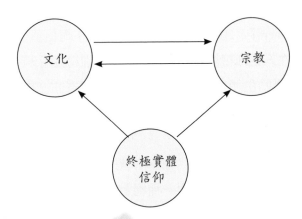

圖8-3-2　終極實體信仰／宗教／文化關係圖(二)

這暗示了一個對文化有使命感的人，只要保有終極實體的信仰（而不必進入任何教派受不必要的制約），一樣可以參與創造的行列而有相應的成果展現（也就是創造出創造觀型文化的產品，或者創造出氣化觀型文化的產品，或者創造出緣起觀型文化的產品）。而它的借用原為有神論所專屬的「創造」一詞（Walter M. Brugger, 1989; 135-136），也就是基於各文化系統都可以有「新」的東西產生（不必像創造觀型文化傳統那樣仿效或媲美上帝的創新才算數），而姑且予以留用。換句話說，在精神上只要有終極實體的信仰存在（不一定要建立組織化或制度化的宗教），就有可能造成文化的事實。而我們也可以越過組織化或制度化的宗教，僅憑對終極實體的信仰而參與文化的締造和發展的行列。因此，相關的形式圖就可以增衍為這樣：

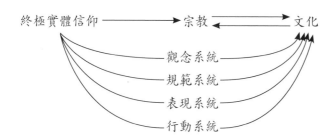

圖8-3-3　終極實體信仰／宗教／文化關係圖㈢

由這個理路持續的演繹，就是各文化系統的成形。（周慶華，2006a：217-221）而文學生產所隸屬於表現系統的，也得在這個環節知所「寄寓深遠」，才能顯現它的崇高性。如鍾玲的小說〈蓮花水色〉，寫朝鮮國寶級無相寺的流雲和尚，他「在廟裏已經三十多年了。現在他任廟裏的監學師，遠近都傳說他得老住持真傳……流雲走進松林之中，每天早上他都到這兒來盥洗……流雲用手抹去臉上的水珠，忽然瞥見

水槽中竟長出朵白蓮……他趕快抹去眼角的水珠，原來不是蓮花，是一張臉的倒影，一張美麗的臉……流雲把水瓢遞了給她……她喝完水，擡頭對流雲一笑，然後把瓢遞回來，有意無意間，她的指尖拂到流雲的手。他感到一陣舒暢……那天晚上，他打坐的時候，腦海中出現一朵朵白色的蓮花……天微明時，那口宋朝由中國運來的古鐘敲響之際，流雲斜著身子，橫在蒲團上，窗外的曙色照著他的臉，臉上出現縱橫如阡陌的紋路，一夜之間，他衰老了二十年。」（鍾玲等，1989：221-225）這將一個動凡念而前功盡棄的勤修和尚寫得入木三分，正好襯托出緣起觀型文化「逆緣起解脫」的必要觀念；而它的崇高性，也就在於「反向」的點出相應於該文化形態中「佛」這一終極實體信仰（簡稱終極信仰，下同）的進趨途徑。又如《莊子》書中有段文字：

> 莊子妻死，惠子弔之，莊子則方箕踞鼓盆而歌。惠子曰：「與人居，長子、老身死，不哭亦足矣，又鼓盆而歌，不亦甚乎？」莊子曰：「不然。是其始死也，我獨何能無概（慨）然！察其始而本無生；非徒無生也，而本無形；非徒無形也，而本無氣。雜乎芒芴之間，變而有氣；氣變而有形；形變而有生；今又變而之死，是相與爲春秋冬夏四時行也。人且偃然寢於巨室，而我噭噭然隨而哭之，自以爲不通乎命，故止也。（王先謙，1983b：110）

這則故事（可以視爲敘事散文）所藉爲隱喻死生一體的道理，也正好體現了氣化觀型文化「氣聚氣散僅是一形式的轉換」觀念；而它的崇高性，也就在於「正向」的點出相應於該文化形態中「道」這一終極實體的信仰的堅守方向。又如Lev N. Tolstoi的小說《伊凡・伊里奇之死》，寫一個老資格檢察官伊凡・伊里奇在事業正得意的時候，突然

罹患了癌症，不久就不治而死。但意外的是，當他的死訊傳開來後，只導致他的同僚們個個都在「推測因此可能發生的職務上的升遷和變化」；除此以外，他的死也總是使所有聽到這個消息的熟人「產生一種慶幸感：死的是他，而不是我」，甚至還「不由地想到，現在他們必須去履行一項非常乏味的禮節，去祭奠死者和弔唁死者的遺孀」，最後僅以關心「今晚的牌局」收場。至於他的妻子的整個心思，則都被遺族慰問金佔據了；而當她聽到指定的墓地得花兩百盧布時，假哭的眼淚立刻不拭自乾。只有把他照顧到臨終的打雜的男傭格拉西姆，一個人在那裏忙來忙去。（Lev N. Tolstoi, 2000: 25-41）這相較於一般人所有的死亡應該引發他人的惻怛和同情的「天真想法」，顯然是多含了一點嘲諷的意味。而從另一個角度來看，把死亡寫得那麼不值錢，則不啻在暗示「在意死亡」的無謂（因為死亡既沒有「榮寵」，也沒有值得他人予以留戀的「餘緒」；甚至還比不上一場牌局那樣令人「關心」）。而這一點，也成了整篇小說的主調：就是在整個遭遇病魔折騰的過程中，主角雖然一再的顯現出對醫生的不信任、對上帝的埋怨，以及對妻女外出的嫉妒和憤恨，但最後他終於「看破了一切」，不再無謂的掙扎，而任由死亡的來臨。文末有這麼一段敘述：

> 他開始凝神傾聽。
>
> 「是的，這就是他。那有什麼要緊，讓它去疼吧！」
>
> 「可是死？它在哪兒？」
>
> 他尋找他過去對於死的習慣性的恐懼，可是沒有找到。死是怎樣的？它在那兒？任何恐懼都沒有，因為死也沒有。
>
> 取代死的是一片光明。
>
> 「原來是這麼回事！」他突然說出聲來。「多麼快樂啊！」
>
> 對於他，這一切都是在一瞬間發生的，而這一瞬間的意義已經不會再改變了⋯⋯

……

　　他吸進一口氣，但是剛吸到一半就停住了，兩腿一伸，死了。（Lev N. Tolstoi, 2000: 137-138）

就是臨終的這一幕「平靜」的畫面，把對死亡的恐懼徹底的解除了，而留予人不盡的咀嚼「死亡不過就是這麼一回事」（又何必爲它多費心）！（周慶華，2002b：195-197）這表面看來是這樣，但實際上那是轉對上帝妥協後而顯露出來的「認命」，背後仍有可以重新皈依上帝而獲得救贖的信念。因此，它所藉爲象徵「隨上帝安排」的意涵，也正好踐履了創造觀型文化「必須歸順」的觀念；而它的崇高性，也就在於「側向」的點出相應於該文化形態中「上帝」這一終極實體的信仰的遵循軌道。

　　文學宗教學的神祕／崇高性所可以條理的，大致如此。而它尚未一併處理的諸如前面所述的「初次想的和實際寫出來的爲什麼會不一樣，以及有人下筆不能自休而有人則筆端蹇澀如有膠究竟是什麼原因」等，則無妨有餘力再從神祕層次續爲鑽研，總會有找到解答的一天。至於崇高可以自覺的層次，則還有一個因應能趨疲危機的更進一層的使命在等著。這是創造觀型文化所「闖」出的禍害（詳見本章第六節），如今卻得由全世界的人共同來承擔（周慶華，1997b；1997c；1999c；2000b；2001b；2002b；2004d；2005；2006b；2007b；2008a；2010；2010a）；而文學宗教學能否在這一點上「斟酌利害關係」前進，也就考驗著各文化系統中人的智慧和擔當能力。

224

第四節　文學酷異學／性別與族羣

　　所有能被文學人利用來遂行權力意志的，則要數性別、階級和族羣等有關的題材、主題及其相涉的意識形態最見「利器」！這原可以包含在文學政治學的範疇裏（文學經濟學也可以分沾到一點），但因爲它的明確「針對性」以及理論的「強行性」，而使得它「自我成就之不遏」而有必要略作分開看待。當中性別和族羣因爲最有機會被凸顯（階級在當今民主化的社會流動迅速，已經不太能夠成立），所以就以它們來充當副節標。

　　這總稱爲文學酷異學；所取則的是以性別／階級／族羣等來構設作品可以「要酷顯異」，而不是當代所見的酷異理論所講的那一套東西。後者是在探討男同性戀、女同性戀和雙性戀的生活經驗，亟欲重新關注男同性戀和女同性戀的行動者被隱蔽壓抑的心聲，以及他們在社會和文化生活中的活動。換句話說，它比其他理論「更進一步發展了反本質主義的宣稱，並且重視性認同的文化建構，包括性認同的多元性和模糊性」。（Chris Barker, 2007: 205）這可以收攝在文學酷異學內，卻不能總括文學酷異學的全部。

　　文學酷異學這一文學的次學科，在考索「求證上已經不乏實例」（Gayle Greene等編, 1995; R. W. Connell, 2004; Jeremy Seabrook, 2002; Elleke Boehmer, 1998），因此所需要再分辨的是相關性別／階級／族羣的知識有否可以重新認可的地方。以性別來說，性別是指「性別差異的社會、文化和歷史建構」，而「性和性別的混同，使得男性和女性等同於男性氣概和氣質。這進而『自然化』了社會裏既定性別差

異的標準特質（男人身體較強壯，因此跟勞動、運動和肉搏戰鬥的世界有關，在公共領域裏較為活躍；女人身體較虛弱，所以比較消極，她們的領域是家，她們的身體決定了身為母親和男性欲望對象的角色）。這種雙元論不僅鞏固男人對女人的權威，還延續了男性異性戀規範作為自然性欲認同的模型……換句話說，男性／女性的層級性二元對立鞏固了父權體制和性優勢，而不利於女人、女同性戀和男同性戀。因此，性別研究的動因在於對這種兩極對立及其相關項目的批判。如果是從社會面和文化面的定義來理解性別，就可以『解除定義』或解構性別。女性主義者和其他人因此認為：性別分析是擊敗性別歧視的必要工作以及驅動一般社會變遷的要務」。（Peter Brooker, 2003: 167-168）這在當代可以稱它為「兩性霸權」的崩毀；而崩毀後的世界就是「多元性別」的發展，包括異性戀、雙性戀、男同性戀、女同性戀、變裝癖、中性人、變性人、陰陽人和閹人等等都在「各領風騷」。（Vanessa Baird, 2003）這樣有關性別的「權力媒介」特性就要摻雜太多的「性別」變數，而導致它在被相關的權力欲求促動的過程中，不是很容易掌控或辨識。雖然如此，當今的兩性區分還是有相當程度的穩定性；而它的關係結構也被認為並不因多元性別的訴求而有所鬆動。如：

　　　　以男女之間的經濟關係來說，在這個時代國家經濟有很大一部分掌握在外國人手裏……以性別政治來說，在這個時代全球競爭都是透過國家重組、新自由主義和公營事業民營化在進行，陽剛化的軍隊、非正規軍和警察機關也都要經過國際統合協調……以性別符號來說，在這個時代男性特質或女性特質的特定形象會隨著全球媒體大規模地流通（如流行服飾、名人和職業運動員等），不同文化的性別意識形態也因為大規模的移民、通婚和文化交流而彼此交織融合。（R. W. Connell, 2004: 169）

說的就是這個意思。在這種情況下，性別的權力媒介向度就會因為它的穩定度而被「機遇性」的選定；而不論是哪一種主體，都可以或難或易的藉它來滿足相關的影響或支配的想望。（周慶華，2005：123-125）。換句話說，性別課題要攙入文學生產的行列，也只能是一種策略運作；至於它要不要分化或如上所述仍持續二元結構，那就看主體的權力伸展向度而定了。

　　以階級來說，階級是指人為的階層級次；而它比性別更受社會和文化因素的影響而廣為形成分劃的事實。所謂「在英國，儘管工業化導致社會動盪不安，階級的定義仍為較老舊的等級概念左右。較低層品級、勞工階級和社會上的中間等級跟貴族以及紳士們並存。而後隨著工業社會的層級劃分益趨嚴厲，它們也逐漸演變為上層、中產和工人階級等現在耳熟能詳的名稱……（而）美國人享有的自由權益保障，使歐式階級組織在美國無法存活。相對於大多數歐洲國家，美國提供較大的致富和消費機會，更何況美國境內投身工業領域的人口比率，從未達到英國工業化初期的水準。『中產階級』百業的欣欣向榮，使具主導性的『工人階級』意識在美國窒息」（Jeremy Seabrook, 2002: 21-24），這所提及的工業化造成英國生產性階級和非生產性階級的對立，以及自由權造成美國相關階級的彈性化，就是緣於一個「同質不同量」的社會和文化體制（工業化社會的背後有創造觀這種世界觀的「新衍」精義所致）；它雖然無法「易地而皆然」，但卻很明顯的流露出階級區分的社會學和文化學意涵。而其實這種人為的階層級次的劃分已經實踐出了許多類型：

　　　　馬克思主義提出了階級的經濟定義……階級的社會學定義強調了另一組因素，諸如背景、教育、職業、地位和品味……市場行銷專家也透過一組接近社會學解釋的範疇來定義階級。然而，他們著重的是身為消費者的人羣。因此，根據收入、消費力和習

慣，我們被界定為階級Ai，ii或iii以及Bi，ii或iii，諸如此類……
近來有關失業、無家可歸和滿懷憤恨的青少年的某些討論，也採
用了「底層階級」這個範疇來描述那些掉落在勞動市場之外，或
者從未加入勞動市場，也不是積極消費的人，因此傳統和較新的
範疇都無法適用在他們身上。（Peter Brooker, 2003: 48-50）

這還不包括電腦科技新貴以及主導當代流行的通俗文化的生產、傳播
體制的人；他們的富有和牽繫時代的脈動等優勢，儼然是最新王國的
主子。因此，在所可以展現權力媒介特性的眾媒介中，階級應該是最
具「變易」性的；它既不容置疑又容易被顛覆，以至還沒有人敢保證
今日風光佔勝的階級到了明日是否還能夠維持相同的局面。不過，一
樣為權力媒介，階級所可以給相關的主體借使的「力道」並不太受影
響（這只要看看社會中的人還是熱中奔競於上階層的晉升追求，就可
以想見一二）。（周慶華，2005：125-127）同樣的，階級課題要在文
學生產的行列扮演一個角色，也得受策略的制約。換句話說，權力主
體永遠是它的仲裁者，也是它的實踐者，最終都會結穴在權力主體底
下受到擺布。

以族羣來說，族羣通常以「種族」來進行生物學的提稱；只是
比起性別和階級在人身上所顯現的「標記」特徵，種族這種「混集體
性」的以遺傳和不變的特性來區別人的一種社會類目，就被認為是一
個有問題的範疇。所謂「諸人種的人類學描述，區分了高加索人種、
黑色人種和蒙古人種，這是奠基於可以辨識的基因或遺傳表現型差
異；但鑑於種族內部的可能基因變異以及遷移、重新定居和通婚的影
響，種族的存在本身經常有所爭議……這意味著種族是個社會和意識
形態的建構而非生物本性的事實」（Peter Brooker, 2003: 324-325），
說的就是這種情況。而種族印象的刻板化所引發的另一個後遺症，就
是「種族歧視」。這種歧視，根據論者的考察，已經源遠流長：如古

羅馬人以外地人為奴隸；猶太人先因宗教和經濟緣故被基督徒排斥，繼而無端遭人仇視；發現新大陸以後，殖民者虐待南美土著，又買賣非洲黑人做奴隸；十六世紀歐洲宗教統一的局面瓦解，各國的民族意識日趨尖銳，仇外風氣逐漸高漲，十九世紀出現多種推崇西北歐白種人的理論；日耳曼人屠殺猶太人，企圖消滅他們；美國黑人和白人一直無法平等的共存；南非實施種族隔離，把繁榮的已開發地區保留給白人等等都是。（François de Fontette, 1990）對於這筆「爛賬」，恐怕不是有人以底下這種批判就可以冀望發揮化解的效應：

> 如果我們接受遺傳表現型的差異為種族認同的證據，就會發生複雜的麻煩，那就是不變的種族性質或類型可以用來合理化社會不平等以及假定的生物性的既定智商能力層級……此外，一旦這種關連建立起來了，「種族」這個字眼，就可以用來在「種族化」的過程裏，指涉那些原本可能宣稱具有「族羣」認同的團體（例如納粹時代的猶太人；美國的非裔美人；或是英國的亞裔人）。種族化的描述乃是用來標記這些羣體，以刻板印象指出他們是比較低劣的「他者」。（Peter Brooker, 2003: 325）

它更要徹底檢討的是白人受造意識所衍生的優越感的非合理性。換句話說，白人信仰的上帝所給予「優選」的觀念只要一日不去除，就一日沒有種族平等相處的可能性。也因為這樣，有色人種外表立即可以察見的膚色不純粹所予以白人無知的如「原罪」般的對待，也就成了人間相互衝突的一大導火線：「為什麼人類自身這一毫無意義的特性，會對許多人種的自我形象產生如此重大的作用？僅僅是因為歷史一不小心就在兩個不同膚色的人羣中不平分權力和財富，而導致當中之一被稱為白人，另一羣則被稱為有色人種嗎？還是因為白人經常超出常規濫用權力傷害有色人種，從而使後者察覺到膚色的作用，感受

到了傷害，進而產生愈來愈強烈的憤怒情緒？」（Edward Shils, 2004: 600）這一連串的質疑，都要歸咎於白人的自我中心和妄生是非：倘若不是白人的種族優越感在「橫生阻礙」，也不致會有這麼多的難題無法解決。因此，在各自的終極信仰依舊根深柢固的情況下，種族被相關的主體選爲逐行權力欲求的媒介性，也就難以免除，並且「不慮有他」了。（周慶華，2005：127-129）文學生產在處理族羣課題時，稍一不慎，在當今可能就會引發多方的反彈和撻伐。雖然它也一樣進駐權力媒介的範疇，但總有人會不識大體的窮詰它被歧視或被忽視的「不平等對待」的社會原因，而導致人間更添一分緊張氣氛。（周慶華，1998：229-257；2004c：119-134）這釜底抽薪的辦法，不是去除族羣標記（這難度太高），而是反身自問權力行使的合理性，才可稍稍降低「人爲操作」的嚴酷性。

　　耍酷顯異作爲文學酷異學的內涵，裏面自然也可能會有不自覺的成分。像Shakespeare《暴風雨》一劇，就被認爲「表現了一種歐洲文化優越感，但他本人卻全然不察，甚至令人驚訝地還把顚覆這一優越感的素材也寫入劇本（如凱列班面向捉弄他的人大叫『你們教會了我語言，而我所得到的好處是知道了如何詛咒』，這不啻更爲充分體現出有文字文化的優越感）」；而在歐洲人和「野蠻人」的對立中，作者似乎還是認識到了語言所具有的強大壓迫力（如他把凱列班描寫成一個冥頑不化的野獸，這就足以說明他最終站到了沾沾自喜的殖民主義這一邊）。（盛寧，1995：43-44引）還有一本討論「寫作的女人生活危險」課題的書，也把寫作的女人「她們的生命通常都非常短暫；就算活得長，有時卻在孤獨、貧窮中度過，最後更經常完全被人遺忘」（Stefan Bollmann, 2009: 19-20）的刻板印象，不經意的流露出來（其實還有更多長命的女性作者）。這些都有待重新發掘它的「潛在」權力制約性，才不會被表面現象瞞蔽了去。而這統稱爲文學酷異

學的正當性，也就在它的對象隨時都有可能介入文學生產，而展開一段我們不得不面對的「著色的權力之旅」。

第五節　文學哲學／後設性與基進性

　　文學所表現的思想情感裏，有一種帶「後設性」的表現方式，可以使文學變得有深度（有兩層以上的意涵），而這就是哲學的功勞。哲學從古希臘時代開始以「愛智」（philosophia）聞名，爾後逐漸轉成「後設思維」的通稱（周慶華，2007b），爲各個學科在抽象層次上的共相。文學也是一種學科，自然也得有哲學在背後深化它的學科性。這種深化，所保障的是文學隨時都有可能在後設思維的進程中維持它的「厚度」。換句話說，如果沒有哲學的介入，文學的采邑就會因爲不見深根而轉趨浮表化，最後連要怎麼「發展」都無從想像。

　　在這種情況下，文學哲學就是一個幾乎已經內蘊的課題，現在把它提出來討論，也不過是要讓它「顯明化」而已。然而，一般在談這個文學的次學科時，都僅止於文學內含有哲理就准予放行，根本忽略了「後設性」才是它的恰切面目。好比底下有三家的說法：

> 　　我們站在文學的立場上，無論去欣賞任何文藝，對於文藝的內容，似乎大部分都是要從一種哲學的領悟上，才能得到快感。（劉萍，1974：241）

> 　　文學的真精神，是藉對宇宙人生作深入而透徹的描寫和表達，因而美化淨化人生，從而提高人生的境界。這一完美高深的境界，也就達到了哲學的意境，也完成了文學的最高目標。（蕭

文學概論

傳文，1977：286）

> 哲學對於文藝的影響：首先，表現在認識事物的原則和方法
> 上……其次，有許多作家藝術家常常從哲學家那裏吸取精神養
> 料……再次，各種創作方法也總是以一定的哲學思想作爲理論
> 基礎……（吳中杰，1998：72-75）

這都不出同一套論述範疇（只有第三家還知道跨到寫作方法上；但因
爲前後論調不一，所以使得這一部分也不知「從何凸顯」）：也就是
對於文學必要蘊含哲理而加以肯定文學和哲學的關係。這不能說有什
麼問題，但試想有那一種文學不蘊含一點哲理的？像論者所揭發的這
樣：

> 中國古代的哲學思想家，有不少也是傑出的文學家，如刪訂
> 《詩經》的孔子，就是一位偉大的文學批評家……至於愛國詩人
> 屈原，在他不朽的詩篇《楚辭》中，也洋溢著濃烈的儒家兼道家
> 的哲學思想。在西洋文學中，德國的偉大作家歌德，在他的《浮
> 士德》中所表現的理想和現實的衝突，靈和肉的搏鬥，終於理想
> 戰勝現實，靈克服了肉欲，表現了這一哲學思想的理念。法國小
> 說家巴爾札克所寫的《人間喜劇》，充滿了人道主義思想和自由
> 的觀念，充分展示了他悲天憫人的胸懷……（蕭傳文，1977：
> 287-288）

難道不是所有的作品都可以比照著詮解它們的哲學思想？這麼一來，
哲學如何能凸出它在文學中的「特殊」重要性？因此，只有從後設思
維的角度來看待，文學哲學才有它的重量。

由於當前談文學哲學課題的人，都不離「有許多文學作品中都
有明顯的哲學思想……大致可分爲明顯的、隱含的兩種。例如沙特

232

的《嘔吐》、杜思妥也夫斯基的《卡拉馬佐夫兄弟》、湯馬斯‧曼的《魔山》和易卜生的《野鴨》等都屬於前者，因為當中有很多地方直接論及哲學問題，而且有分析、論證以及清楚的論點。如果將它們由作品中孤立開來，有時就像哲學作品一樣。喬伊斯的〈逝者〉、卡繆的《異鄉人》、契訶科夫的《海鷗》和朱西寧的〈破曉時分〉等都屬於後者，因為他們雖然在表面上好像沒有關於哲學的論辯，但隱含著某種哲學觀念或思想，而且了解這些觀念和思想對了解整個作品是很重要的」（劉昌元，2002：1）這類論述的範圍，所以有關文學哲學這個文學的次學科就還無法建立起來（大家總會懷疑不是每件作品都可以這般分開歸結的嗎）；以至像前面所強調的從「後設性」入手，也就成了重新構設文學哲學的一個契機。

　　文學哲學這種後設性，主要是後設思維文學的觀念（這是作為差別學科必要的標誌；否則文學哲學跟其他哲學又有什麼差別呢）。如前現代寫實性的作品，它的機械式的模寫或帶價值觀的模寫的觀念差異（王夢鷗，1976a：55-56；姚一葦，1985a：96），就造成了機械寫實主義（自然主義）和非機械寫實主義的分野（二者為寫實主義的次流派）；而現代新寫實性的作品，它的面向未來而創新觀念或創設理想情境的堅持（詳見第六章第三節），則展現出跟前現代寫實觀念決裂的態度；至於後現代語言遊戲性的作品和網路時代超鏈結性的作品，它們為支解先前文學主張的企圖也昭然若揭（詳見第六章第四、五節），更讓人凜於後設文學觀念波動的「與時俱進」和「難以捉摸」性！而這還只是在創造觀型文化一系內的差異表現；倘若再擴及氣化觀型文化和緣起觀型文化，那麼有關文學的異質性就得再別作估量了。

　　就以較「龐大」解構風潮的後現代小說為例，它的被後設思維的情況已經不知凡幾了。我們知道，後現代小說是以後設小說為代表，

而後設小說則得歸諸一方面是小說家自覺的直接寫作，而另一方面則是後現代情境的間接促成。（周慶華，1994：21-22）因爲它所標誌的小說必須不斷地將自身顯示爲虛構作品以及在作品內部尋求寫小說的意義何在，同時還要努力捕捉事物的本來因素，對客體世界和人進行重新估價（Douwe Fokkema等, 1992: 48-49）；而這主要還是緣於西方創造觀型文化內敘事寫實傳統不斷翻新求變的一個「階段性」的表現。（周慶華，2007c：21-22）一如論者所描繪的：

> 後設小說指描寫小說本身的小說，講述當中的創意、手法和結果。許多後設小說從嶄新眼界來重視先前的小說寫作，引進新的主題，針對既有素材作新穎闡述。另有些作品則著眼於寫作過程，闡明作者和所寫文本的關係。於是深究它的本質，後設小說就往往帶有自我指涉和諷刺意味，彰顯小說本身的巧詐和虛幻。
> （Noah D. Oppenheim等, 2008: 306）

這種亟欲「以解構爲創新」的作法，就是西方人爲再造新潮而「不擇手段」的具體展示。它所徵候的爲媲美造物主的「創意」連同強烈的支配欲望，已經深深地刻鏤榮耀專屬於西方世界的「時代的身影」。所謂「公認的後設小說家，有英國的強森、佛列斯、卡特、阿克洛德和葛瑞；義大利小說家艾柯和卡爾維諾；以及美國小說家納柏柯夫、羅斯、歐斯特和較近的丹尼柳斯基。也許最常被引用的例子，是阿根廷的波赫士」（Peter Brooker, 2003: 244）、「另有些後設小說著眼於寫作、閱讀過程。昆德拉的《不朽》，把作者納入作品飾演一角，在裏面評價他自己的創作。康寧漢的《時時刻刻》，以三段故事來探討吳爾芙的《戴洛維夫人》：分述1923年吳爾芙本人撰寫的那部小說；1949年洛杉磯一位家庭主婦閱讀那部小說；還有1990年代晚期紐約一位婦人無意間重新經歷小說所述事件」（Noah D. Oppenheim等, 2008:

306）等這般的開單「表揚」，豈不說明了非西方世界的小說家沒機會或不夠格「參贊盛事？後設小說終究要在凡事講究創新的西方世界裏得到定位；它的興起是這樣，它後來的衍變（特指網路小說）也是這樣」。（周慶華，2008b：177-179）

　　大體上，後設小說的後設性（在小說裏談小說），也跟其他如「後設政治」、「後設修辭」和「後設戲劇」等等一樣，都體現了對人類如何反映、建構和傳達他們在這個世界上的經驗時所遇到的難題，而表現出來的一種甚爲普遍的文化興趣；後設透過正當的自我探索去追尋上述這類問題，把世界當作書本去抽取傳統的隱喻，但又常常依據當代哲學、語言學或文學理論的術語，對這種隱喻加以改造（Patricia Waugh, 1995: 3）。因此，後設小說的主要使命，就是在探索語言和它所對應世界之間的關係：

　　　　現今對於「後設」層次上的話語和經驗所加深了的認識，部分來自於一種增強了的社會和文化的自我意識……語言和現象世界的關係極複雜，充滿疑問，但又是約定俗成的。「後設」這樣的術語，就被用於探索這具有隨意性的語言系統和跟它明顯相關的現實世界的關係。在小說中，則用於探索屬於虛構的世界和虛構「之外」的世界的關係。（Patricia Waugh, 1995: 3-4）

這所揭發的語言成品的虛幻性（也就是客體世界純爲語言所構設，而該構設所夾帶的「隨意性」則又更添一份不確定性），也就成了後設小說最大的標誌；從此小說的寫作所受的影響，宛如在經歷一場「搶眞」和「疑眞」的爭奪戰。此外，後設小說爲了質疑和排斥傳統種種的成規，在自我風格的塑造下，以「或凸顯寫作的刻意性而展露對於寫作行爲的極端自覺和敏感」、「或暴露寫作的過程而強調一切尚在進行的未完特質」和「或一意談論作品的角色、情節」等爲耀眼的表

現（孟樊等編，1990：299-311）；而在相應的技巧採用上，則以「諧擬」和「框架」的運用為一大特色。前者（指諧擬，以兩種符號或聲音並存其中彼此抗衡），在藉由「逆轉」和「破壞」為人熟悉的小說傳統來達到批判的目的；後者（指框架），則在指陳小說傳統所謂「開端」或「結尾」的武斷性，並藉框架模糊以建立幻覺及持續暴露框架以破壞幻覺，來達到解構的目的。（同上，311-316）而這些全為Patricia Waugh《後設小說──自我意識小說的理論與實踐》一書所指陳的，諸如自我指涉、對異質的讚頌、諧擬和框架等有關後設小說的技巧及其整體的風格特徵。（Patricia Waugh, 1995）據論者的考察，在臺灣二十世紀八〇年代中期以後的「續為仿西」風氣中，也不乏一些可勉強相比的短製。（孟樊等編，1990：299-316）但既然「開風氣之先」的是別人，國人的「應景」或「閒為追隨」的作為，在相對上就「純屬影附」或「小人家一號」。（周慶華，2008b：179-181）

後設小說是經過這樣的哲學反思而定調的（雖然它的問題多多。詳見第六章第四節），相同的其他類型的作品也是經由類似的程序而得著該類型式的保證；否則就不會有各種文體以及各種學派作品的產生。所謂的文學哲學，是指這種情況；而它還可以無限後設下去，比如反思寫實／新寫實／語言遊戲／超鏈結「如何可能」之外，再進一步反思「是誰需要這些寫實／新寫實／語言遊戲／超鏈結以及未來是否還有可以超越的地方」等等，以顯示文學哲學這一文學次學科的獨特性（別的次學科就沒有這種能耐）。而這一轉，就可以把文學帶往「基進」途徑上去。（周慶華，2004e）

「基進」（radical），是一種空間和時間中的關係，是一種特殊的相對關係。它在被運用時，有衝破一切藩籬的效力和不拘格套的自主性。如呈現在空間關係上，它就反對一切傳統霸權式的空間佔領策略（由侷限在山頭的堡壘逐漸蠶食鯨吞到控制廣幅空間流動的一方

霸主）；而呈現在時間關係上，它也反對一切傳統霸權式的時間佔領策略（一方面它透過歷史的造廟運動，不斷地「塑造」悠久連續的歷史傳統；一方面它以「負責的」社會工程師自居，不斷地預言未來秩序，建構未來的新社會）。（傅大為，1991：代序4）因此，文學哲學所可以顯現的基進性，也就是緣於它的後設性在「向前」提供文學發展的方案時，基進性是它的帶終極性的選擇，從此文學就有了一個高度自由馳騁的空間。而這在現代／後現代／網路時代文學更迭出現以後，就一路開啓它不斷突破「既有規範」的旅程；今後我們一樣可以再向前尋找基進的出路，從而體現文學哲學極致深度的質地。

第六節　文學文化學／詩性思維與情志思維

　　一切有關文學的課題，最終要理解它「究竟是如何可能的」，當別的文學次學科不足以提供解答時，就要靠文學文化學了。文學文化學是從文化學的角度來處理文學本身最深層內蘊的問題（一併收攝了文學宗教學、文學哲學、文學政治學、文學經濟學和文學酷異學等深淺順次學科），它包括了整體文學的思維形態、演變方式和各類型作品手法的差異等，都有待文化學給予梳理說明。而在這種梳理說明能自成體系後，文學文化學也就跟著確立下來，且躍居各文學次學科的優先位置。

　　通常文化學所給文化的界定是家家不同（John Storey, 2003; Chris Barker, 2004; Jeff Lewis, 2005），很難取得一致見解。但為了顯示它有別於自然或泛泛的生活形態，還是可以從中選取相應的家數來代替重新限定（也就是如果有現成可用的文化界定，就毋須再耗費心力去窮

爲限定）。而這已經有一種專取文化的「創造力」表現的說法可加以
沿用：

> 文化是一個歷史性的生活團體（也就是它的成員在時間中共
> 同發展的團體）表現它的創造力的歷程和結果的整體，當中包含
> 了終極信仰、觀念系統、表現系統和行動系統等。（沈清松，
> 1986：24）

這個說法，包含幾個要素：㈠文化是由一個歷史性的生活團體所產生
的；㈡文化是一個生活團體表現它的創造力的歷程和結果；㈢一個生
活團體的創造力必須經由終極信仰、觀念系統、規範系統、表現系統
和行動系統等五部分來表現，並在這五部分中經歷所謂潛能和現實、
傳承和創新的歷程。文化在這裏被看成是一個大系統，而底下再分五
個次系統。這五個次系統的內涵分別如下：終極信仰是指一個歷史性
的生活團體的成員，由於對人生和世界的究竟意義的終極關懷，而將
自己的生命所投向的最後根基，如希伯來民族和基督教的終極信仰是
投向一個有位格的造物主，而漢民族所認定的自然氣化過程的道或
理，也表現了漢民族的終極信仰；觀念系統是指一個歷史性的生活團
體的成員，認識自己和世界的方式，並由此而產生一套認知體系和一
套延續並發展它的認知體系的方法，如各種程度的知識和各種哲學思
想都是屬於觀念系統，而科學以作爲一種精神、方法和研究成果來
說，也都是屬於觀念系統的構成因素；規範系統是指一個歷史性的生
活團體的成員，依據他的終極信仰和自己對自身及對世界的了解（就
是觀念系統）而制定的一套行爲規範，並依據這些規範而產生一套行
爲模式，如倫理和道德等；表現系統是指一個歷史性的生活團體的成
員用一種感性的方式，來表現該團體的終極信仰、觀念系統和規範系
統等，因而產生了各種文學和藝術作品；行動系統是指一個歷史性的

生活團體的成員，對於自然和人羣所採取的開發或管理的全套辦法，如自然技術（開發自然、控制自然和利用自然的技術）和管理技術（就是社會技術或社會工程，當中包含政治、經濟和社會等三部分）等。（沈清松，1986：24-29）以上五個次系統，可以整編爲這樣的關係圖（周慶華，2007a：184）：

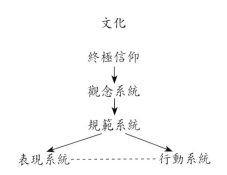

文化

終極信仰

觀念系統

規範系統

表現系統------------行動系統

圖8-6-1　文化五個次系統關係圖

當中終極信仰是最優位的，它塑造出了觀念系統，而觀念系統再衍化出了規範系統；至於表現系統和行動系統，則分別上承規範系統／觀念系統／終極信仰等（按：表現系統和行動系統之間並沒有「誰承誰」的情況；但它們可以「互通」〔所以用虛線來連接〕。如「政治可以藝術化」而「文學也會受政治／經濟／社會影響」之類）。而這接著可以再談的是世界現存三大文化系統的「系統別異」問題：在創造觀型文化方面，它的相關知識的建構（及器物的發明），根源於建構者相信宇宙萬物受造於某一主宰（神／上帝），如一神教教義的構設和古希臘時代形上學的推演，以及近代西方擅長的科學研究等，都是同一範疇；在氣化觀型文化方面，它的相關知識的建構，根源於建構者相信宇宙萬物爲自然氣化而成，如中國傳統儒道義理的構設和衍化（儒家／儒教注重在集體秩序的經營；道家／道教注重在個體生命

的安頓，彼此略有「進路」上的差別）正是如此；在緣起觀型文化方面，它的相關知識的建構，根源於建構者相信宇宙萬物為因緣和合而成（洞悉因緣和合道理而不為所縛就是佛），如古印度佛教教義的構設和增飾（如今已傳布至世界五大洲）就是這樣。這麼一來，就可以依上述的五個次系統分別填列內涵而標出三大文化系統的特色（周慶華，2005：226）：

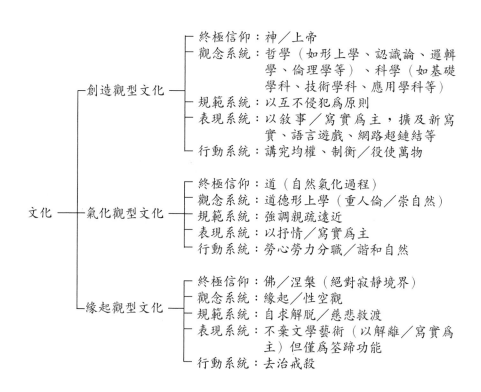

圖8-6-2　世界現存三大文化系統的特色

而由此也可見，三大文化系統的文化形式為一而文化實質卻大有差別。這如果還要進一步了解為什麼西方有所謂的民主政治和科學發達

等而非西方則否的問題，那麼就可以這麼說：西方國家，長久以來就混合著古希臘哲學傳統和基督教信仰，這二者都預設（相信）著宇宙萬物受造於一個至高無上的主宰，彼此激盪後，難免會讓人（特指西方人）聯想到在塵世創造器物和發明學說以媲美造物主的風采，科學就這樣在該構想被「勉爲實踐」的情況下誕生了（同爲古希伯來宗教後裔的猶太教和伊斯蘭教，在它們所存在的中東地區，因爲缺乏古希臘哲學傳統的「相輔相成」，就不及西方那樣成就耀眼）。至於民主政治，那又是根源於基督徒深信「人類的始祖」因爲背叛上帝的旨意而被貶謫到塵世，以至後世子孫代代背負著罪惡而來；而爲了防止該罪惡的孳生蔓延，他們設計了一個「相互牽制」或「相互監視」的人爲環境，也就是所謂的民主政治（一樣的，信奉猶太教和伊斯蘭教的國家並沒有強烈的「原罪」觀念，或根本沒有「原罪」觀念，所以就不時興基督徒所崇尚的那種制度，而終於也沒有開展出民主政治來）。反觀信守氣化觀或緣起觀的東方國家，它們內部層級人事的規畫安排或淡化欲求的脫苦作爲，都不容易走上民主政治的道路。因爲人既被認定是偶然氣化而成，自然就會有「資質」的差異，接著必須想到得規避「齊頭式平等」的策略，以朝向勞心／勞力或賢能／凡庸分治或殊職的方向去籌畫；而一旦正視起因緣對所有事物的決定性力量，就不致會耽戀塵世的福分和費心經營人間的網絡。相同的，科學發明沒有可以榮耀（媲美）的對象，而「萬物一體」（都是氣化或緣起）或「生死與共」的信念既已深著人心，又如何會去「戡天役物」而窮爲發展科學？顯然各文化系統彼此形態不同，從終極信仰以下幾乎沒有一樣可以共量；這一旦要有所相強（被強迫者倘若想仿效對方，那麼也不過是「邯鄲學步」，終究要以「超前無望」的憾恨收場），前景勢必不會樂觀。（周慶華，2007a：185-188）而這在過去的文學領域已經「見證歷歷」了（詳見第六章），今後同樣會再考驗

著弱勢的一方自我文學可否「獨立自主」和向前「異轡各驅」的能耐！

因為文化較深層次觀念系統中世界觀的不同（終極信仰已各內在當中），所以屬於表現系統的文學也跟著互異起來。而這種專屬文學「系統內」的差異，可以考察的是文學形式為一，而文學內質則有偏強／偏弱或偏外／偏內的分別。且看下列兩首詩：

黃鶴樓　崔顥

昔人已乘黃鶴去

此地空餘黃鶴樓

黃鶴一去不復返

白雲千載空悠悠

晴川歷歷漢陽樹

芳草萋萋鸚鵡洲

日暮鄉關何處是

煙波江上使人愁

（清聖祖敕編，1974：1329）

十四行詩（二）　Shakespeare

四十個冬天將圍攻你的額角，

將在你美的田地裏挖淺溝深渠，

你青春的錦袍，如今教多少人傾倒，

將變成一堆破爛，值一片空虛。

那時候有人會問：「你的差質——

你少壯時代的寶貝，如今在何方？」

回答是：在你那雙深陷的眼睛裏，

只有貪欲的恥辱，浪費的讚賞。

> 要是你回答説:「我這美麗的小孩
>
> 將會完成我,我老了可交賬——」
>
> 從而讓後代把美麗繼承下來,
>
> 那你就活用了美,該大受頌揚!
>
> 你老了,你的美應當恢復青春,
>
> 你的血一度冷了,該再度沸騰。
>
> (Shakespeare, 2000a: 216)

前一首被譽爲唐代七言律詩的壓卷之作(嚴羽,1983:452),且連詩仙李白都嘆服不已(楊愼,1983:1003),但也僅止於「斂形」式的描景寫情寓事寄意罷了(重點在情意;景事則爲寫寄象徵所選用的廣義的意象)。後一首則顯得聯想翩翩(光前四句就遍採隱喻、換喻、借喻和諷喻等譬喻技巧),儼然一副奔放自如且「主導權在我」的樣子。這種「抒式」有別而不便混同看待,就是所謂系統內的變數(周慶華等,2009:8-10),也是文學文化學必須介入才能解説清楚的。

嚴格的説,系統內的變數無法只從表出形式去理解它的「所以然」,而得另外尋索或許才有可能深契。而這依東西方文學傳統所顯現的差別來勘察,則約略可以知道:西方人所信守的創造觀這種世界觀,預設著天國和塵世兩個世界,不啻提供了他們可以「遙想」或「揣測」的廣大空間,以至發展出了極盡想像力式的文學傳統;而東方的中國人所信守的氣化觀這種世界觀和印度佛教徒所信守的緣起觀這種世界觀,則分別預設著精氣化生流轉的單一世界和另有超脫趨入的絕對寂靜的佛境界(僅爲生沒有生的感覺/死沒有死的感覺的解脫狀態;截然不同於創造觀型文化中的天國),而少了可以遙想或揣測的廣大空間,以至儘往內感外應和逆緣起解脫的途徑去形塑各自的文學傳統。當中緣起觀型文化這一系但以文學爲筌蹄,不事雕飾華蔚,比較「乏善可陳」;剩下氣化觀型文化一系自鑄異貌,而足可跟前者

在思維上對比逞能。（周慶華等，2009：10）換句話說，舉世所實踐過的文學至少有中西兩大類型足以競比互映。它在西方傳統爲詩性思維（非邏輯的思維，以隱喻、換喻、借喻和諷喻等手段來創新事物）所制約，而在中國傳統則爲情志思維（純爲抒發情志的思維，目的不在馳騁想像力而在盡可能的感物應事）所制約，彼此一傾向「外衍」一傾向「內煥」；馴至外衍的恣肆宏闊而有氣勢磅礴的史詩及其流亞戲劇和小說的賡續發皇，而內煥的精巧洗練而有抒情味濃厚的詩歌及其派典詞曲和平話等的另現風華。（周慶華，2008a：196）

　　具體一點說，詩性思維在早期的表現，以直接用來處理人／神衝突而見於史詩和兼攝的戲劇爲主調；文藝復興以後，人文主義擡頭（上帝暫時退場），開始改變片面模擬而勤力於仿作以媲美上帝造物的風采，於是有強調情節、布局、人物刻畫和背景渲染等寫實小說的興起，以及轉移焦點到關注人和自我性格的衝突或人和社會體制的衝突的近代戲劇的進展。當中愈見理性的邏輯結構（包含幾何觀念的運用、語理解析的強化和因果原理的發揮等），並沒有消減詩性思維的光芒（也就是它仍然保有大量隱喻、換喻、借喻和諷喻等藝術形式）。而後現代的前衛詩和超現實小說或魔幻小說以及荒誕劇等，也不過是把模象轉向造象，以爲超越傳統的窠臼而已；它的「未來感」還是夾纏著濃厚的詩性思維在起另類聯想的作用。至於以解構爲能事的後現代的遊戲性的詩／小說／戲劇以及崇尚超鏈結的網路時代的多向性（兼互動性）的詩／小說／戲劇等，也是在同一個文化氛圍裏「力求新異」的表現罷了；它的虛無化依舊無法不仰賴詩性思維來作最後的調節或折衝。反觀情志思維，就沒有前者那樣衍化出「波瀾壯闊」的文學場景；但僅以有「情志」才鋪藻成篇（雖然有時也不免要「爲文造情」一番），在先天上就不是詩性思維式的可以「聯想翩翩」或「窮爲想像」。因此，相關的藝術形式就會約束在一個「爲情

造文」的高度自制的有限的美感範疇裏。中國傳統所見的這種情志思維，從《詩經》以下到《楚辭》、樂府詩、古體詩、近體詩、詞、曲等等，都緊相體現著（差別只在形式、格律等外觀上的前後稍事變化罷了）；而受佛教講唱文學影響且結合詞曲而摶成的雜劇／傳奇，以及承繼古來說書藝術而更精銳發展的平話／小說等，也無不深為蘊含。即使是較後出且紛紛為憤激或為勸懲或為諷刺而作的長篇章回小說，也仍然不脫「抒情」的範疇。而這一抒情，在「內煥」的過程中，不論是為「用世」的還是為「捨世」的（前者是儒家式的，後者是道家式的〔在後來有局部為東來的佛教所「收編」〕），它難免都要有一個「精雕細琢」洗練相關思維脫俗的程序，以至所見品類日增細碎而情采更加粲備，直如氣脈流注，響應不絕。（周慶華，2008a：200-203）中西方文學的這種質距，即使到了近代國人追隨西方人的寫作手法，也未嘗有太大的改變。就以底下兩首詩來作對比：

> **迴旋曲**　余光中
>
> 琴聲疎疎，注不盈清泠的下午
> 雨中，我向你游泳
> 我是垂死的泳者，曳著長髮
> 　　向你游泳
> 音樂斷時，悲鬱不斷如藕絲
> 立你在雨中，立你在波上
> 倒影翩翩，成一朵白蓮
> 　　在水中央
> 在水中央，在水中央，我是負傷
> 的泳者，只為採一朵蓮
> 一朵蓮影，泅一整個夏天
> 　　仍在地上

......

我已溺斃，我已溺斃，我已忘記

自己是水鬼，忘記你

是一朵水神，這只是秋

　　蓮已凋盡

（余光中，2007：160-162）

女人的身體　Pablo Neruda

女人的身體，白色的山丘，白色的大腿

你像一個世界，棄降般的躺著。

我粗獷的農夫的肉身掘入你，

並製造出從地底深處躍出的孩子。

......

為了拯救我自己，我鍛鑄你成武器，

如我弓上之箭，彈弓上的石頭。

但復仇的時刻降臨，而我愛你。

皮膚的身體，苔蘚的身體，渴望與豐厚乳汁的身體。

喔，胸部的高腳杯！喔，失神的雙眼！

喔，恥骨邊的玫瑰！喔，你的聲音，緩慢而哀傷！

我的女人的身體，我將執迷於你的優雅。

我的渴求，我無止境的欲望，我不定的去向！

黑色的河床上流動著永恆的渴求，

隨後是疲倦，與無限的痛。

（Pablo Neruda, 1999: 16-17）

前一首新詩為此地詩人仿西方自由詩寫成的，僅以白蓮／泳者和水神

／水鬼兩組意象的對列來象徵一場情愛不成的遺憾；這除了形式和西方自由詩類似，整體上還是傳統那一觸景生情／睹物思人的遺緒（並沒有創新什麼）。後一首為西方道地的自由詩，意象彩麗紛繁，將詩人所鍾愛的女子妝飾到難以復加；當中所借為隱喻該女子身體的「白色的山丘」、「苔蘚的身體」、「胸部的高腳杯」、「恥骨邊的玫瑰」等構詞，則不啻有意要創新一個引人迷戀的女子形象。（周慶華等，2009：14-16）

　　以上所涉及的文學整體思維形態及其演變方式，已經明顯可見異系統的差別，更別說「內在當中」較細微的各類型作品手法的必然歧異了。姑且以敘事手法（詳見第四章第三節）為例，有人試著要來解釋這種歧異現象：

　　　　伴隨著理論上的探索，對內部聚焦（限制觀點）的自覺運用是從十九世紀末才開始的。造成這一轉變有多方面的歷史原因：哲學和意識形態方面，有一元論向相對主義的過渡；文學上，有福樓拜、詹姆斯一派作家對小說的客觀化、非個人化效果的推重……使小說家意識到可以透過多種多樣的方式來感知和反映外在世界。這些因素，都促成了內部聚焦方式在二十世紀小說中的廣泛採用。（羅鋼，1994：188-189）

　　　　「光陰似箭」這句中國人用以形容時間自然矢向的不可逆轉的話，在這裏變成了可以商量的事情。西方人說，敘述從中間開始；他們從荷馬史詩時代就這樣做過。從中間講起的事情，難免要追溯一下來龍去脈，這就使得倒敘成為不可避免了。（楊義，1997：148）

這以「慣例」或「推新」（慣例說，指後一則；推新說，指前一則）來解說中西方敘事模式的不同，仍然不太足夠。也就是說，我們還可

以再追究慣例「為何如此」或推新又「如何可能」；但論者並沒有再論述下去。我們想了解這個問題，還是得從中西方人信守的世界觀著手。西方人所信守的創造觀，可以展現出兩面的作為：一面是當他們不如造物主全知全能時，就會「謹慎從事」，而有限制觀點和旁知觀點的設置；而另一面是當他們妄自尊大想媲美造物主創造萬物的風采時，就會「處心積慮」要突破現狀，而有順敘以外各種敘述方式和多變化敘述結構的發明。至於中國人所信守的氣化觀，只能促使能寫作的人「優質自居」（精氣有「純度」的不同）而教化心切，始終普遍但以「達意」為最終考量；而在沒有什麼造物主可以「憑藉」的情況下，也無從想及要「變化花樣」，以至所寫出的作品就不如西方所見的那麼多采多姿。（周慶華，2002a：213-214）而這在白話文學興起後，改為仿效西式的敘事手法雖然略有成效，但整體上都只是人家的附庸，離可以超前自樹的目標還很遙遠。這不啻也預示了異系統文學的不可共量性，終究要有人來轉向求取新裁。

此外，像戲劇中的悲劇塑造手法，也同樣有南轅北轍的現象。正如有人所考察到人類的一部戲劇史有幾個階段的演變：

> 一切戲劇的題材都是描寫人類意志的一種鬥爭。從希臘時代起直到現代為止，一共創造了四種形式……戲劇發展的第一型，描寫個人和運命抗爭，希臘戲劇可為代表（如蘇福克拉斯《伊底帕斯》……戲劇發展的第二型，顯示出個人被預定失敗，卻並不為了自己命運的難以抗衡的勢力，而只為了他自己的性格襲有某種遺傳的缺陷，莎士比亞的戲劇可為代表（如《哈姆雷特》）……戲劇發展的第三型，顯示個人和環境抗爭，描寫個人的性格和社會情境之間的劇戰，近代的社會劇可為代表（如易卜生《娜拉》）……戲劇發展的第四型，描寫集團和集團的鬥爭，這是現代戲劇創作的主要傾向（如高爾基的《夜店》）……（趙如琳，1991，1-20）

這是特指西方的情況。在西方，悲劇所受的評價一向高於喜劇。而這當不只是像Aristotle所說的，悲劇可以使人的哀憐和恐懼的情緒得到淨化或洗滌（Aristotle, 1986）那樣消極而已，它還有像Friedrich W. Nietzsche所說的，能讓人重新肯定生命的悲劇精神而積極的對人生世界充滿樂觀的希望。（Friedrich W. Nietzsche, 2000）這是因為西方人所信守的創造觀，已經命定他們要被「拋擲」到塵世來承受各種苦難；以至正視人生的這種悲劇性並設法從中脫困，也就成了西方人所能追求的理想。因此，悲劇的存在，無異「道」出了西方人心中的痛，同時也「激」起了他們的希望和夢想，才會受到他們的重視。反觀中國的悲劇，不論是精衛填海式的（跟邪惡勢力抗衡到底，如關漢卿《竇娥冤》），還是孔雀東南飛式的（以寧為玉碎而不為瓦全的精神跟現實抗爭，如小說《嬌紅記》和電影《梁山伯與祝英台》），或是愚公移山式的（一代接著一代跟現實搏鬥，如紀君樣《趙氏孤兒》），都以追求「團圓之趣」為歸宿（熊元義，1998：221-223）；這是在氣化觀為前提下，作者自居高明或道德使命感的促使而為人間不平「補憾」的結果（不論是在生前得到補償還是在死後得到補償，人間有的不平都無從逸出去像西方人那樣改向造物主控訴或尋求補救，這是任何一個傳統的中國人「共有的認知」；而作者特能編綴「曲折離奇」的情節以享讀者／觀眾罷了），實際的苦難還是得勞當事人自我「寬慰化解」，而無法別為寄望。不過，這種大團圓的結局（如氣散而又聚合），還是可以聊為喚起人對「天理」的一點信心，而不致妄自絕望。（周慶華，2002a：333-334）可見中西方悲劇的同前式的「互轉」困難性，還是得有人勇於突破且重新找到出路。而所謂的文學文化學，也就在這個「提供新方案」的終極點上，顯現它非凡的功能性。

第九章
文學究竟還能成為什麼

🌀 第一節　資訊文學化

　　談了這麼多文學的課題，尤其是對外來強勢文學的凌駕儘可能的予以分辨和批判，無非是要帶出經過這一番波折後「文學究竟還能成為什麼」的問題意識。這一方面是在問國人不再仿效別人的路在那裏；另一方面也是在問西方文學已經發展到了臨界點（產業化能趨疲）可否還有前景？而這如果是順著第二章「文學可以成為什麼」的思路，那麼就可以綜合的問：既然已經「強與時俱進」了，又能再出什麼新招數？換句話說，經由設定的整套文學理論可供現實所需後，就剩下一個追問「還能成為什麼」的文學未來學的議題了。

　　這並不是說所規模的整體文學觀不再期待它持續下去，而是說站在現時「要突破未突破」的立場，還可以基進式的作點別的展望，總是一件「高度負責」的事；而我作為一個自詡要推出新文學樣品的論述者（詳見第三章第一節），沒有理由在這個環節缺席。而這優先是有關未來文學的「內涵」問題：在先前的文學演變中，網路超鏈結似乎是要出來總綰這一切了。但又不然！它的半封閉式的多向／互動機制，早就預告了還有另行努力的空間（詳見第六章第五節）。再說自古以來所見的註疏、題畫、歌舞、外交賦詩和說書等，也都多少有點超鏈結的跡象，差別只在它們的意符／文本延異性不及在網路上的表現那樣可以更強行而已。還有在後現代小說裏，也常可見一些別出心裁的超鏈結作法：

　　　　二十一世紀的小說讀者，即使經過米洛拉德‧帕維奇《哈札爾辭典》，以字典辭條注釋形式寫成的小說；馬丁‧艾米斯《時

間箭》，以錄影帶倒帶逆轉形式從棺木寫到子宮的小說；馬克・薩波塔《第一號創作》，一百五十張撲克牌構成隨機取樣不裝訂的小說；以塔羅・卡爾維諾《如果冬夜，一個旅人》，印製廠裝訂錯誤造成許多不相干短篇組成的長篇小說；亞瑟・伯格《一個後現代主義者的謀殺》，借用謀殺探索外殼其實四處夾帶文藝理論的小說；唐納德・巴塞爾姆《白雪公主》，安排是非題、選擇題、簡答題考試卷的反童話小說……依然對弗拉基米爾・納博科夫《幽冥的火》充滿新鮮好奇。（Vladimir Nabokov, 2006：莊裕安導讀7）

　　《幽冥的火》……不但把所有的文體一網打盡，包括詩（長詩／短詩）、小說、評論／註解、戲劇（當中有幾段還是用劇本的形式寫成的）和索引，探討的主題更涵蓋人生、孤獨、性、死亡、愛情、友誼、權力、政治、語言、宗教、道德、罪惡、心理分析、文學評論、翻譯、學術研究和藝術創作等。這部小說就像一個黑洞，深邃而偉大，把所有的文體和主題都吸了進去，成為二十世紀小說史的一個奇觀。（同上，譯後記359）

這同樣也難以比擬在網路上實踐的超鏈結那樣「格局開闊」。但問題是我們都「知道」它們是在延異情思（等於沒有作用）；倘若不願意順從它們的「引路」，很快就可以回到沒有超鏈結的情境。顯見這無法窮盡文學的未來，我們還得重新計議才行。

　　這盱衡情勢，總說可以「資訊文學化」來領航。資訊文學化表面上是要濟「超鏈結之窮」，實際上它則是兼事批判「文學資訊化」以為凸顯的。我們知道，網路超鏈結依賴電腦科技在某種程度上所隱含的「淺易化」的文學危機，是當今整個資訊社會對文學的「干預」或「滲透」一體性造成的。理由是：資訊社會所重視的「資訊」（信

息），已經被框限為具有下列幾項特徵：㈠資訊是知識；㈡語言、符號是資訊存在的形式；㈢資訊是動態性的；㈣資訊是具有利用價值的知識；㈤資訊的反饋性質。（王治河主編，2004：673）從資訊被限定具有「一定的內容」、「要借助載體」、「是動態傳遞的」、「可利用的」和「為未來服務的」等特徵來看，它的不得不講究「精確性」和「易懂性」（避免歧義以方便於傳播和接受），跟文學一向所專擅的「模糊性」和「難解性」（刻意製造歧義以方便於玩味審美）明顯大不相同。在這種情況下，文學被「強迫」和資訊結合（將文學資訊化而成為可以立即傳播和接受的對象）就會有些不協調：首先，從接受的角度看，原來人在面對文學透過意象或事件來比喻／象徵思想情感時，經常要去填補空白、參與寫作；而參與寫作本身自然就會有心智上的成長。但人在面對毋須重組也不必強解的資訊時，只要被動接受就行了；最後個個都變成不善思考的動物。其次，從本體論的角度看，資訊的生產是為了給人「消費」的（包括電影、電視和廣播等所提供的資訊在內）；而文學的生產除了給人「消費」，還可以帶動「生產」（讀者參與寫作以及再轉實際別為寫作），彼此的功能有廣狹的差異。而根據上述，文學資訊化就難有「遠景」可以期待（難道超鏈結為了「廣為招徠」，不也要這般資訊化起來而一樣會喪失文學性嗎）。換句話說，文學資訊化是在為文學「降格」（一邊淺易化；一邊弱化創造力），基本上不能作為文學的前途所繫。倘若要有遠景可以期待，那麼就得將「文學資訊化」轉成「資訊文學化」。（周慶華，2007c：292-294）

　　所謂資訊文學化，是指先守住「文學」的優質審美性（詳見第三章第一節），然後結合各學科的資訊來豐富文學的內涵。而它的特殊性，就在於將文學本身的各階段演變（包括前現代／現代／後現代等）融合而出新意，以及援引其他學科的資源更擴大文學的體制等兩

方面綜合，對凡是已經存在的「既有文學規模」進行突破；而這種突破，又可以因為學科的持續新創加入運作而實質的極大化。而這有一觀念圖來表示（周慶華，2009a：256）：

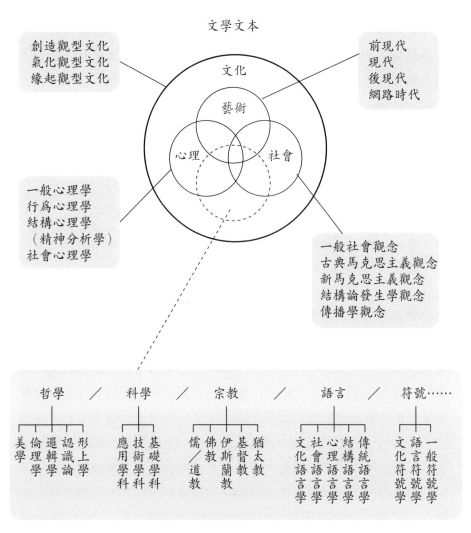

圖9-1-1　資訊文學化觀念圖

當中心理／社會／藝術爲基本領域（緣於文學被限定爲心理存有、社會存有和藝術存有的存在體），此外再包括雖早經獨立實則卻可以看作總攝或分衍該心理／社會／藝術存有的哲學、科學、宗教、語言、符號……等學科；而各學科背後又有文化在統領或包裹。圖中虛線圓圈，是爲因應必要新增學科而保留的（在紙上無法全部網羅畫出）；而各學科內部所有的「增值」現象，也只能約略的就重要的部分羅列，大家不妨「舉一反三」去了解裏面可能的運作機制。（周慶華，2009a：255-256）而從整體帶超越性的思維模式來看，這資訊文學化既然是要定位爲「全新」的指標，那麼不論那一系統的文學人都可以試爲發用，以見在創新上更知所「符應期待」的強與時俱進性。

第二節　熔鑄古今中外文學出新體

　　資訊文學化是在新創文學的內涵，而它所未嘗完全計慮的體裁問題，就留給「熔鑄古今中外文學出新體」的發想來試爲提點。而所謂熔鑄古今中外文學出新體，不是大雜燴，乃是爲寫作需求而調整的新策略；它不爲「隨機」的組合，也不爲「非文學」的目的（如提倡新科學或推銷新道德之類）而作改變。

　　這在西方已經有系統內的嘗試案例。如「『兵分兩路，攔腰而上』，一則故事從中間講起，再話說正敘和倒敘，是很傳統的技法。早自荷馬兩部史詩《伊里亞德》和《奧德賽》，就是讓人津津樂道的例子……倒敘這個手法，尤其是羅曼史和好萊塢電影不可或缺的形式。近年來電影界已經不能滿足這樣的單純敘述方式，昆丁‧塔倫提諾《黑色追緝令》、克里斯多夫‧諾藍《記憶拼圖》、湯姆‧提克

威《羅拉快跑》、克里斯多夫・奇士勞斯基《機遇之歌》，都爲我們展現如何拆解時間，繁花百開各有新意」，而「討論後現代小說的特殊敘述形式，以《時間箭》一定要在《哈札爾辭典》、《第一號創作》、《如果冬夜，一個旅人》、《一個後現代主義者的謀殺》、《白雪公主》、《幽冥的火》、《法國中尉的女人》、《去年在馬倫巴》、《發條橘子》等等石破天驚的佳構裏同佔一席之地。這些小說都有『阿姆斯壯小腿』的特質，人們永遠只記得登陸月球的第一人，但沒有多少人說得出誰是第二個登陸月球的太空人。就像作曲家約翰・蓋吉『寫出』大音希聲的〈四分三十三秒〉，後來的音樂家無法再東施效顰」（Martin Amis, 2007: 莊裕安導讀5-6），上述所舉小說或可轉爲小說的電影，都是能融會多種體裁而出新體裁的重要例子。而在中國傳統，也有像《紅樓夢》這樣嵌進許多詩詞曲賦（共兩百多處）以及廣爲著錄飲食讌樂／琴棋書畫／醫藥卜筮／服飾建築／婚喪喜慶／家計宦情等題材（馮其庸等，2000），以爲系統內「文備衆體」的極致化作表率。此外，《紅樓夢》又以「虛構／寫實的對辯」、「僞情／眞情的抗衡」、「幻境／實境分際的模糊」和「作者逃逸留下多處空白」等情節鋪寫，正式跨向緣起觀型文化的逆緣起解脫範疇（周慶華，2007c：75-112），以顯示「一手雙牘，一歌兩聲」（一粟編，1989：27）的宏大偉構。這些或者窮於展露驚人的想像力，或者長於蘊含可人的感物應事和了脫生死的旨趣，都暗示著我們必要再進一層（也就是不要我們停在模仿叫好的階段）。換句話說，試著把古今中外所實踐過的體裁攝取所需來有機的匯製成殊異的文本，也就成了可以新穎他人耳目的不二法門（而自我標高也指日可待）。

　　這種熔鑄法或超越法，基本的參考架構還是那文化的五個次系統和三大文化類型所開啓的表現模式。它們的簡易「關係」（可爲文學

再出發的借鏡依據），則可以圖示如下：

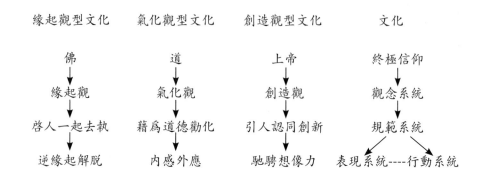

圖9-2-1　文學表現參考架構圖

當中創造觀型文化一系，爲求致富而一併走上產業化的道路（連帶也激起其他二系或快或慢的仿效），如果沒有節制，那麼能趨疲危機也要變成文學人得一道面對的難關。因此，有關的規勸，則得先進入那裏面的邏輯。而這必須從關鍵性的基督教獨立自希伯來宗教爲廣招信徒所加入的「原罪」觀念（詳見第八章第六節）談起：因爲原罪教條的強爲訂定，所以導致必須尋求救贖（以便重回天堂）而出現明顯的「塵世急迫感」。這種急迫感的「積重難返」，就是到了十六世紀宗教改革後新教徒（並一起「刺激」帶動舊教徒）的相關反應的「逾量」表現：新教徒脫離天主教教會後所強調的「因信稱義」觀念，逐漸演變成要以在塵世累積財富和創造發明（包含哲學、科學、文學、藝術等等的建樹翻新）來榮耀上帝，或當作特能仰體上帝造人「賜給他無窮潛能」的旨意，而不免會躁急蹙迫；尤其在資本主義和殖民主義隨著矯爲成形後，更見這種「過度的煩憂」。而它則可以透過圖示來看出「整體」的形態：

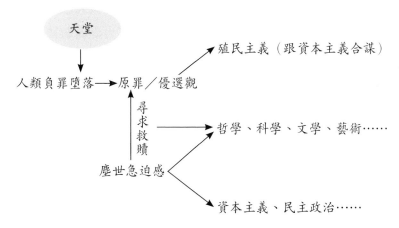

圖9-2-2　原罪觀和西方文化關係圖

圖中的「優選觀」已經先有人加以揭發了（Max Weber, 1988），但還不夠「貼近」著講。換句話說，對新教徒來說，「優選觀」是在他們漸次締造現世巨大成就以及武力殖民取得支配優勢後，才孕生出來的；而這一觀念既然定型了，相伴的殖民災難就隨後四處蔓延，一直到今天仍未稍見緩和。而根據這一點，有些西方人的「自我察覺」就到不了「點」上（跨文化視野不足所致）。如：

> 　　默頓認爲新教倫理有如下三條原則：㈠鼓勵人們去頌揚上帝，頌揚上帝的偉大，是每個上帝臣民的職責；㈡讚頌上帝的最好途徑，或者是研究和認識自然，或者是爲社會謀福利，而運用科學技術可以創造更多的物質財富，所以大多數人應該去從事科學技術和對社會有益的職業；㈢提倡過簡樸的生活和辛勤勞動，每個人都應該辛勤工作，爲社會謀幸福，以這一點感謝上帝的恩德。（潘世墨等，1995：114）

這段話所提及的新教徒所遵守的三個倫理信條，表面上有相互衝突的

現象（如第三個信條就跟第二個信條很不搭調），其實則不然！因為只有過著簡樸的生活，才能「累積」財富以傲人。而新教徒所以要有這類的現世成就，一方面是想藉它來尋求救贖（冀望可以獲得上帝的優先接納而重回天堂）；一方面則是想展現自己的本事而媲美上帝的風采。此外，新教徒所認為的為社會謀福利（創造更多的物質財富）一事，明顯是基於「自利將促進物質福分的增加」這個理念，但它所以可能是建立在「塵世是短暫的，不值得珍惜」（可以無止境的開發利用；即使耗用完了也不足惜）的前提上；而這已經衍生成地球的資源日益枯竭，且因科技不斷發達所帶來的污染、臭氧層破洞、溫室效應、生態失衡、核武恐怖和生化戰爭風險等後遺症無法解決。因此，這裏可以相當肯定的說，這種宗教信仰及其相關的實踐行為並不是人類需要普遍遵從的；像在東方的氣化觀型文化和緣起觀型文化自古以來就各別「自成一格」，根本不必創造觀型文化強來「汰舊換新」！現在後二者暫時「盲目」的自我屈就了，並不代表往後不會再努力奮起。（周慶華，2007a：243-245）

　　文學產業化，就是相應於創造觀型文化的為榮耀造物主兼尋求造物主救贖的作為；它的絕大部分只遵循市場法則而不太在意是否真的有創意（而可以「推移變遷」或「修飾改造」世界）的轉化，已經跟其他企業一樣，在同蹈一條高耗能的不歸路。因此，在這最後所呼籲的「熔鑄古今中外文學出新體」，也就僅止於文學內部的「高格」化；出了這裏，就得再細為評估環境生態的「接受度」，以免還沒大展鴻圖，生路就被自己斷絕了。

參考文獻

一粟編（1989），《紅樓夢卷》，臺北：新文豐。

丁旭輝（2000），《臺灣現代詩圖象技巧研究》，高雄：春暉。

七等生（2003），《我愛黑眼珠》，臺北：遠景。

于堅（1999），《大陸先鋒詩叢7：一枚穿過天空的釘子》，臺北：唐山。

王潮選編（1996），《後現代主義的突破——外國後現代主義理論》，蘭州：敦煌文藝。

王一川（2003），《文學理論》，成都：四川人民。

王先霈等主編（1999），《文學批評術語詞典》，上海：上海文藝。

王先謙（1983a），《荀子集解》，新編諸子集成本，臺北：世界。

王先謙（1983b），《莊子集解》，新編諸子集成本，臺北：世界。

王宏維等（1994），《認知的兩極性及其張力》，臺北：淑馨。

王岳川（1993），《後現代主義文化研究》，臺北：淑馨。

王岳川（1994），《藝術本體論》，上海：三聯。

王治河主編（2004），《後現代主義辭典》，北京：中央編譯。

王星拱（1988），《科學方法論》，臺北：水牛。

王國維（1981），《人間詞話》，臺南：大夏。

王晴佳等（2000），《後現代與歷史學：中西比較》，臺北：巨流。

王萬象（2009），《中西詩學的對話——北美華裔學者中國古典詩研究》，臺北：里仁。

王鼎鈞（2003），《意識流》，臺北：爾雅。

王夢鷗（1976a），《文藝美學》，臺北：遠行。

王夢鷗（1976b），《文學概論》，臺北：藝文。

尹世英（1997），《劇場管理》，臺北：書林。

方蘭生（1988），《傳播原理》，臺北：三民。

文訊雜誌社編（1996），《臺灣現代詩史論》，臺北：文訊雜誌社。

中國古典文學研究會主編（1995），《文學與傳播的關係》，臺北：學生。

白靈（1998），《一首詩的誘惑》，臺北：河童。

白靈主編（2003），《中國新文學大系（貳）：詩卷㈠》，臺北：九歌。

白子玉（2000），〈二十一世紀圖書館的終身任務：由電子出版發展趨勢談資訊素養教育〉，於《佛教圖書館館訊》第23期（42），臺北。

白先勇（2004），《臺北人》，臺北：爾雅。

石之瑜（1997），《後現代國家的認同》，臺北：世界。

司馬遷（1979），《史記》，臺北：鼎文。

古添洪等編著（1976），《比較文學的墾拓在臺灣》，臺北：東大。

古添洪（1984），《記號詩學》，臺北：東大。

本間久雄（1986），《新文學概論》，臺北：商務。

早川著，柳之元譯（1987），《語言與人生》，臺北：文史哲。

朱熹編（1978），《河南程氏遺書》，臺北：商務。

朱立元等主編（2002），《二十世紀西方文論選》，北京：高等教育。

朱光潛（1981），《詩論》，臺北：德華。

朱國能（2003），《文學概論》，臺北：里仁。

朱榮智（2004），《文學的第一堂課》，臺北：書泉。

朱耀偉編譯（1992），《當代西方文學批評理論》，臺北：駱駝。

吉見俊哉著，蘇碩斌譯（2009），《媒介文化論——給媒介學習者的十五講》，臺北：羣學。

李一（1994），《走向何處——後現代主義與當代繪畫》，北京：中國社會。

李昂（1997），《北港香爐人人插》，臺北：麥田。

李善等（1979），《增補六臣注文選》，臺北：華正。

李正治主編（1988），《政府遷臺以來文學研究理論及方法之探索》，臺北：學生。

李辰冬（1975），《文學新論》，臺北：東大。

李茂政（1986），《大眾傳播新論》，臺北：三民。

李延壽（1979），《北史》，臺北：鼎文。

邢昺（1982），《論語注疏》，十三經注疏本，臺北：藝文。

邢建昌（2006），《文藝美學研究》，石家莊：河北人民。

吳曉（1995），《詩歌與人生：意象符號與情感空間》，臺北：書林。

吳中杰（1998），《文藝學導論》，上海：復旦大學。

吳錫德（2010），《法國製造：法國文化關鍵詞100》，臺北：麥田。

吳潛誠（1988），《詩人不撒謊》，臺北：圓神。

沈約（1979），《宋書》，臺北：鼎文。

沈謙（2002），《文學概論》，臺北：五南。

沈清松（1986），《解除世界魔咒——科技對文化的衝擊與展望》，臺北：時報。

杜十三（1997），〈論詩的「再創作」——兼談「新現代詩」的可能〉，於《創世紀》第111期（87-101），臺北。

余光中（1984），《聽聽那冷雨》，臺北：純文學。

余光中（2007），《蓮的聯想》，臺北：九歌。

宋光宇（1995），《宗教與社會》，臺北：東大。

宋國誠（2004），《後殖民文學：從邊緣到中心》，臺北：擎松。

呂正惠（1992），《小說與社會》，臺北：聯經。

呂清夫（1996），《後現代造形思考》，臺北：傑出。

何金蘭（1989），《文學社會學》，臺北：桂冠。

何寄澎主編（1993），《當代臺灣文學評論大系‧散文批評卷》，臺
　　北：正中。

汪信硯（1994），《科學美學》，臺北：淑馨。

汪裕雄（1996），《意象探源》，合肥：安徽教育。

岩上（2007），《詩的創發》，南投：南投縣政府文化局。

河清（1994），《現代與後現代——西方藝術文化小史》，香港：三
　　聯。

孟樊（1989），《後現代併發症——當代臺灣社會文化批判》，臺
　　北：桂冠。

孟樊等編（1990），《世紀末偏航——八〇年代臺灣文學論》，臺
　　北：時報。

孟樊（1995），《當代臺灣新詩理論》，臺北：揚智。

孟樊（1997），《臺灣出版文化讀本》，臺北：唐山。

孟樊等主編（1997），《後現代學科與理論》，臺北：生智。

孟樊（2003），《臺灣後現代詩的理論與實際》，臺北：揚智。

林于弘（2004），《臺灣新詩分類學》，臺北：鷹漢。

林建光（2010），《馬克思主義》，臺北：行政院文化建設委員會。

林建法等選編（1987），《文學藝術家智能結構》，桂林：灕江。

林淇瀁（2001），《書寫與拼圖——臺灣文學傳播現象研究》，臺
　　北：麥田。

林聰明（1986），《昭明文選研究（初稿）》，臺北：文史哲。

林靜怡（2011），《中西格律詩與自由詩的審美文化因緣比較》，臺
　　北：秀威。

林燿德（1988），《都市終端機》，臺北：書林。

林燿德編（1990），《浪跡都市》，臺北：業強。

林燿德主編（1993），《當代臺灣文學評論大系‧文學現象卷》，臺
　　北：中正。

武長德（1984），《科學哲學——科學的根源》，臺北：五南。

邱炯友（2000），〈電子出版的歷史與未來〉，於《佛教圖書館館訊》第23期（6、7、12、13），臺北。

邱錦榮（1993），〈混沌理論與文學研究〉，於《中外文學》第21卷第12期（57-59），臺北。

邱燮友（1993），《中國歷代故事詩》，臺北：三民。

周冠生主編（1995），《新編文藝心理學》，上海：上海文藝。

周英雄等編（2000），《書寫臺灣：文學史、後殖民與後現代》，臺北：麥田。

周浩正（2006），《編輯道——暢銷書或暢銷產品的祕訣在那裏？》，臺北：文經。

周華山（1993），《意義——詮釋學的啟迪》，臺北：商務。

周夢蝶（2009），《周夢蝶詩文集・孤獨國／還魂草／風耳樓逸稿》，臺北：印刻。

周慶華（1994），《秩序的探索——當代文學論述的省察》，臺北：東大。

周慶華（1996a），《臺灣當代文學理論》，臺北：揚智。

周慶華（1996b），《文學圖繪》，臺北：東大。

周慶華（1997a），《臺灣文學與「臺灣文學」》，臺北：生智。

周慶華（1997b），《語言文化學》，臺北：生智。

周慶華（1997c），《佛學新視野》，臺北：東大。

周慶華（1998），《兒童文學新論》，臺北：生智。

周慶華（1999a），《思維與寫作》，臺北：五南。

周慶華（1999b），《佛教與文學的系譜》，臺北：里仁。

周慶華（1999c），《新時代的宗教》，臺北：揚智。

周慶華（2000a），《文苑馳走》，臺北：文史哲。

周慶華（2000b），《中國符號學》，臺北：揚智。

周慶華（2001a），《作文指導》，臺北：五南。

周慶華（2001b），《後宗教學》，臺北：五南。

周慶華（2002a），《故事學》，臺北：五南。

周慶華（2002b），《死亡學》，臺北：五南。

周慶華（2003），《閱讀社會學》，臺北：揚智。

周慶華等（2004），《閱讀文學經典》，臺北：五南。

周慶華（2004a），《文學理論》，臺北：五南。

周慶華（2004b），《語文研究法》，臺北：洪葉。

周慶華（2004c），《後臺灣文學》，臺北：秀威。

周慶華（2004d），《後佛學》，臺北：里仁。

周慶華（2004e），《創造性寫作教學》，臺北：萬卷樓。

周慶華（2005），《身體權力學》，臺北：弘智。

周慶華（2006a），《靈異學》，臺北：洪葉。

周慶華（2006b），《語用符號學》，臺北：唐山。

周慶華（2007a），《語文教學方法》，臺北：里仁。

周慶華（2007b），《走訪哲學後花園》，臺北：三民。

周慶華（2007c），《紅樓搖夢》，臺北：里仁。

周慶華（2007d），《又見東北季風》，臺北：秀威。

周慶華（2007e），《我沒有話要說——給成人看的童詩》，臺北：秀威。

周慶華（2008a），《轉傳統為開新——另眼看待漢文化》，臺北：秀威。

周慶華（2008b），《從通識教育到語文教育》，臺北：秀威。

周慶華等（2009），《新詩寫作》，臺北：秀威。

周慶華（2009a），《文學詮釋學》，臺北：里仁。

周慶華（2009b），《新福爾摩沙組詩》，臺北：秀威。

周慶華（2010），《反全球化的新語境》，臺北：秀威。

周慶華（2011a），《語文符號學》，上海：東方。

周慶華（2011b），《華語文教學方法論》，臺北：新學林。

金耀基（1997），《從傳統到現代》，臺北：時報。

芥川龍之介著，賴祥雲譯（1995），《芥川龍之介的世界》，臺北：志文。

洛夫（1981），《洛夫自選集》，臺北：黎明。

苦苓（1991），《苦苓的政治詩》，臺北：書林。

馬森（2002），《臺灣戲劇——從現代到後現代》，宜蘭：佛光人文社會學院。

姚一葦（1985a），《藝術的奧祕》，臺北：開明。

姚一葦（1985a），《美的範疇論》，臺北：開明。

姚一葦（1994），《戲劇原理》，臺北：書林。

俞元桂主編（1984），《中國現代散文理論》，桂林：廣西人民。

俞翔峰（2009），《西方戲劇探源》，臺北：幼獅。

范文瀾（1971），《文心雕龍注》，臺北：明倫。

范培松（2000），《中國散文批評史》，南京：江蘇教育。

洪文瓊（1997），《電子童書小論叢》，臺東：臺東師院語文教育學系。

洪炎秋（1991），《文學概論》，臺北：中國文化大學。

胡雪岡（2002），《意象範疇的流變》，南昌：百花洲文藝。

柳鳴九主編（1990），《未來主義·超現實主義·魔幻寫實主義》，臺北：淑馨。

紀蔚然（2007），《現代戲劇敘事觀——建構與解構》，臺北：書林。

柯慶明（1986），《文學美綜論》，臺北：長安。

夏宇（1986），《備忘錄》，臺北：作者自印。

班固（1979），《漢書》，臺北：鼎文。

徐岱（1992），《小說敘事學》，北京：中國社會科學。

徐志平等（2009），《文學概論》，臺北：洪葉。

徐志摩（1969），《徐志摩全集（第二輯）》，臺北：傳記文學。

徐國源（2008），《傳播的文化修辭》，臺北：文史哲。

徐道鄰（1980），《語意學概要》，香港：友聯。

徐復觀（1980），《中國文學論集》，臺北：學生。

奚密（1998），《現當化詩文錄》，臺北：聯合文學。

孫遜等編（1991），《中國古典小說美學資料匯粹》，臺北：大安。

孫惠柱（1994），《戲劇的結構》，臺北：書林。

孫詒讓（1983），《墨子閒詁》，新編諸子集成本，臺北：世界。

高小康主編（2001），《文藝概論》，蘇州：蘇州大學。

高辛勇（1987），《形名學與敘事理論——結構主義的小說分析法》，臺北：聯經。

高宣揚（1999），《後現代論》，臺北：五南。

涂公遂（1988），《文學概論》，臺北：華正。

唐君毅（1989），《哲學概論》，臺北：學生。

桂起權等（1994），《人與自然的對話——觀察與實驗》，臺北：淑馨。

張法（2004），《美學導論》，臺北：五南。

張容（1992），《法國新小說派》，臺北：遠流。

張毅（1993），《文學文體概說》，北京：中國人民大學。

張錯（2005），《西洋文學術語手冊》，臺北：書林。

張默等編（1995），《新詩三百首》，臺北：九歌。

張灝（1989），《幽暗意識與民主傳統》，臺北：聯經。

張大春（2002），《四喜憂國》，臺北：時報。

張京媛編（1993），《新歷史主義與文學批評》，北京：北京大學。

張春興（1989），《心理學》，臺北：東華。

張華葆（1989），《社會心理學理論》，臺北：三民。

張漢良（1986），《比較文學理論與實踐》，臺北：東大。

張漢良編（1988），《七十六年詩選》，臺北：爾雅。

張曉風（1996），《你還沒有愛過》，臺北：大地。

張雙英（2002），《文學概論》，臺北：文史哲。

商禽（1969），《夢或者黎明》，臺北：十月。

莫渝（2007），《波光瀲灩——20世紀法國文學》，臺北：秀威。

陳壽（1979），《三國志》，臺北：鼎文。

陳黎（2001），《陳黎詩選——一九七四～二〇〇〇》，臺北：九歌。

陳平原（1990），《中國小說敘事模式的轉變》，臺北：久大。

陳秉璋等（1990），《價值社會學》，臺北：桂冠。

陳植鍔（1990），《詩歌意象論》，北京：中國社會科學。

陳義芝主編（1999），《臺灣文學經典研討會論文集》，臺北：聯經。

陳義芝編（2000），《爾雅詩選》，臺北：爾雅。

陳義芝（2006），《聲納——臺灣現代主義詩學流變》，臺北：九歌。

陳義芝主編‧賞讀（2006），《爲了測量愛：當代情詩選》，臺北：聯合文學。

陳穎青（2007），《老貓學出版——編輯的技藝&二十年出版經驗完全彙整》，臺北：時報。

陳穎青（2009.10.25），〈電子書市場熱了？〉，於《中國時報》A11版。

陳穎青（2010.2.3），〈只見電子不見書〉，於《中國時報》A16版。

陳瓊花（1995），《藝術概論》，臺北：三民。

盛寧（1995），《新歷史主義》，臺北：揚智。

陶伯華等（1993），《靈感學引論》，臺南：復漢。

陶東風（1994），《文體演變及其文化意味》，昆明：雲南人民。

陸正鋒等（1979），《極短篇①》，臺北：聯經。

陸潤棠（1998），《中西比較戲劇研究：從比較文學到後殖民論述》，臺北：駱駝。

 文學概論

陸蓉之（1990），《後現代的藝術現象》，臺北：藝術家。

游志誠（1996），《昭明文選學術論考》，臺北：學生。

郭美女（2000），《聲音與音樂教育》，臺北：五南。

郭紹虞（1982），《中國文學批評史》，臺北：文史哲。

郭紹虞等主編（1982），《中國近代文學論著精選》，臺北：華正。

馮其庸等（2000），《紅樓夢校注》，臺北：里仁。

畢桂發主編（2000），《文學原理教程》，北京：中國書籍。

清聖祖敕編（1974），《全唐詩》，臺南：平平。

梁實秋等（2002），《名家談文學》，臺北：牧村。

梅田望夫著，蔡昭儀譯（2007），《網路巨變元年：你必須參與的大
　　未來》，臺北：先覺。

淡江大學中研所主編（1991），《文學與美學》第2集，臺北：文史
　　哲。

國立臺灣師大國文系編（2000），《解嚴以來臺灣文學國際學術研討
　　會論文集》，臺北：萬卷樓。

焦桐（1998），《臺灣文學的街頭運動（1977～世紀末）》，臺北：
　　時報。

彭歌（1980），《小小說寫作》，臺北：遠景。

彭吉象（1994），《藝術學概論》，臺北：淑馨。

傅大爲（1991），《知識與權力的空間——對文化、學術、教育的基
　　進反省》，臺北：桂冠。

傅道彬等（2003），《文學是什麼》，香港：天地。

黃乃熒主編（2007），《後現代思潮與教育發展》，臺北：心理。

黃瑞祺主編（2003），《現代性‧後現代性‧全球化》，臺北：左
　　岸。

黃進興（2006），《後現代主義與史學研究》，臺北：三民。

須文蔚（2003），《臺灣數位文學論》，臺北：二魚。

須文蔚（2009），《臺灣文學傳播論》，臺北：二魚。

曾仰如（1987），《形上學》，臺北：商務。

曾昭旭（1985），《文學的哲思》，臺北：漢光。

曾琮琇（2009），《臺灣當代遊戲詩論》，臺北：爾雅。

湯俊峰主編（1992），《寫作指津——文章的技法》，合肥：中國科
　　學技術大學。

童慶炳主編（2002），《文學理論教程》，北京：高等教育。

瘂弦（1981），《瘂弦詩集》，臺北：洪範。

瘂弦主編（1987），《如何測量水溝的寬度》，臺北：聯合文學。

楊牧（1994），《楊牧詩集Ⅰ：1956～1974》，臺北：洪範。

楊容（2002），《解構思考》，臺北：商鼎。

楊義（1997），《中國敘事學》，北京：人民。

楊愼（1983），《升菴詩話》，續歷代詩話本，臺北：藝文。

楊澤編（1996），《魯迅小說集》，臺北：洪範。

楊昌年（1988），《現代散文新風貌》，臺北：東大。

楊宗翰主編（2002），《文學經典與臺灣文學》，臺北：富春。

森田松太郎等著，吳承芬譯（2000），《知識管理的基礎與實例》，
　　臺北：小知堂。

路況（1990），《後／現代及其不滿》，臺北：唐山。

路況（1993），《虛無主義書簡——歷史終結的游牧思考》，臺北：
　　唐山。

董浩等編（1974），《欽定全唐文》，臺北：文友。

董崇選等（1999），《電子媒體對文學創作的影響》，國科會專題研
　　究計畫成果報告。

詹鍈（1984），《文心雕龍的風格學》，臺北：木鐸。

葉長海（1991），《當代戲劇啓示錄》，臺北：駱駝。

葉家明（1997），《向生命系統學習——社會仿生論與生命科學》，
　　臺北：淑馨。

葉維廉（1983），《比較詩學》，臺北：東大。

葉維廉（1992），《解讀現代、後現代：生活空間與文化空間的思索》，臺北：東大。

葉謹睿（2005），《數位藝術概論：電腦時代之美學、創作及藝術環境》，臺北：藝術家。

聖賢堂（1979），《鸞堂聖典》，臺中：聖賢堂。

碧果（1988），《碧果人生》，臺北：采風。

裴斐（1992），《文學概論》，高雄：復文。

管管（1976），《管管散文集》，臺北：中華文藝月刊社。

趙一凡等主編（2006），《西方文論關鍵詞》，北京：外語教學與研究。

趙如琳（1991），《戲劇藝術之發展及其原理》，臺北：東大。

趙滋蕃（1987），《文學與藝術》，臺北：三民。

趙滋蕃（1988），《文學原理》，臺北：東大。

趙毅衡（1998），《當說者被說的時候——比較敘述學導論》，北京：中國人民大學。

熊元義（1998），《回到中國悲劇》，北京：華文。

廖咸浩（1998），〈悲喜未若世紀末：九○年代的臺灣後現代詩〉，輔仁大學外語學院主辦「兩岸後現代文學研討會」論文，臺北。

廖炳惠（1985），《解構批評論集》，臺北：東大。

廖炳惠（1994），《回顧現代：後現代與後殖民論文集》，臺北：麥田。

潘世墨等（1995），《現代社會中的科學》，臺北：淑馨。

劉雨（1995），《寫作心理學》，高雄：麗文。

劉萍（1974），《文學概論》，臺北：華聯。

劉安海等主編（2006），《文學理論》，武漢：華中師範大學。

劉克峰（1996），《純粹主義美學的現代性》，臺北：洪葉。

劉昌元（1987），《西方美學導論》，臺北：聯經。

劉昌元（2002），《文學中的哲學思想》，臺北：聯經。

劉宓慶（1993），《當代翻譯理論》，臺北：書林。

劉清彥譯（2001a），《特異功能》，臺北：林鬱。

劉清彥譯（2001b），《神祕與預言》，臺北：林鬱。

劉華傑（1996），《混沌之旅》，濟南：山東教育。

劉錚雲（1996），《從現象學到後現代》，臺北：東大。

鄭志明（1988），《中國善書與宗教》，臺北：學生。

鄭良偉編（1988），《林宗源臺語詩選》，臺北：自立晚報社。

鄭良偉編注（1992），《臺語詩六家選》，臺北：前衛。

鄭明娳（1987），《現代散文類型論》，臺北：大安。

鄭明娳等（1991），《時代之風——當代文學入門》，臺北：幼獅。

鄭明娳（1994），《現代散文構成論》，臺北：大安。

鄭明娳主編（1995），《當代臺灣都市文學論》，臺北：時報。

鄭明萱（1997），《多向文本》，臺北：揚智。

鄭泰成（2000），《科技、理性與自主——現代及後現代狀況》，臺北：桂冠。

鄭祥福（1996），《後現代政治意識》，臺北：揚智。

鄭振鐸（1998），《文學大綱》，北京：商務。

鄭愁予（1977），《鄭愁予詩選集》，臺北：志文。

鄭樹森（1986），《文學理論與比較文學》，臺北：時報。

鄭樹森（1994），《從現代到當代》，臺北：三民。

鄭樹森（2003），《小說地圖》，臺北：一方。

蔡源煌（1988），《從浪漫主義到後現代主義》，臺北：雅典。

廚川白村著，林文瑞譯（1989），《苦悶的象徵》，臺北：志文。

魯樞元等編（2006），《文學理論》，上海：華東師範大學。

駱鴻凱（1980），《文選學》，臺北：華正。

隱地編（1992），《爾雅極短篇》，臺北：爾雅。

隱地（1994），《出版心事》，臺北：爾雅。

韓愈（1983），《韓昌黎文集》，臺北：漢京。

薛鳳昌（1977），《文體論》，臺北：商務。

歸人編（2006），《楊喚全集Ⅰ》，臺北：洪範。

鍾玲等（1989），《蓮花水色》，臺北：佛光。

鍾嶸（1988），《詩品》，增訂漢魏叢書本，臺北：大化。

鍾明德（1995），《從寫實主義到後現代主義》，臺北：書林。

蕭燁（1996），《知識的雙刃劍——後現代主義與當代理論》，北京：中國社會。

蕭傳文（1977），《文學概論》，臺北：禹甸。

簡政珍（2004），《臺灣現代詩美學》，臺北：揚智。

懷宇（1995），《羅蘭·巴特隨筆選》，天津：百花文藝。

羅青（1989），《什麼是後現代主義》，臺北：五四書店。

羅青（1992），《詩人之燈》，臺北：東大。

羅青（1994），《荷馬史詩研究——詩魂貫古今》，臺北：學生。

羅青（2002），《吃西瓜的方法》，臺北：麥田。

羅鋼（1994），《敘事學導論》，昆明：雲南人民。

羅鳳珠主編（2004），《語言、文學與資訊》，新竹：清華大學。

顏元叔（1976），《何謂文學》，臺北：學生。

顏元叔（1977），《文學經驗》，臺北：志文。

顏澤賢（1993），《現代系統理論》，臺北：遠流。

譚國根（2000），《主體建構政治與現代中國文學》，香港：牛津大學。

嚴羽（1983），《滄浪詩話》，歷代詩話本，臺北：藝文。

嚴雲受（2003），《詩詞意象的魅力》，合肥：安徽教育。

顧燕翎等主編（1999），《女性主義經典：十八世紀歐洲啓蒙，二十世紀本土反思》，臺北：女書。

Aaron Lynch著，張定綺譯（1998），《思想傳染》，臺北：時報。

AEsop著，吳憶帆譯（1999），《伊索寓言》，臺北：志文。

Alan Swingewood著，馮建三譯（1993），《大眾文化的迷思》，臺

北：遠流。

Aldous L. Huxley著，李黎等譯（1997），《美麗新世界》，臺北：志文。

Alessandro Baricoo著，彭懋龍譯（2004），《海上鋼琴師》，臺北：麥田。

Aleš Erjavec等著，楊佩芸譯（2009），《後現代主義的鐮刀：晚期社會主義的藝術文化》，臺北：典藏。

Alvin J. Schmidt著，汪曉丹等譯（2006），《基督教對文明的影響》，臺北：雅歌。

Alice Sebold著，施清眞譯（2006），《蘇西的世界》，臺北：時報。

Andrew H. Plaks著，佚名譯（1996），《中國敘事學》，北京：北京大學。

Andrew Vincent著，羅愼平譯（1999），《當代意識形態》，臺北：五南。

Anne Lamott著，朱耘譯（2009），《關於寫作：一隻鳥接著一隻鳥》，臺北：晴天。

Aristotle著，姚一葦譯注（1986），《詩學》，臺北：中華。

Arthur A. Berger著，黃新生譯（1994），《媒介分析方法》，臺北：遠流。

Barry Smart著，李衣雲等譯（1997），《後現代性》，臺北：巨流。

Bertrand Russell著，林憲正譯（1995），《權力、性和愛的進化》，臺北：正中。

B. E. Хализев著，周啓超等譯（2006），《文學學導論》，北京：北京大學。

Bill Gates著，樂爲良譯（1999），《數位神經系統：與思考等怪的明日世界》，臺北：商周。

Brian Hill等著，陳希林譯（2006），《暢銷書的故事：看作家、經紀人、書評家、出版社及通路如何聯手撼動讀者》，臺北：臉譜。

文學概論

Chris Anderson著，李明等譯（2006），《長尾理論：打破80／20法則的新經濟學》，臺北：天下。

Chris Barker著，羅世宏等譯（2004），《文化研究：理論與實踐》，臺北：五南。

Chris Barker著，許夢芸譯（2007），《文化研究智典》，臺北：韋伯。

Christopher Davis著，宋偉航譯（2010），《我在DK的出版歲月》，臺北：遠流。

Christopher Vogler著，蔡鵑如譯（2010），《作家之路——從英雄的旅程學習說一個好故事》，臺北：開啓。

Dan Schiller著，馮建三等譯（2010），《傳播理論史：回歸勞動》，臺北：五南。

Datus C. Smith著，彭松建等譯（1995），《圖書出版的藝術與實務》，臺北：周知等。

David Hesmondhalgh著，廖佩君譯（2006），《文化產業》，臺北：韋伯。

David McLellan著，施忠連譯（1991），《意識形態》，臺北：桂冠。

David K. Naugle著，胡自信譯（2006），《世界觀的歷史》，北京：北京大學。

David Perkins著，林志懋譯（2001），《阿基米德的浴缸——突破性思考的藝術與邏輯》，臺北：究竟。

David Throsby著，張維倫等譯（2003），《文化經濟學》，臺北：典藏。

Daivd Verklin等著，晴天譯（2008），《新媒體消費革命：行銷人與消費大眾之間的角力遊戲》，臺北：商周等。

Denis F. Owen著，蔡伸章譯（2006），《生態學的第一堂課》，臺北：書泉。

Dennis H. Wrong著，高湘澤譯（1994），《權力——它的形式、基礎和作用》，臺北：桂冠。

Diane Macdonell著，陳墇津譯（1990），《言說的理論》，臺北：遠流。

Don Tapscott著，羅耀宗等譯（2009），《N世代衝撞：網路新人類正在改變你的世界》，臺北：麥格羅·希爾。

Douwe Fokkema等著，袁鶴翔等譯（1987），《二十世紀文學理論》，臺北：書林。

Douwe Fokkema等著，王寧等譯（1992），《走向後現代主義》，臺北：淑馨。

Edward Shils著，傅鏗等譯（2004），《知識分子與當權者》，臺北：桂冠。

Elleke Boehmer著，盛寧譯（1998），《殖民與後殖民文學》，香港：牛津大學。

Eugene P. Odum著，王瑞香譯（2000），《生態學：科學與社會之間的橋樑》，臺北：國立編譯館。

François de Fontette著，王若璧譯（1990），《種族歧視》，臺北：遠流。

Frank Lentricchia等編，張京媛等譯（1994），《文學批評術語》，香港：牛津大學。

Franz Kafka著，金溟若譯（2006），《蛻變》，臺北：志文。

Fred Inglis著，韓啓羣等譯（2008），《文化》，南京：南京大學。

Fredric Jameson著，錢佼汝譯（1995），《語言的牢籠》，南昌：百花洲文藝。

Friedrich W. Nietzsche著，劉崎譯（1999），《上帝之死》，臺北：志文。

Friedrich W. Nietzsche著，劉崎譯（2000），《悲劇的誕生》，臺北：志文。

Friedrich W. Nietzsche著，劉崎譯（2001），《瞧！這個人》，臺北：志文。

F. Scott Fitzgerald著，柔之等譯（2009），《班傑明的奇幻旅程》，臺北：新雨。

Gaston Bachelard著，龔卓軍等譯（2003），《空間詩學》，臺北：張老師。

Gayle Greene等編，陳引馳譯（1995），《女性主義文學批評》，臺北：駱駝。

George Orwell著，董樂山譯（1996），《一九八四》，臺北：志文。

George C. Homans著，楊念祖譯（1987），《社會科學的本質》，臺北：桂冠。

Göran Therborn著，陳墇津譯（1990），《政權的意識形態與意識形態的政權》，臺北：遠流。

Gerald Gross著，齊若蘭譯（1998），《編輯人的世界》，臺北：天下。

Harold Bloom著，高志仁譯（1998），《西方正典》，臺北：立緒。

Harvey C. Mansfield著，鄧伯宸譯（2010），《虛無・中性・男子氣概》，臺北：立緒。

Hayden White著，陳永國等譯（2003），《後現代歷史敘事學》，北京：中國社會科學。

Ian G. Barbour著，章明義譯（2001），《當科學遇到宗教》，臺北：商周。

Ian Tattersall著，孟祥森譯（1999），《終極的演化——人類的起源與結局》，臺北：先覺。

Ihab Hassan著，劉象愚譯（1993），《後現代的轉向》，臺北：時報。

Immanuel Kant著，宗白華等譯（1986），《判斷力批判（上卷）》，臺北：滄浪。

Jacques Barzun著，鄭明萱譯（2004），《從黎明到衰頹：五百年來的西方文化生活》，臺北：貓頭鷹。

Jacques Derrida著，張寧譯（2004），《書寫與差異》，臺北：麥田。

James Gleick著，林和譯（1991），《混沌——不測風雲的背後》，臺北：天下。

James Joyce著，蕭乾等譯（2003），《尤利西斯》，北京：文化藝術。

Jan M. Broekman著，李幼蒸譯（1987），《結構主義：莫斯科—布拉格—巴黎》，臺北：谷風。

Jean Servier著，吳永昌譯（1989），《意識形態》，臺北：遠流。

Jeff Lewis著，邱誌勇等譯（2005），《文化研究的基礎》，臺北：韋伯。

Jeremy Rifkin著，蔡伸章譯（1988），《能趨疲：新世界觀——二十一世紀人類文明的新曙光》，臺北：志文。

Jeremy Seabrook著，譚天譯（2002），《階級——揭穿社會標籤迷思》，臺北：書林。

J. Hillis Miller著，秦立彥譯（2007），《文學死了嗎》，桂林：廣西師範大學。

John Briggs等著，王彥文譯（1994），《渾沌魔鏡》，臺北：牛頓。

John Briggs等著，姜靜繪譯（2000），《亂中求序——混沌理論的永恆智慧》，臺北：先覺。

John Howkins著，李明譯（2010），《創意生態——思考產生好點子》，臺北：典藏。

John M. Hamilton著，王藝譯（2010），《卡薩諾瓦是個書癡：寫作、銷售和閱讀的真知與奇談》，臺北：麥田。

Jonn Naisbitt著，潘東傑譯（2006），《奈思比11個未來定見》，臺北：天下。

John Storey著，李根芳等譯（2003），《文化理論與通俗文化導

論》，臺北：巨流。

John Tomlinson著，鄭棨元等譯（2005），《最新文化全球化》，臺北：韋伯。

John W. O'Malley著，鄭義愷譯（2006），《西方四文化》，臺北：立緒。

Jonathan Culler著，李平譯（1998），《文學理論》，香港：牛津大學。

Joseph Natoli著，楊逍等譯（2005），《後現代性導論》，南京：江蘇人民。

Joseph Rosner著，鄭泰安譯（1988），《精神分析入門》，臺北：志文。

Karl R. Popper著，程實定譯（1989），《客觀知識——一個進化論的研究》，臺北：結構羣。

Keir Elam著，王坤譯（1998），《符號學與戲劇理論》，臺北：駱駝。

Lawrence Block著，劉麗眞譯（2008），《卜洛克的小說學堂》，臺北：臉譜。

Lester C. Thurow著，齊思賢譯（2000），《知識經濟時代》，臺北：時報。

Lev N. Tolstoi著，許海燕譯（2000），《伊凡·伊里奇之死》，臺北：志文。

L. James Hammond著，胡亞非譯（2001），《西方思想抒寫》，臺北：立緒。

Louis Dupré著，傅佩榮譯（1996），《人的宗教向度》，臺北：幼獅。

Lunachaersljlzhu著，郭家申譯（1998），《藝術及其最新形式》，天津：百花文藝。

Malcolm Bradbury著，趙閔文譯（2007），《文學地圖》，臺北：胡

桃木。

Manuel Castells著，夏鑄九等譯（1998），《網絡社會之崛起》，臺北：唐山。

Manuel C. Molles著，金恆鑣譯（2002），《生態學》，臺北：麥格羅·希爾。

Marcel Aymé著，李桂蜜譯（2006），《分身》，臺北：遊目族。

Mark Buchanan著，胡守仁譯（2004），《連結》，臺北：天下。

Margaret Wertheim著，薛絢譯（2000），《空間地圖——從但丁的空間到網路的空間》，臺北：商務。

Marshall McLuhan著，鄭明萱譯（2006），《認識媒體：人的延伸》，臺北：貓頭鷹。

Martin Amis著，何致和譯（2007），《時間箭》，臺北：寶瓶。

Martin Dodge等著，江淑琳譯（2005），《網際空間的圖像》，臺北：韋伯。

Mary Evans著，郭仁義譯（1990），《郭德曼的文學社會學》，臺北：桂冠。

Matteo Motterlini著，陳昭蓉譯（2010），《情感經濟學：消費決策背後的真正動機》，臺北：先覺。

Max Weber著，于曉等譯（1988），《新教倫理與資本主義精神》，臺北：谷風。

Max Weber著，康樂等譯（1991），《支配的類型——韋伯選集（Ⅲ）》，臺北：遠流。

Michael Korda著，陳皓譯（2002），《因緣際會：出版風雲四十年，這些人、那些事》，臺北：商智。

Michel Foucault著，謝石等譯（1990），《性史》，臺北：結構羣。

Michel Foucault著，王德威譯（1993），《知識的考掘》，臺北：麥田。

M. Mitchell Waldrop著，齊若蘭譯（1995），《複雜——走在秩序與

混沌邊緣》，臺北：天下。

Natalie Goldberg著，詹美涓譯（2009），《狂野寫作——進入書寫的心靈荒原》，臺北：心靈工坊。

Neil Postman著，何道寬譯（2010），《科技奴隸》，臺北：博雅書房。

Neil J. Smelser著，陳光中等譯（1991），《社會學》，臺北：桂冠。

New L. Review編，徐平譯（1994），《西方馬克思主義批判文選》，臺北：遠流。

Nicholas Negroponte著，齊若蘭譯（1998），《數位革命》，臺北：天下。

Noah D. Oppenheim等著，蔡承志譯（2008），《知識的365堂課》，臺北：木馬。

Pablo Neruda著，李宗榮譯（1999），《二十首情詩與絕望的歌》，臺北：大田。

Patricia Aburdene著，徐愛婷譯（2005），《2010大趨勢》，臺北：智庫。

Patricia Waugh著，錢競等譯（1995），《後設小說——自我意識小說的理論與實踐》，臺北：駱駝。

Patrick Süskind著，洪翠娥譯（2006），《香水》，臺北：皇冠。

Paul Merchant著，蔡進松譯（1986），《論史詩》，臺北：黎明。

Perry Anderson著，王晶譯（1999），《後現代性的起源》，臺北：聯經。

Peter A. Angeles著，段德智等譯（2001），《哲學辭典》，臺北：貓頭鷹。

Peter Brooker著，王志弘等譯（2003），《文化理論詞彙》，臺北：巨流。

Peter Farb著，龔淑芳譯（1990），《語言遊戲》，臺北：遠流。

Philip Roth著，李維拉譯（2006），《垂死的肉身》，臺北：木馬。

Ralph Cohen主編，程錫麟等譯（1993），《文學理論的未來》，北京：中國社會科學。

Raymond Chapman著，王晶培審譯（1989），《語言學與文學》，臺北：結構羣。

René Wellek等著，王夢鷗等譯（1979），《文學論——文學研究方法論》，臺北：志文。

Rex Gibson著，吳根明譯（1988），《批判理論與教育》，臺北：師大書苑。

Richard Appignanesi著，黃訓慶譯（1996），《後現代主義》，臺北：立緒。

Richard A. Posner著，楊惠君譯（2002），《法律與文學》，臺北：商周。

Richard Caves著，仲曉玲等譯（2007），《文化創意產業——以契約達成藝術與商業的媒合》，臺北：典藏。

Richard Dawkins著，趙淑妙譯（1995），《自私的基因》，臺北：天下。

Risieri Frondizi著，黃藿譯（1988），《價值是什麼——價值學導論》，臺北：聯經。

Robert Escarpit著，葉淑燕譯（1990），《文學社會學》，臺北：遠流。

Robert L. Dilenschneider著，陳絜吾譯（1999），《權力論——如何成為制定遊戲規則的人》，臺北：智庫。

Robert Scholes著，劉豫譯（1992），《文學結構主義》，臺北：桂冠。

Roger Fowler著，袁德成譯（1987），《現代西方文學批評術語》，成都：四川人民。

Roger Silverstone著，陳玉箴譯（2003），《媒介概念十六講》，臺北：韋伯。

R. W. Connell著，劉泗翰譯（2004），《性／別——多元時代的性別角力》，臺北：書林。

Samuel Beckett著，諾貝爾文學獎全集編譯委員會譯（1981），《諾貝爾文學獎全集41：貝克特》，臺北：書華。

Sandra Vandermerwe著，齊思賢譯（2000），《價值行銷時代——知識經濟時代獲利關鍵》，臺北：時報。

Shakespeare著，方平等譯（2000a），《新莎士比亞全集第十二卷‧詩歌》，臺北：貓頭鷹。

Shakespeare著，方平等譯（2000b），《新莎士比亞全集第四卷‧悲劇》，臺北：貓頭鷹。

Sonja K. Foss等著，林靜伶譯（1996），《當代語藝觀點》，臺北：五南。

Stanley Krippner等著，易之新譯（2004），《超凡之夢》，臺北：心靈工坊。

Stefan Bollmann著，張蓓瑜譯（2009），《寫作的女人生活危險》，臺北：博雅書屋。

Steve Moss等編，嚴韻譯（2001），《我們愛死了的故事——精選世界最短篇2》，臺北：麥田。

Steven Best等著，朱元鴻等譯（1994），《後現代理論：批判的質疑》，臺北：巨流。

Steven Connor著，唐維敏譯（1999），《後現代文化導論》，臺北：五南。

Steven Lukes著，林葦芸譯（2006），《權力——基進觀點》，臺北：商周。

Terence Hawkes著，陳永寬譯（1988），《結構主義與符號學》，臺北：南方。

Terry Eagleton著，聶振雄等譯（1987），《當代文學理論導論》，香港：旭日。

Theodore Caplow著，章英華等譯（1986），《權力遊戲——人類三角關係》，臺北：桂冠。

Theodore W. Hunt著，傅東華譯（1971），《文學概論》，臺北：商務。

Tim O'Sullivan等著，楊祖珺譯（1997），《傳播及文化研究主要概念》，臺北：遠流。

Tim Jordon著，江靜之譯（2001），《網際權力：網際空間與網際網路的文化與政治》，臺北：韋伯。

Umberto Eco著，黃寤蘭譯（2000），《悠遊小說林》，臺北：時報。

Václav Havel著，貝嶺等譯（2002），《反符碼——哈維爾圖像詩集》，臺北：唐山。

Vanessa Baird著，江明親譯（2003），《性別多樣化——彩繪性別光譜》，臺北：書林。

Virgil C. Aldrich著，周浩中譯（1987），《藝術哲學》，臺北：水牛。

Vladimir Nabokov著，廖月娟譯（2006），《幽冥的火》，臺北：大塊。

Walter M. Brugger著，項退結編譯（1989），《西洋哲學辭典》，臺北：華香園。

W. Chan Kim等著，黃秀媛譯（2007），《藍海策略——開創無人競爭的全球市場》，臺北：天下。

William J. Mitchell著，陳瑞清譯（1998），《位元城市》，臺北：天下。

Yoshinori Sugihara著，蕭秋梅譯（1995），《多媒體時代》，臺北：朝陽堂。

Culture Map 29

文學概論

作　　者／周慶華
出 版 者／揚智文化事業股份有限公司
發 行 人／葉忠賢
總 編 輯／閻富萍
地　　址／新北市深坑區北深路三段 260 號 8 樓
電　　話／(02)8662-6826
傳　　真／(02)2664-7633
網　　址／http://www.ycrc.com.tw
　E-mail ／ service@ycrc.com.tw
印　　刷／鼎易印刷事業股份有限公司
ISBN ／978-986-298-013-2
初版一刷／2011 年 9 月
定　　價／新台幣 350 元

國家圖書館出版品預行編目（CIP）資料

文學概論 / 周慶華著. -- 初版. -- 新北市：揚智
文化, 2011.09
    面；　公分. --（Culture map；29）

　ISBN 978-986-298-013-2（平裝）

　1.文學

810   100015431